男孩依然失踪

Boy Still Missing

[美] 约翰·赛罗斯　著

陈新宇　译

二十一世纪出版社
21st Century Publishing House
全国百佳出版社

图书在版编目（CIP）数据

男孩依然失踪 /（美）赛罗斯著；陈新宇译. -- 南昌：二十一世纪出版社，2014.5（2022.4重印）

ISBN 978-7-5391-9008-2

Ⅰ.①男… Ⅱ.①赛… ②陈… Ⅲ.①长篇小说—美国—现代 Ⅳ.①I712.45

中国版本图书馆 CIP 数据核字 (2013) 第 201988 号

Boy Still Missing

Copyright © 2001 by John Searles

Published in arrangement with The Fielding Agency, LLC. through The Grayhawk Agency

版权合同登记号 14-2013-530

男孩依然失踪　　　　　　　　[美] 约翰·赛罗斯　著　　陈新宇　译

总 策 划	张　明　闫青华
责 任 编 辑	敖登格日乐
特 约 编 辑	章　丰　沈丽凝
出 版 发 行	二十一世纪出版社 （江西省南昌市子安路 75 号　　330009） www.21cccc.com　cc21@163.net
出 版 人	张秋林
经　　销	新华书店
印　　刷	三河市人民印务有限公司
版　　次	2014 年 5 月第 1 版　2022 年 4 月第 3 次印刷
开　　本	880mm × 1260mm　1/32
印　　张	9.25
字　　数	230 千
书　　号	ISBN 978-7-5391-9008-2
定　　价	25.00 元

赣版权登字—04—2013—594

如发现印装质量问题，请寄本社图书发行公司调换 0791-86524997

引　子

　　每年，我都会坐巴士从远方回马萨诸塞州的霍利多。

　　车下了67号高速公路，沿着汉诺威街一路朝汽车站驶去。我望着窗外，霍利多再也不是从前我住在这里时那个荒凉偏僻的小镇了，这里有麦当劳，有7-11便利店，有高尔夫球场，还有一个名叫"大口袋"的超大食品店。节俭的主妇们在这里大批采购食品，填满原子弹掩体般的冰箱。镇上只有一家老酒吧还在，不过名字早从马龙尼酒吧改为白蜡酒吧，可是看上去似乎比我15岁那年更为冷清。那一年，我跟伊迪·克拉姆搅在一起，生活从此改变。

　　虽然父亲早已不到酒吧鬼混了，可当车经过酒吧时，我发现自己还是想看一眼里面，炎炎夏日里，我看到的只是车窗上耀眼的汽车灰色倒影。没多久，汽车离开汉诺威街，转个弯，到了霍利多汽车旅馆。父亲在抵押物拍卖时买下它，现在亲自打理。旅馆前面是个腰果形的水池，周围是蓝色的围墙，边上的树篱给修剪成动物的形状——猪、老鼠、小狗——这家旅馆再也不像以前那样破败不堪。我瞥了一眼5B房，自从30年前的那个冬天后它一直空着。每次看到那扇门，我心中便不禁一颤，自第一次见后，次次如此，看来这趟旅程的余下时光亦会如此。我安顿下来，和父亲一起度过了整个周末，我们绕着旅店走走，在办公室后面的桌前坐坐。

我们在一起，却又不是真的在一起。

晚上，他打个呵欠，上床睡觉去了，对我来说，此时一切才开始：我从钩子上拿起总钥匙，上楼去那个空房间。现在它只用来存放拖把、扫帚和清洁抹布。进来后，房间里有一股老女人衣箱里才有的味道，廉价度假地的味道。我坐在没有铺床单、凸凹不平的床垫上，摸摸打不通的电话，拨一拨电话转盘上的一两个数字，只为了听听那早已遗忘的声音。

这样有多久？10分钟？40分钟？

只有时间在变，最后我掀开床边的小地毯，低头凝视下面地毯上的污渍，这么多年后它还在那儿，磨圆的三角形，像个大梨子，又像婴儿的一滴眼泪。这么多年来，我一直想摆脱的思绪又翻滚起来，我只好屏住呼吸，将这腐朽的气味、这回忆、这悔恨挡在外面。

假如那一晚我没有吻伊迪该多好。

假如我对杜鲁门不那么好奇该多好。

假如我能够阻止我生命中最重要的人独自死在这间屋里该多好。

一

1971年6月

　　每当爸爸又不见人影时，我们就去汉诺威街找他。妈妈开着我们家那辆橙色小品托车，带着我们一路慢慢开着，目不转睛地盯着那些朦胧的窗户。一排排酒吧烟雾弥漫，上面喜力兹、百威啤酒的招牌闪烁着，酒吧与酒吧之间有些小巷，爸爸通常把那辆挡泥板凹了一块的通用汽车停在那儿。妈妈最好的朋友——玛妮，坐在她旁边的乘客座上，我挤在后面。玛妮的任务就是盯着外面寻找爸爸的货车，可大部分时间她总在抹粉底，涂睫毛，用遮阳板上的镜子照啊照的，往薄嘴唇上抹唇彩。玛妮最近不知在哪儿看到的，说男人们全都迷南方女人，所以她说话时开始带点南方方言。除了"侬大家"和"呀呼"之外，还有许多外号：梨子、蜜糖饼、小蛋糕。十五岁的我觉得自己早已是个男人了，从她嘴里冒出来的这些食品名字只让我觉得饥肠辘辘。

　　今晚，玛妮一边拔眉毛，一边说："梨子们，那是他的货车吗？"

　　"哪儿？"我说，头伸在她俩中间。我最爱玩"谁先找到爸爸"的游戏，如果玛妮先发现他的货车，我会很生气，因为我输了。

　　"在那儿，"玛妮说，用指甲敲敲挡风玻璃，"这杂种在那儿。"

　　我扫视着狭窄的停车场，达特桑、福特、普利茅斯、福特、通用车。一想到接下来通常会怎样，心里"怦怦"直跳，妈妈讨厌酒吧，总是派我进里面去把爸爸给逮出来。"这种地方会浪费掉人的一生。"她爱这样说。

而我呢，我最喜欢到闹哄哄的砖砌山洞里去，里面永远有一股湿木头、漏气啤酒和香烟的混合味道。我喜欢周围花式台球的撞击声、穿紧身牛仔裤的女人，因为抽烟太多，说话声音沙哑，她们与妈妈那光滑、年轻的肌肤、花罩衫和丝光棉裤、羞怯的举止和轻声细语完全不同。虽然妈妈从不上教堂，她却像常去做礼拜的人。她是星期日的午后，而那些女人则是星期六的深夜。每当爸爸看到我，他会用大手拍着我的肩头，把我介绍给他那帮朋友。爸爸在酒吧里像个电影明星，可能是因为他不像其他那些家伙，他没有秃顶，没有大肚腩，也不胖。一口整齐的牙齿，乌黑的头发，肌肉结实，肚子平坦，一年到头他都穿着那件皱巴巴的粗斜纹布夹克，拿香烟的姿势像捏着大麻。趁爸爸结账时，我抓起一把吸管，第二天早上我和利昂·迪塞尔在车站等车时就可以扭它们、折它们玩。有些晚上，我会往我的运动衫口袋里塞满酒浸樱桃和几个绿橄榄，准备送给玛妮。各色水果弄脏我的手，衣袋里染上奇怪的人造红色素，怎么洗也洗不掉。

我想起这些就笑了，妈妈这时打了靠边停车的信号灯，踩下刹车。我们全都眯着眼望着停在马龙尼酒吧和露珠旅馆之间那辆货车。即使现在是夏天，汉诺威街道两旁的建筑物之间还横挂着褪了色的圣诞花环钟和天使，在街道上方飘来荡去。每年的12月，霍利多镇会挂起新的节日装饰，然后一年里任天气慢慢将它们摧残拆零。在细金属丝吊着的金钟下面停着玛妮看到的那辆货车，红银相间，虽然现在已是6月，防滑雪链还挂在轮胎上。"不对，"妈妈柔和地说，这语调她失望时才用，"罗伊的货车挡泥板上有凹痕，而且去年3月份他就把链条卸下来了。"

"亲爱的,"玛妮说,"那家伙早就把他的拉链拉下来了。"

妈妈瞟了一眼侧视镜,把车开回到街上,对这个笑话无动于衷。

"听懂了吗?"玛妮说,"球和拉链。"

我们俩都没笑,再说这一点也不好笑。前两天,爸爸一直处于我们所谓的"狂醉烂饮"中,就是说自打他星期三出门上班后,就再没见过他人影了。

我逮着机会讽刺一下玛妮看错了车。"那些车挂的甚至都不是马萨诸塞的车牌。"我的声音开始变粗了,不像以前那样细,在同龄人中我的声音本来就比一般人尖细,很高兴盼望多时的青春期终于让它开始变得更粗了。玛妮看着我,耸耸肩,好像说她才不在乎,可是我们都知道在这场游戏里她已丢了一两分。

玛妮接着拔她的眉毛,她拔眉毛时,我尽量不打岔。一根又一根,一根又一根。玛妮是那种坚信化妆和珠宝拥有改造魔力的女人,她跟妈妈完全不同。妈妈浓密的烟灰色头发总是用发带束着,整整齐齐;绿眼睛是彩绘文身的那种绿;她的笑容不需要唇膏唇彩;无名指上戴着一枚小小银戒指,上面的那颗钻石不会比婴儿的粉色指甲大。

我们一路开到了汉诺威街尽头,从那里开出霍利多,上了通往高速公路的匝道。酒吧的灯火在我们身后模糊了,妈妈开始不停地看表,可能才想起看看我们搜寻了多久。我望着窗外一排灰色的公寓楼,一家汽车车身修理店,它的停车场上停着五六辆破车。一排整齐的街灯投下白光,我们的车开过去时,车内滑过一片阴影。玛妮打开收音机,也不调台,打开时是什么台就听什么台,也不管在播什么——乡村音乐、摇滚或告诉她她正朝地狱奔去的《圣经》布道——都行。今晚,车里弥漫的是小提琴声,妈妈想着别的,没在意。我伸出手换台，希望能听到红袜队^①比赛的最后一局，玛妮挡开我的手。

"我们别太挑剔了，甜唇，"她说，"就听这个。"

"我叫多米尼克。"我对她说，可她已被音乐给迷住，压根儿没听到。我本来可以跟她再吵吵，不过我不听比赛也不会死，我只是想追踪红袜队的比赛，这样才能跟得上爸爸，可整个赛季我都没能做到。

我们边听着古典音乐边开车漫游，我想起利昂和汽车站。每个星期五早上，学校乐队那帮家伙拖着装着单簧管、横笛的黑箱子去学校，那些黑箱子真像小棺材，这让利昂很火大。"他妈的，这个小镇的问题就在这儿，"他说，"他们浪费时间教这帮娘儿们弹些没用的乐器。给我一把电吉他，我就加入乐队。"

我多次建议他去打鼓，因为我们高中没有一件很酷的乐器，似乎真的让他很恼火，可是利昂说，他对在一个娘娘腔乐队后面打鼓伴奏不感兴趣。

我从一年级就认识利昂了，那时他家搬到我家楼下的地下室公寓，那时他就是学校里最调皮的学生了。他瘦削但结实，屁股后口袋里放着把宽齿梳，梳柄永远露在牛仔裤外。他老用那梳子把稀疏的头发梳得整整齐齐，然而，利昂最大的标志还是唇上淡淡的胡须痕迹。不知什么原因，他似乎没有发现我尖细的嗓音、额头上冒出的几颗青春痘，让我跟乐队那帮小子很是相像。去年整整一年，我个子窜得很高，可是瘦得像竹竿，细胳膊细腿，我一直觉得很不好意思。

"看看你，"只要玛妮从遮阳板上的镜子上看到我的眼睛，她

---

① 波士顿棒球队。

就会说，"你太可爱了。"她薄嘴唇边细纹里的唇膏都干了。

这正是我的毛病。我是那种让玛妮那类的怪人、老太太和修女们觉得很可爱的孩子。"他可真可爱，"她们会这样对我妈说，"他准是个真正的少女杀手。"利昂早就与十几个女孩鬼混过了，甚至声称与其中一个有过手指性爱，而我连个吻都没接过。

小提琴声起起伏伏，一辆只亮着一盏车前灯的汽车驶过，我们是路上唯一的一辆车，正朝出口驶去。在一片乱松林后面，有辆警车停在路边霍利多汽车旅馆的停车场上，车内灯昏黄，我瞥到了警官的胡须。如果此时爸爸经过，他肯定会开始平时那套嘀咕，说这个镇上所有的警察全是骗子，说他们是群懒得要死的胆小鬼，只会一起关在自己的小男孩俱乐部里。爸爸会点燃一根云士顿香烟，然后开始一大通对尼克松政府、加税和解雇的抱怨。妈妈只是看了眼警车，很为某个超速到55公里的人担忧。

"也许该开始新生活了。"她茫然地说。

妈妈那样说时，我便心头一动。我出生前，她干的活儿总在变，像别人换工作一样。她生活失败的最大证据便是我同母异父的哥哥——杜鲁门。他现在和我舅舅一起住在纽约。"总有一天，"妈妈过去总说，"跟你爸爸全安顿好后，杜鲁门可能会跟我们一起住。"

我从没见过杜鲁门。基本上每个月妈妈会坐火车去纽约看他一次。可是不知什么原因，也没人跟我解释一下，为什么他从不来看我们。我猜妈妈不想让杜鲁门和爸爸见面；也许是杜鲁门来了后，很难再把他送回去；反正我不喜欢她把过去的生活和新生活混在一起，所以这种安排在我看来也不错。

不过，我还是有点好奇。

"跟我说说杜鲁门的爸爸。"当玛妮靠在车窗玻璃上，闭上眼睛后，我说。那天我在爸妈房间里乱翻时，找到几张照片，不是杜鲁门的，是个男人的照片，浓密的黑发，脸上白皙的皮肤绷得紧紧的，像具木乃伊。

"哦，多米尼克，"妈妈说，"我们现在别说那个。"

"那我们该说什么？"我问，把头伸在两张凹背椅中间。

妈妈两颗前门牙有点合不拢，这点缺陷让她总是抿嘴而笑。我想别人准觉得那表情很甜美，是娇羞模样。对我而言，它总像幸福与悲伤奇怪的交织。"我们来聊聊我在新墨西哥的生活吧。"她那样笑着说。

这段生活妈妈最爱说，它充满了明快的回忆，就像我那些小时候的老书一样快活得有点烦人。第一页：妈妈在阳光明媚的新墨西哥早晨醒来；第二页：她打了个大大的新墨西哥呵欠；第三页：她吃了一顿丰盛的新墨西哥早餐。平淡无奇，我无聊得要死，可是我任妈妈说下去，因为我知道这样会让她觉得好受点。

"我过去总是做这种早饭，"她说，"有芫荽、新鲜西红柿、鸡蛋和玉米粉圆饼。"

"听上去不错。"我说，装出很感兴趣的样子。

"真好笑，以前我觉得我会一直做那种早餐，不管我住在哪儿，和谁住在一起。"

"那你为什么现在不做了？"我问她。

"我不知道，"她说，"这里的食品店也不一样，马萨诸塞州人人早上都吃薄煎饼和法式烤面包。"

妈妈一直说啊说，带我走过她以前游历过的峡谷。当她喋喋不休时，我想到爸爸，大部分时候，我一会儿站在爸爸那边，一会儿又为妈妈难过，可此时，我为自己难过。说到底，谁他妈的愿意深更半夜、漫无目的地开车瞎转，听妈妈唠叨她的新墨西哥之旅呢？

如果爸爸没有在汉诺威街上，那就说明他跟新女朋友在一起。如果我们今晚真的想找到他，我们还是去别处看看。"我们可以开到伊迪·克拉姆家去。"我突然说道，打断了她的话。

妈妈握紧方向盘，专心望着前面的公路，仿佛我们此时正在穿越大峡谷，她需要集中精神。我有股冲动，想摇下车窗让清风进来，调节一下车内气氛。不止一次，我听到妈妈指责爸爸不该跟伊迪睡觉。她仿佛并不仅是猜测，好像还有真凭实据似的，真好笑。伊迪是爸爸上班的塑料厂老板斯坦利·埃斯基的前妻。过去这几个月，有三个晚上，我们在汉诺威街上的酒吧里寻他不着。天快亮时，爸爸回来了，他解释说他一直在打牌忘了时间。上周，他声称在工厂停车场里睡着了。

"是这样的，"他说，"我把钥匙插进引擎，头靠在方向盘上不过一秒钟，等我醒过来已经四点了。"

"他现在得了昏睡病。"妈妈告诉玛妮他的故事时，玛妮说。

既然妈妈不听我的建议，我就靠回座位，打开窗户。车里一下全是夏夜清凉的风，玛妮在座位上打了个激灵。"你能把那关上吗？"她问道。

我关了一半。

玛妮看着妈妈，鼻子尖得像鸡喙，眼睛瞪得如满月。"特莉，多米尼克说得没错。我是说，如果你真的想找到罗伊，我们可以去伊迪家看看他在不在。"

"如果他在，那怎么办？"

"我们甚至用不着停车。我们只是这样开过去，如果他的货车停在私家车道上，等他回家后，你可以让他再也别米那套胡说八道了。"

我们全知道——至少我知道——在爸妈之间，这永远不可能。

接下来的情形会是这样：爸爸进门；妈妈会愤愤地指责一通，当场落泪；然后被他的花言巧语骗进卧室，在那里疯狂做爱。声音大到我听得见，大到令我作呕。之后，妈妈像什么也没发生过，她会笑着问我："晚饭你想吃什么？"或者"今天学校怎么样？"我最讨厌的是：当爸爸在她的黑名单上时，她把我当个成熟男人，是她在这事上的伙伴，可一旦爸爸把她哄好，我又成了个男孩，只不过是他们的儿子罢了。

妈妈从高速公路上下来，穿过哈特镇路，经过狭窄的铁路木桥来到格林威治农场。镇上这块地方没有街灯，从车窗外望去，只能看到黑沉沉的天空下茂密的树枝阴影，电线杆之间下垂的电话线。我们经过时，佩格鲁索沼泽地散发出化粪池一般的恶臭。不久我们就开上了巴恩山，往伊迪家开去。她住在一幢维多利亚风格的大房子里，斜屋顶盘旋而上，她离婚后柠檬黄墙漆也剥落了。好几次，我和利昂在狗舍后面的停车场上游荡，往嘴里塞着薯条和热狗时，我们看到了伊迪。她高高的个子，修长的腿，头发像洗发水广告上的一样，有着海绵小蛋糕那般的黄色。利昂知道她离婚了，对他而言，这令她更多了一份淫荡。只要看到她，接下来几个小时他全用来猜测她的性爱好了，她喜欢怎么做，她跟多少个男人好过什么的。

我们上到山顶后，妈妈慢了下来，夜晚汽车发出轻微的"沙沙"声。我们碾过这地方，望着窗外。这所房子褪去了往日的荣耀，剥落的油漆下，宏伟的框架裸露出来。突然间，我想到爸爸喝得醉醺醺的似乎也不太糟。如果他不在这里，我们可以把玛妮送回家，然后平静地掉头回家，等他回来睡觉。

"你看见他的货车了吗？"玛妮问。

伊迪家圆圆的鹅卵石车道上，除了一辆卡迪拉克外，空空如也。

"他不在这儿，"妈妈说，如释重负地舒了一口气，"他不在这儿。"

在路尽头，她把车掉个头，打道回府前又一次经过那里。

"等等，"玛妮说，"慢点，慢点。"

妈妈犹豫着，她似乎真不想停下来，相信爸爸不在这里令她感觉很好。他和朋友们喝醉了；他在打扑克；他在工厂停车场里睡着了。然而，在房子另一侧，通往旧谷仓的车道上，玛妮和我同时看到了他的通用车。

"他的货车在那儿。"我们异口同声地说。

妈妈把车在街当中停下，她望着那辆货车，黑黑的车前灯恼火地回望过来。一个瞌睡的巨人，在深夜里死气沉沉。

"蜜糖饼，"玛妮说，"你不能就停在马路当中啊，我们会被车撞的。"

妈妈头往回靠在座椅上，我看得到她脸上湿了。

"没事的，"我说，想安慰她，"可能有个说法的。"

"是啊，"妈妈叫道，"比如，也许他正在操她。"

她整个身子弯下来，从她嘴里传来很轻很轻的呜咽声，一下又什么也听不到，然后爆发出一阵啜泣。那声音让我觉得一群黑鸟惊慌失措地逃离她肚子上的湿巢。扑棱棱、扑棱棱。玛妮轻抚着她的肩。

"你要我进去找他吗？"我问。

妈妈咳着："我不能让你做这种事，多米尼克。"

"我一点也不介意，真的。"我的声音听上去又高又尖，拖得很长，我安慰她时总这样。要沙哑，我想到，要深沉，要改变。

"那好，"她说，止住了哭，"去找他吧。"

"等等。"玛妮说，平直地伸出手来，好像隔着一面看不见的窗户在表演哑剧。"如果你想要罗伊，径直走到那里敲门就得了。不要派多米尼克去干这种脏活，特莉。"

"我不要见那女人。多米尼克只是去找他爸爸，然后我们就回家。"

"可是——"

"玛妮，"妈妈说，"相信我。多米尼克不会介意搭救妈妈的。"

从酒吧里把爸爸叫回来，我是老手了。但我才想起去他女友家对我而言还是件新任务。如果我打断他们的床上好事呢？他会对我说什么？这里可没有他的狐朋狗友可介绍给我，没有樱桃，没有吸管。我戴上红袜队球帽，尽量让自己看起来勇敢些。

我走在私家车道上，脚下隆起的白色小圆石子发出"嚓嚓"声，微风拂过柳树，像有人在说悄悄话。我慢慢绕过他的货车，即使明知道他不在车里，我还是往里瞅了一眼，以确定他不在。我似乎听到他在说："我顺道送伊迪回家，倒车出她家私家车道时睡着了。"也许他确实得了玛妮说的昏睡病，可是他不在车里，所以我只好朝房子走去。草坪的一角，有棵红枫像拉拉队员手上毛茸茸的球形花束一样在天空下闪烁摇曳。空气中一股茉莉的清香，让我想起爸妈非让我去学了一年的信仰问答课上的感觉体验。每个孩子的眼睛给蒙上，要他们猜他们闻到的是什么东西，是粉笔、洗发水还是泥土的气味。当你摸到格列塔·亚历山大带来的那块布时，这游戏就不再简单了。没人猜得出来时，她骄傲地说："是茉莉花。"修女说："所有这些气味都是上帝创造的。"只不过上帝似乎从没创造出那样一种"操我"的味道来。现在我周围就飘着一股茉莉香味，还混有夏天青草的柠檬味。我想到格列塔，在我脑海里她现在只剩下乳房和肚子，还有圆滑的大屁股。我看看手表，差不多12点了。当我走到前门廊时，我回头看看坐在车里的妈妈和玛妮，那车像个泡泡。在阴影中，我能看到玛妮在补妆，妈妈头靠在方向盘上。

我轻轻走上台阶，吸了口气，然后敲门——开始轻轻的，然后越来越大声。没人来应门。我站在一片静谧里，不知道接下来该怎么办。我想到利昂，这几年他一直在追一个名叫珍妮弗·比尔顿的女孩。有次她父母去阿卡普尔科了，利昂在她家后门廊的风铃里找到了用胶布粘在里面的钥匙。他声称他不请而入，并且直接进到她的卧室里。"只要有愿望，"他对我说，"就有钥匙得其门而入。"

我揭开伊迪家门前的脚垫，又检查了生锈的牛奶箱，还查看了光秃秃的水泥花盆后头，没有钥匙。我伸手握住门把手，扭了一下，门开了，没有一点"吱扭"声。在我面前是长长的门厅，一直通到房屋中心，墙边摆着一溜鞋子，几十种不同颜色的高跟鞋，还有平跟鞋、运动鞋。我把门在身后关上，站了一会儿，让眼睛适应昏暗的光线。不知道该往哪走，于是我打算跟着鞋子走。茉莉花香和夏天的甜美气味从高高的窗户里飘进来，更加浓烈，连墙上的花墙纸似乎也有了生机。"叮当"声从房屋后面传过来。我朝那声音走去，越往里走，我发现鞋子越多。只是那时才看到靴子和防滑鞋，保龄球鞋、芭蕾舞鞋，全都摆在鞋盒里，用绉纸包着，价格标签牌还在上头。我转过角落，看到一扇门下有丝灯光。我停下来，推开门。

伊迪站在炉边，搅着锅里的东西。爸爸不见踪影。房间里一股牛奶和肉桂的香味。

"埃斯基夫人，"我说，接着马上记起她已离婚了，"对不起，克拉姆小姐。"

伊迪吓了一大跳，猛地转过身来，手里的木勺子举在前面像举着把武器。"你他妈是谁？"

她一头金发披散在肩头，厚厚的卷发，穿着刚刚遮住屁股的蕾丝睡衣，修长的腿有点弯，以前她在"狗舍"排队时，我并没看出来。她的乳房又圆又鼓，透过柔软的布料，看得出她的乳头，有两角五分硬币那样大。在厨房明亮的灯光下，我看得出她的眼睛红红的，跟我妈一样，刚哭过，要么就像爸爸一样刚喝过酒。

"见鬼，你怎么进来的？"伊迪问。

"前门，"我告诉她，压低嗓门，尽量听上去严肃点，"我敲了门，不过你一定没听到。我是多米尼克·平德，我在找我爸爸。"

这个解释让她平静了一点。她把勺子放了下来。"你吓死我了。你爸爸不在这儿。"

"可是他的货车停在外面。"

"难道你是福尔摩斯吗？他的货车在这里并不意味着他人在这里。"她的嗓音粗糙刺耳，让我想起一个全女生乐队的主唱，可能她在一场很棒的演出后第二天早上就是这种声音。伊迪转身对着炉子，又开始搅起来。她的手又长又瘦，她一圈一圈搅着，手臂上的肌肉都看得到。

"你知道我能在哪里找到他吗？"我问。

"去汉诺威街上找找，也许他爬进啤酒罐里死了。"

"你说的可是我爸。"我说，声音还是很低沉。为他抗议有点怪怪的，不过我找不出别的什么好说。

那口锅直冒热气，热气舔着她肩头的卷发。伊迪转身对着我，表情柔和下来，她的眼角上挑，鼻子纤细，像只猫，笑起来，牙齿又小又整齐，圈在厚厚的嘴唇里。她让我想起那位怀孕的女演员，那个几年前被曼森家族残忍杀害的女演员，可我想不起她的名字来，不过伊迪长得像极了她。"算了吧，"她说，"我今晚本来就过得不好。"

我们在那里站了一会儿，不知道做什么好。我想她等我转身离开，但我发现自己脑子里全是利昂对她的那些猜想。

她喜欢后进式。

她晚晚都要。

她愿意跟任何人做。

"好了，我想我该走了。"我终于说，其实我想再多待会儿。我往厨房门口走去，过道上全是鞋子。

"多米尼克，"伊迪说，"等等。"

我回转身看着她。利昂说得对，伊迪的一切全那么美。她古铜色的胳膊，她的长指甲，特别是她的乳头。我想象得出当我宣布说我见到伊迪·克拉姆，而且她除了件布料不够的睡衣外什么也没穿时，利昂发狂的样子，我甚至听得到他抓狂的声音。"怎么啦？"我说。

"你能稍等一会儿吗？"她说，她的声音还是那么粗糙，"我们聊聊。"

我的嘴发干。"你想聊聊？聊什么？"

"什么都行，天气、新闻、你，"她顿了下，"你爸妈。"

即使她是这个星球上最性感的女人，想让我透露爸妈的事情也没门儿，我的嘴巴可是闭得紧紧的。"聊他们什么？"我问。

"没什么特别的。实际上，我不知道为什么我会这样说。我们根本不必聊他们，我们不如互相了解一下？"伊迪双臂抱在胸前，摩挲着两肘，两个乳房挤在一起，看着好像更大了些。"在这种老房子里醒来，却没人陪，还有比这更孤单的吗？"

我从她完美的胸部看到她完美的脸庞，断定她可能并不想说爸妈什么坏话，也许就像她说的那样，她只想找个人说说话罢了。我想起那些时候自己半夜醒来，听到妈妈爸爸在隔壁屋里亲热，几小时前妈妈还当着我的面骂他，此时她的喘息声让我觉得是种背叛，也让我感到孤寂。我想起以前妈妈说要开始新生活，早上醒来，破公寓里一片寂静时，我担心她是不是不管我，自己走了。

"想不想喝点热牛奶？"伊迪问。

我在厨房餐桌前坐下，现在我成了背叛妈妈的人。我脑子里仿佛听到利昂那粗哑的声音——三根手指，整个晚上，口交。我担心伊迪看出我在想什么，竭力不去想他的话。"如果大房子让你觉得孤单，那你为什么还住在这里面？"我问。

她往两个大马克杯里倒牛奶，她的手握着锅柄时，我注意到她有个指甲断了，还被啃过，也没涂指甲油。我发现自己没被她另外九个红指甲所吸引，反而只顾看着这个不完美的短指甲。"我是在军队里长大的，"伊迪说，"我爸爸是名军官，我住过26座不同的兵营，所以我喜欢住大房子的感觉，有安全感，虽然有时候让我觉得有点孤独。我哪都不会去，这所房子也不会变。"

"你喜欢霍利多吗？"我好奇地问，因为别人——特别是我妈——对这个地方没有什么好感。

"我在世界各地生活过，"伊迪说着把一个马克杯放在我面前，顺便我能近距离看看那个没涂指甲油的指甲，"霍利多跟别的地方一样好。这里很安静，很平和。"

我觉得她说得对。谁需要穿越峡谷，谁需要纽约的秘密之旅？霍利多就跟别的地方一样好。

伊迪从橱柜里拿出一袋趣多多饼干，放在我手边。她闻起来有股牛奶和肌肤的味道。她是完全成熟了的格列塔·亚历山大。

"那些鞋子是怎么回事？"我问。

"哦，那些东西，"她说着朝走道挥挥手，"我想你可以把那当成个赚钱计划。"

"什么样的计划？"

"嗯，"她说，"我想开始设计鞋子。"

肉桂和糖让伊迪调的饮料太甜腻，可我还是喝了。"那些鞋子都是你做的？"

"不，我买的，比赛前熟悉整个赛场是个好办法。我只是想先搞明白我想做哪种鞋。"

她会让你硬起来，利昂说，让你达到高潮。

"你想做哪种鞋？"我问道，让他闭嘴。她的生意方案听上去有点不对劲，但我他妈又知道什么？

"实际上，我更爱男式鞋一些，它们很实用。真不公平，女人不管什么时候都得蹬着双高跟鞋，走路摇摇晃晃。"

我想起妈妈的白色跑鞋——它们轻巧地踩在我们家厨房里裂了口的亚麻地毡上，悄无声息。"女人不一定要穿那样的鞋子。"

"如果她们想得到什么，她们就得穿，"她说，"我得穿它们。"

我把饼干在牛奶里蘸一下，咬了一口。牛奶让我昏昏欲睡，我知道妈妈和玛妮可能着急了，也就是说，玛妮会停下照镜子，猜想什么绊住了我。想起她们还等在外面，我于心不安，所以我又绕回我来这里的原因上。"那为什么我爸的货车会在你家车道上？"

伊迪眨了眨她的猫眼，看着别处不说话。这问题从我嘴里出来似乎飘到了天花板上，似乎没进到她耳朵里。"给我看看你的脚。"她换了话题。

"我的脚？"

"别不好意思，"伊迪"咯咯"笑了，还是那种摇滚明星的声音，"给我看看。"

我把穿着跑鞋的脚放在桌上，爸爸的事就随它去吧，因为我真的不愿再想外面的那辆货车。伊迪解开鞋带，用力一拉鞋跟，把它给脱了下来。我最近喜欢上光着脚穿鞋，所以现在光脚趾头在我们面前摆动着。我的脚从没像现在这般私密过。

"鞋子可以改变一个人。"她说，捏着我的大脚趾，然后手指扫过我的脚背，我抵抗着痒痒，整条腿都僵硬了。她拾起我的跑鞋，摇了摇，曾经是白色的鞋舌一动不动，而鞋带却在她手腕处晃动，像条小蛇绕着她柔软的肌肤滑动。"看看这个。你到底多大了？"

"17岁。"我说，加多两岁，看能否瞒得过去。

"跟我想的差不多。你不再是个孩子了，你是个男人。一双得体的鞋子能让你看着像个男人。"

我点点头，将马克杯和趣多多袋子推开。

"跟我来，我有双合适的鞋子送给你。"

我一只脚还穿着跑鞋，跟在伊迪身后往过道那边走去，那里摆着一溜鞋子，我盯着她的屁股不放，记住一切细节。我想，我可以摸一下，我能撩开她的睡衣，用我的手拂过她的肌肤。伊迪弯下腰，到处翻。她把一双塑料鞋扔到一边，那双鞋让我想起了玻璃鞋。灰姑娘。"唔，"她说，"它们一定在楼下。"

我们来到地下室，那里堆满了没有记号的鞋盒。伊迪扬手扯亮了灯，一只光灯泡在天花板上闪烁着，周围一圈耀眼的光晕。墙壁是用灰色圆石头垒成的，那些圆石头让我想到头盖骨，只看得到黯淡的头顶，空洞的脸永远埋在了水泥里。一幅孤零零的有带凉鞋的草图贴在墙上突出的一块圆石上。远处角落里放着一块破床垫，橙、黄两色的条纹看起来像马戏团帐篷，上面的枕头看上去不怎么松软。房间里一股泥土、蜘蛛网和地下水的味道。

"这是你画的吗？"我问，指着那幅凉鞋图。

"是的。"她说。

"很美，"我对她说，"可没有你美。"

利昂才会说这种话，不是我，但听上去感觉不错，她肯定以为我是个情场高手。

伊迪看着我笑了，用手摸摸我的脸。"有其父必有其子。"她说，却又突然住了嘴。

我爸爸。我本来是为了他才来找她的，可跟她在一起这么好，话说回来，如果伊迪是个跟我差不多大的女孩，她也许压根儿不会注意到我。可在这昏暗的地下室里，在深夜里，我开始觉得我有机会。我又一次想到利昂，想到他问女孩们他能不能亲她们一下。"你问一下，不管她们说行还是不行，你也没有损失。"

我清清嗓子说："伊迪？"

"嗯？"她站在我面前，头歪在一边，双唇紧闭。

"我能吻你一下吗？"

伊迪笑了。这种事搁我爸和利昂那儿都管用，可换了我就不行。她接着说："为什么你这样年轻英俊的男人想要亲我这种老女人呢？"

那个词又来了，"男人。"这是成为男人的好机会。"你很美。"我说。

"我是个大麻烦，"她对我说，"而且，一定有几十个女孩在追你吧。"

"才不是。实际上，一个也没有。我甚至还没吻过一个女孩。"

"从没有过？"

"没有。"

伊迪看着我，想了想。"那好，一个小小的吻也不会有什么坏处。但如果我让你吻我，你得为我做点什么。"

不用说——帮她割草啦、刮掉这所大房子上干掉的黄油漆啦，不过，物有所值。"你想要什么？"

"我还没想好，但我相信我很快就会需要你的。所以你得答应我，等我需要你的时候你得在这里。"

"我保证，"我说，"不管你要什么。无论什么时候 。"

"那好。"伊迪撅起嘴唇，仿佛我们要来一个夸张的舞台接吻。

我往前一步，心在胸口里"扑通扑通"乱跳，像刚穿了一只新鞋那样步伐紊乱。伊迪还来不及缩回去，我的嘴唇已贴在她的上面。她不像我想象的那般柔软，而且在牛奶和肉桂的味道下面，我还尝到了酒精味，这混合味道奇特而美妙。同时，我又觉得亲吻的仿佛是座雕像，因为伊迪僵硬地站在那里。我的心为了我俩而狂跳，我仿佛在深水下游着，一切都无声且缓慢，像在海洋深处一般，没有声音，没有快动作，只有我们的身体，只有我们的嘴唇，蓝莹莹一片。这时，从遥远的地方隐约传来喑哑的嗡鸣声，虽然我拼命想把那声音隔绝在外，我还是朝它游去，它把我带回水面。

妈妈汽车的喇叭声。

伊迪和我停下来，抬头看着地下室屋顶的斜梁。红色和蓝色的电线像血管一般纠缠在我们头顶上。

"我得走了。"我说。

"记住，"她说，她的声音很严肃，"你欠我的。"

我点点头，她可能会要求我给她建一幢新房子，我会答应的。

"等等。"我转身要走时，伊迪说。她在一个黑暗角落里猛翻了一通，拿出一双男人的工作鞋。鞋头上有钢片，黑色的。"可能有点大，不过慢慢就会合脚的。"

喇叭还在叫。不用说是玛妮生气我怎么去了这么久，妈妈则会担心吵到邻居。

我跑上楼，伊迪在后面跟着我。"我带你出去，"她说，"房子太大了，你可能会转错地方。"

但我冲在她前面，上楼后来到一个不熟悉的走道上。我准是转到别的什么地方去了，因为喇叭声现在在我后面响。我打开右手边的一扇门，是个壁橱，挂满了空衣架。我转过身，打开另一扇门。一张天篷床，桃色的床幔、枕头，床上躺着一个昏睡着的人，衬衣敞开着，露出毛茸茸的胸膛，正是我爸爸。吵闹声让他翻了个身，我僵在门口。我是那么轻易地就相信他不在这里，这新发现让我不知所措。我终于吻了一个女人，我不想那是他的女朋友。我没有摇醒他，要他回家。我只是关上门，回到走道上。

不知道什么时候，伊迪已站在了我身后，虽然她可能一直跟在我身后。"这边。"她说着带我走迷宫似的来到前门。我刚走出来，她的手指在我胸口滑过。这动作让我T恤下无毛的肌肤火一般燃烧起来。

"莎朗·塔特。"我说。

"什么？"伊迪问。

"你长得很像她，那个怀了孕，后来给刺死的女明星。"我从不看报，可是写着她名字的新闻标题却不知从哪儿冒出来。我还想起她微笑的照片。

伊迪双臂抱在胸前，仿佛很冷。不知从她家什么地方传出来闹钟报时声。"我很抱歉。"她低声说。

我不知道她是因为她长得像个死去的女人而道歉，还是因为爸爸在她床上道歉，也许，我想，她只是为我不能待得太久而道歉。不管她想说什么，我只顾继续走。

我走到车边，看到玛妮在按喇叭，我猜就是她，妈妈则想把她的手从喇叭上拿开。在我眼里，她们第一次那么可怜，就像露茜和艾瑟儿①总是搞砸事情，只不过这儿没有配上笑声。

"蜜糖，"玛妮说，"你去得太久了，我等得头发都白了，鞋子怎么回事？"

"别管了。"我对她说，把它们紧紧抱着，仿佛是我从敌方带回的战利品。我光着一只脚，那只跑鞋留在了伊迪家厨房桌上。

"你找到他了吗？"妈妈问。

我费劲地吞了口口水，爬上后座。"他不在那儿，伊迪借了他的货车运些家具，她不知道他在哪儿。"我想着如果妈妈问起爸爸，他该如何圆我的谎。

"那怎么耽搁这么久？"玛妮问。

"里面太大了，好多房间让我找不着北。"我的声音又变得沙哑，我忍不住笑了，我想我的声音跟利昂和爸爸的一样了。那一刻，我听上去像个男人。

---

① 露茜和艾瑟儿，1951年至1960年播出的美国电视情景喜剧《我爱露茜》里的人物。

二

　　伊迪决定要我还她人情的那天上午，我和妈妈正站在霍利多警察局的拍卖帐篷下。那是个寒冷、下着毛毛雨的11月天。雨点滴在帐篷的帆布顶上，听着像折指关节发出的声响，一下一下响个不停。

　　"你觉得我们能如愿以偿吗？"妈妈问我。她头上系着条黄色的塑料方巾，方巾下，头发在脑后挽个髻，让塑料方巾可笑地鼓出一个包。

　　"很可能不会。"我说，最近我总是故意逆着她的想法说。

　　在小镇另一头，纳税者协会已投资兴建了一座全新的警局，或者，用爸爸的话来说，一座全新的猪圈。新警察局有十字转门、六车位的车库，还有复杂的紧急总机。三年来建建停停，现在警察局总算建成投入使用了，所以警察们把他们不再用的废品全部廉价清售。头一小时内，我们看着别人带走了木头桌子、磨破了的人造革椅、棺材盒大小的文件柜，甚至还有三辆快报废了的巡逻车和霍利多警察局首任局长威尔·华纳的徽章。

　　但妈妈对这些垃圾没有兴趣，她最想要的是旧警察局本身：它的一层楼结构、爬满常青藤的砖面、装有铁栅栏的囚室，她竭力让自己相信这会是个完美的家。

"别太悲观。"妈妈说。她把手放在头巾上,头巾皱得像装三明治的袋子。"这是我们拥有自己的家的机会。难道你愿意一辈子住在那公寓里头?"

反着她的想法说很容易。"事实上,我愿意。"

自从三个月前,爸爸接下为伊迪新搞的鞋子生意当货车司机的活儿后,公寓生活比以前好多了。一周内他大部分时候都不见人影,在整个东海岸上上下下来回跑,向独立鞋店推销鞋子。如果生意起步了,我不只一次地听到他跟妈妈解释说,伊迪会雇更多的司机,而他就会当调度员。那意味着他会比以前在工厂要挣得多。而我只知道,一周内我都跟妈妈一起,晚上,只要我愿意,我可以在起居室里看电视、喝苏打水、吃薯片。

"等我们把这里布置漂亮后,你会改口的。"妈妈说。

不管我们怎样修整这个地方,它也不可能是个真正的家。上个星期,罗吉特警官带我们参观过一次。他拨弄着硬胡须碴,说的笑话让妈妈"咯咯"直笑,在这间隙当中,他解释说从没人在霍利多监狱牢房里过过夜,这里只是个候宰栏,罪犯们要不被送到真正的监狱里去,要不就给放了。这消息让我很失望,如果我们真的要搬到监狱去住,我宁愿这监狱有过阴暗而危险的过去。我试着想象死囚区的杀人犯,谋划着在脑浆被电椅烤干之前越狱,可是罗吉特身上的野猫味道、空空的监狱牢房、肮脏得像被人遗忘的玻璃鱼缸的抽水马桶,这些东西很难让我联想到那些。这地方更像波士顿郊外的弗兰克林动物园,然而,妈妈坚信这里可以修缮一新。唐纳德舅舅最近有个新发明,所以给了妈妈一张大支票,妈妈想花掉这笔钱,买下这个警察局。

但是我们有竞争对手。

几辆车都拍卖掉了,帐篷里还剩下维托·马勒第和格罗弗·佩恩。维托拥有汽车站旁沃特街上的宁静比萨饼店；格罗弗是汉诺威街上那家汽车车身修理店的老板。

"宁静比萨二分店。"妈妈说。

"汽车车身修理店的新址。"我说。

她叹了口气。"怎么回事？我以为我们甩掉了所有竞争对手。"

几周来，妈妈和玛妮挨家挨户地走，把社区公告板上的拍卖告示撕下来，打电话到当地电台，假装警察的声音宣布拍卖日期已更改。"对啊不起，"玛妮会说，扔掉她的南方口音，"拍卖时间已改变。"

"你那套小把戏，别指望人人都上当。"

"为什么不？"妈妈说，米色雨衣几乎将她整个人都裹住，"兵不厌诈，在爱情、战争和争夺房屋上莫不如此。"

她觉得这是个笑话。自从在伊迪家的那晚之后，妈妈的笑话开始让我烦心。伊迪的吻仿佛让我一下子大了十岁，我看妈妈的眼光也不同了。我希望她别再跟玛妮一起浪费时间；我希望她别再去追踪爸爸；每次爸爸哄得她回心转意后，我希望她别再装回普通妈妈的样子。

停车场那头有个极瘦的女孩形单影只地在抗议拍卖。她大概跟我差不多大，个头跟我也差不多，褐色长发油光发亮，让我想起了没有修饰过的威娜宝广告，那些刚开始阴郁不开心的漂亮模特，只有洗发水能让她们开心振作，恢复活力，露出光彩夺目的笑容。她举着块牌子，上面写着"必须保护历史建筑"，但似乎没人理她。

"那女孩是谁？"妈妈问。

"不知道，"我说，因为我以前从没在学校看见过她，"可是在我看来她想让我们的新家变成博物馆。"

妈妈望着她，说："嗯，我总是很佩服那些敢于为自己的信仰而斗争的姑娘。"

"现在我们公开拍卖前霍利多警局，"罗吉特警官宣布道，偷偷瞟了一眼妈妈。他脸上的肉松弛、有眼袋，配上鹰钩鼻子和薄嘴唇，一张瘦削男人的脸安在强壮的身躯上，还老是这么捋着胡子，仿佛它是件不合适的装备，放在他脸上不太相称。让我觉得他有点躲闪的样子，要不就是太虚荣。我不太肯定是哪一点。

"他长得真帅。"妈妈悄声说。

我看着他塞在蓝色制服里大猩猩一样厚实的胸脯。他的手枪皮套高据在腰上，手枪戳在那儿，像他身上的一个固件。"不要他的脑袋也许还行，"我对妈妈说。

罗吉特摸着他的黑胡子，又摸摸他的徽章，继续唠叨着。"这座六间房的办公楼是自1923年以来最好的房子：硬木地板，狭长型厨房，三个洗手间，完全适于商用。当然，稍加改造也可以用于其他用途。"

"我觉得我好像在看《价格猜猜猜》[1]。"我说。

妈妈没反应。我知道她希望玛妮跟她在一起就好了，可星期六是玛妮在医院最忙的时候。她管病人的电视租用服务，一周内大部分时候，她从一间病房走到另一间病房，从屁股上长着褥疮的病人手中收取皱巴巴的钞票，他们除了看看《玛丽·泰勒·摩尔秀》，听玛妮扯闲谈天外无事可做。星期六早上，玛妮是宾果夫人。整整一个小时里，她的脸覆盖了医院所有电视频道。"B1，G55。我知道赢家在哪里！"做这些事时，她把自己打扮得花枝招展，你还以为她是卡森脱口秀节目的嘉宾呢。

---

[1] 《价格猜猜猜》：美国电视竞猜节目，从1956年连续播放至1972年。

"我们公开竞拍的底价是一万五千美元，"罗吉特警长宣布，"有人出价一万五千吗？"

格罗弗在空中挥着他褪了色、满是指纹印的帽子，维托也还了个价，他们两个你来我往，罗吉特宣布价格已至五万美元。

"你为什么不出价？"我问妈妈。

我们周围的空气像镁光灯一般蓝，闻上去有一股壁炉里的火焰味。在上午的光线中，她的脸像肿了起来，比平时阴沉得多，两颊通红。"我只是让他们先来个开场白，等事情当真后，我再开始行动。"

维托开价五万五千美元。

"在我听来，他们已很当真了。"我说。

"有人再加五千美元吗？"罗吉特问。

"我退出。"格罗弗嘟囔着，在这场大赌注的扑克牌中彻底失败。

他们仨在蒙特卡罗，玛妮在好莱坞，而爸爸则拖着他女朋友那些笨重的鞋子满新英格兰乱窜——那位令人惊异的女友我再也没见过。这个夏天我一直盼望能在"狗舍"那儿再看到她，或在坎伯兰农场的快克商场里见到她。秋天时，有好几次我在她家附近骑十速自行车，不顾一切想再看她一眼，可我再也没有见过她，为此我很是埋怨爸爸。伊迪当然喜欢他多过我，他就是那些啤酒、大块肌肉代名词，还有他的大嘴，而我什么都没有。自从伊迪家的那晚后，每当我去酒吧里找他，我拍拍他的肩，指指门口，不要他再介绍什么狐朋狗友。当妈妈等在车里时，我再也不想鬼混，这就是我的变化。

"有没有再加五千美元的？"罗吉特问。

"唐纳德舅舅给了你多少钱？"我问妈妈。

"不关你的事。"妈妈说，抬起手报了这个价。

维托不能等了，他把手在空中一挥。

"六万五千美元？"

妈妈抬起一个手指。

"七万美元？"

维托挥着手。

"七万五千美元？"

"妈，"我说，拼命阻止她，"我们可以用这个价钱买一座真正的房子了，想想吧。"

"现在不是时候，多米尼克。"她说。

"七万五千美元？"罗吉特问。

"妈，"我低声说，"给他吧。"

看来她总算听到我说的话了，她犹豫了，手放在身边没动。

"七万五千美元一次，"罗吉特说，"七万五千美元二次。"

妈妈咬着上嘴唇，可是手还是没动。

"这样就对了。"我说，决定暂时放松一下反对路线。

"成交！卖给维托·马勒第先生。"

妈妈低下头，朝我们的车走去。她的疯狂计划就这样消失在空中，像风中的气球一般。她解开塑料头巾，塞在雨衣口袋里。我们钻进品托车，她从一个没用过的烟灰缸里拿出一坨口香糖包装纸，银色包装纸里是我们来时她嚼过的黄箭口香糖。她把口香糖又塞回嘴里，把包装纸再放回烟灰缸里。只要我买口香糖，我能一口气把整盒嚼完，一个小时都不用，但妈妈能永远嚼着这一片，不嚼时就把它放回到包装纸里，仿佛国际口香糖市场供应短缺一般。

我们开车出了新宁静比萨店的停车场，维托还在那里跟人握手，那个举着示威牌抗议的女孩正在整理她的东西。妈妈开车穿过镇上一路都没有说话，我摇下车窗，让现实的、临近中午的空气进来。雨停了，有人在什么地方烧落叶。终于，妈妈说："我只想要墙上有个小圆开关，这样我可以自己控制温度；我想要间垃圾桶能放在水池下面的厨房。"

自从她听到拍卖消息后，妈妈就唠叨着她想在每个窗户上摆上花盆，唠叨着她想买柳条花架，要为硬木地板准备小织毯。但她从没提过把监狱牢房里的铁条卸下来，或买下警察局后要对付的其他问题。"唐纳德舅舅一定得发明个时间机器，才能供我们买下这地方。"我说。

妈妈扭着车上电台的按钮，车里立即填满了橄榄球比赛的吵闹声。费城老鹰队对新英格兰爱国者队，或者新奥尔良圣徒队对亚利桑那红雀队，我再也分不清楚它们。"唉，"她说，"如果那些家伙不来，我们就能很便宜地买下那地方。"

我们开上瑞弗路，正要经过新警察局，妈妈眼睛盯着路面，可我望着外面绿色长方形的草坪，闪亮的窗户，三层楼的格局，一名警员站在铺着柏油的人行道上——手搭凉棚，像在遮阳，又像在敬礼——他凝视着那幢建筑物的正前方，仿佛它的设计令他肃然起敬。看来那地方也可能是个家，明白这点后我为妈妈难过。

"你可以省下那些钱作别的用。"我说。

妈妈又伸手到收音机处，按下硬硬的黑色按钮。古典音乐、新闻、更多的橄榄球比赛、天气预报，没什么能让她开心，于是她关掉收音机。道路七弯八扭地穿过霍利多中心，两边是红砖建筑，我们顺着路往前开，头上是去年镇上圣诞装饰的框架——没有花环围绕的两个天使和一颗星星——在风中被吹得来回晃动，金光晃着我们的眼睛。外面空气的味道变了，不再是烧落叶的味道；现在是工厂的烟味。我摇上窗户，只听到轮胎滚动的安静声音。

"我打算告诉你件事，可你得答应我不告诉你爸爸。"她说。

跟爸爸分享秘密，对我来说，从来不是什么诱惑。而且，当妈妈下定决心相信我时，我的话也只是一种形式罢了。"我保证。"

她从道路上移开视线，转过来看我一眼。她的脸还有点肿，我想是她皮肤下湿气太重的缘故。她脑后紧紧的发髻让耳朵露了出来，没有戴首饰，打过的耳洞像张极小的嘴在朝我打呵欠。"我有点小钱，"她说，"还不够买一幢像样的房子。天知道，按你爸的工作，我永远也拿不到按揭。不过如果我出了什么事，我想把那点钱留给你用。"

我想起她在新墨西哥的生活，想起她以前跟我说过的在圣弗朗西斯科当女招待的事，想起杜鲁门。她曾说过她悄悄扔掉了过去的生活，就像她没跟主人和其他宾客道别就偷偷溜出派对一样。我想象着自己是那些宾客中的一员，从角落里看着她，看着她拿起大衣，快步朝门口走去。"你想去哪？"我问，心里担忧起来。

"我哪也没打算去，多米尼克。我只是想要你知道我有点私房钱，我们有急用时，好歹有根救命稻草。"

我们开进了住的那条街，德怀特大道。一排排出租用的三层楼房，七巧板一样的屋顶，纱窗门破了的前门廊，我们的公寓在这个街区的一座五层的综合楼里，旁边就是小区里的棒球场。户外楼梯通往每一层，屋檐水漏下来，褐色铝合金墙壁上留下一道道污渍，我第一次用妈妈曾用过的那种目光看待这里，芥末色而非亮橙色。她想要大海的那种湛蓝，给她的却只有池塘里的泥巴色。

我在世界各地都住过，伊迪说的话在我脑子里响起。霍利多跟别的地方一样好。

"那你为什么来这里？"我问妈妈，她正在仔细研究着我们这栋楼后停车场里的一个车位。

"你这是什么意思？我嫁给了你爸爸，我们一起搬到这里来的。"

我接下来的问题可能会让她不想告诉我秘密了，可我还是问道："那你为什么嫁给他？"

妈妈把车停在装得过满的垃圾桶前，熄了火。这里有块"不准停车"的标志，不过只要在星期一以前，停在这里都没事。车轮附近满是乱扔的空牛奶盒、加香草饮料和RC可乐罐，还有压扁了的薯片袋，一只鸽子嘴里叼着块满是香葱末的薄薯片。妈妈叹了口气。她的叹息声总是那样沉重，只有老女人回望她过去不快乐的一生，却又无法挽回补救时才会发出这样的叹息。"就像那些在新墨西哥的早餐。"她说。

又来了，我想。

然而她接着说："我遇到你爸时，我觉得他真是我见过的最帅的男人，他很会玩，我们开着他的摩托车到处玩，玩通宵。遇到他之前，我的生活一团糟，跟他在一起，干什么都像是开大派对。我觉得我要的正是这个。"

我努力想象妈妈骑在摩托车上，在外面玩到天亮才回家的形象。让我奇怪的是她生活变了后，性格也变了。再说，她总是警告我骑十速自行车要小心点。我问她这与那些早餐有什么关系。

"我只是说，在我生命的某个阶段、某个时间里，你爸爸是很完美的，但接下来，就不像我希望的那样了。我们有了你，对我来说这是生命中最美好的事。我以为我们的生活变了之后，你爸爸也会变，会安顿下来。我想我们该买座真正的房子——"

她住了口，我知道她一定又在想那个警察局，它就要变成比萨店，而不是她梦想中的家了。

"现在回头看。"她凝视着车窗外，目光穿过金属垃圾桶，里面的垃圾满得溢了出来。"回头看，我发现我当时要是留心一些征兆就好了。"

"征兆？"我说，不明白她讲什么。

"征兆。生活会在你面前留下一些征兆，一个、两个、三个。你要做的只是注意看，多米尼克，等你再大些，你会明白的。如果你退回去，仔细看你周围的世界，总有些指路牌，告诉你该往哪走。他又喝太多；他又撒谎了；可是我没理会这些，全因为我太……太……需要他了。就像有声音告诉我们未来会怎样一般，但我不想听。我把它们轰走，而我成了现在这样子。"

她的声音低得像耳语，手指捏着还挂在引擎上的钥匙，钥匙链上有个迷你地球，她把世界左右摇晃着。

我想问问她遇到爸爸前一团糟的生活是什么意思，我猜那是跟杜鲁门有关的暗语。这时，车窗外一只鸽子扑棱着翅膀，小碎步疾跑着弄出响动，掉落几根羽毛。这动作惊醒了妈妈，我从她脸上看得出跟我分享秘密的魔力已被破除，她不会再告诉我什么征兆或杜鲁门的事情了。"我要想法子让日子好过点，"她说，拍拍我的膝盖，结束了我们的谈话，"你看着吧。"

即使她说了这些充满希望的话，我还是看得出她觉得自己迷失在生活里了。她把口香糖重新包好，放回烟灰缸，以备以后用，我们下了车，一路上楼到了二楼我们的家。我想起她情绪不好时放的充满活力的八声道歌曲，我不知道歌手叫什么名字，然而现在有首歌的节奏在我脑子里响起来。"我看着今天我的生活。我希望我就这样快乐地生活下去。"这些歌词忧伤无望，足够让我想要她摆脱这种伤感。"我该睡哪间牢房？"

"嗯，"她说，立刻不由自主地跳进我的笑话里，"我想要那间主人牢房，而你可以睡走道那头的那间。"

"别忘了那间客人牢房。"在她摸索钥匙的时候，我说。

"当然，对于每一位在此过夜的客人，我们都得采集指纹保护自己。"

等妈妈打开家门时，我俩哈哈大笑了。公寓里一股冰箱解冻的味道，冰冷的金属和隔夜的食品。"也许考虑有点欠周，"她说，"但我去试试总没错。"

"什么欠考虑？"爸爸问。他坐在厨房桌旁，手里拿着一份《霍利多先驱报》，旁边一瓶啤酒，太阳镜半架在鼻梁上，好似很酷，懒得把它们摘下来。

由于这一周他都在路上，他在与不在时，我和妈妈的性情是两回事，此时我俩赶紧变了口风。"哦，没什么。"妈妈说。最近爸爸露面后，要花很长时间才能把她从我这边赢过去，可是，她到底还是会回到他那边去。"我以为你要星期天才会回来呢。"

他还没来得及回话，电话铃响了，铃声混杂着电视机里的橄榄球比赛的喧哗声。爸爸不喜欢把黑白电视机搁在起居室里的架子上，而是习惯把电视机搬到厨房里，好跟他一起。星期天上午他喜欢把电视机搬到洗手间里，拿张报纸消失在里面。此时，电视机蹲在餐桌中央，铝合金天线弯着，晃动着，他想要接收清晰些。电话响第二声时，爸爸接了电话。"找你的，特莉。"

她接过电话，顿了一下后，她说："有得有失。"

很可能是宾果夫人刚刚结束黄金时段的演出，亲自打电话来。这是我赶紧开溜的机会，耳机和"谁人"乐队在我房间里等我呢。利昂和我总喜欢把声音开到最大来听《迷幻女王》和《弹子球巫师》。

"你怎么样？儿子？"爸爸说。

我转过身，给逮着说话。他浑身一股在外旅行的味道——休息站的味道、汽油味，在货车方向盘后的时间太长了。我头脑里的声音对我说，他是个客人，我们需要采集指纹。

"很好。"我说。

"学校呢？"

"还行。"我说。

"还没有找活儿干？"

"我才15岁，"我说，"还不到年龄。"

既然我们简短的闲聊不冷不热，他朝我胳膊上打了一拳，希望我们像从前那样来一次摔跤。我想起小时候，他让我把他摔倒在地，就在我压根儿没想到时，他会挣脱出来，挠我痒痒，直到我大笑求饶。好多年我们没这样过了，可我今天没情绪跟他来场假斗，尤其在我们已发生过这么多真斗之后。

"是罗吉特警长。"妈妈挂了电话后说。她紧张地朝我望了一眼，跟她的私房钱一样，她想买下警察局的计划也是瞒着爸爸的。"他打电话来谢谢我这个月做的义工。"

"义工，"爸爸说，"你为那个骗子做些什么？"

"你知道的，"妈妈说，语调轻快，只有撒谎时才这样，"不过这事那事的。"

我从她在厨房里忙活的样子——擦掉炉台上咖啡的圆印渍，解开悬在窗帘下、结成红色小球的窗帘穗子——看得出，对他的意外归来，她还没调整适应好。

"那好，"爸爸说，"既然你们全都无事可做，你们俩应该很高兴知道我为什么回来了。"

妈妈挽起羊毛衫的袖子，穿过厨房。她永远在把麦片盒与汤罐从一个架子换到另一个架子上，想找一个最合适的位置。现在，她拿下番茄汤罐，将开罐器的利齿撬入盖子里，掀开盖，她把一团软不拉叽的暗红色东西倒在炉子上的锅里。

"你怎么回来了？"我问。

他看着我，咧开嘴笑道："我辞职了。"

"辞职？"妈妈说。

"怎么回事？"爸爸把肚子绷得鼓鼓的，挠着肚子，逗她，"我就不能也待在家里，吃白食吗？"

"很好笑。"她说。

其实本来是好笑的，虽不至于笑到跌倒，至少也是《帕曲奇一家》①那种笑话。然而爸爸不明白的是，他的寻欢作乐和外出旅行多少让这不太好笑，我和妈妈很难再放松下来，表现自然，因为我们谁也不知道他什么时候又会消失不见。

"简单一句话，那个叫克拉姆的女人是个搞砸事情的婊子。"

一提到伊迪，妈妈便转身对着水池，她把最后一滴啤酒倒出来，把空罐子扔到炉边的垃圾桶里。要是以前，我会把空酒罐拿出来，踩扁，可是今天我急于听伊迪的故事。

"请别当着多米尼克的面说这些。"妈妈说。

"他以前也听过，对吗，儿子？"

我朝爸爸点点头，然而妈妈看着我时，我又赶紧摇摇头。

她问："那钱怎么办？"

"我会找别的活儿干的。也许是那些横穿全国的运输活儿。"

我看着妈妈憔悴的脸，我知道她一定在想若干年前，她忽视了的那些征兆，可我对此无能为力。他们的谈话说来说去，说上几个小时也没个结果。妈妈会一直问她那些试探性的、担心的问题，但从没有结果。不出一周，他又会找到一份比以前更好的梦想中的工作。这里没什么伊迪的消息，我准备退回到我的房间去，这时我看

---

① 《帕曲奇一家》：美国电视肥皂剧。

到空果盘、报纸和电视机中间有封信，我的印刷体名字赫然写在信封封口处。"那是什么？"我问。

"我回家时，在信箱里拿的，"爸爸说，"一定是有人送过来的，因为没有邮票。也许你有个崇拜者。"

我撕开它，我的名字被一撕两半。

多米尼克：

　　我需要见你。

　　　　　E.

"好了，"爸爸说，"是谁写来的？"

我想把信叠起来，可一紧张把它揉皱了。"格列塔，"我说着把信塞进口袋里，"格列塔·亚历山大。"

"好啊，特莉，"爸爸说，"看来我们儿子有女朋友了。"

我让妈妈去应付他，自己一头扎进房间里，把门锁上后，我打开信——信才在我口袋里待上这么短的时间，就已皱得不行。"多米尼克，我需要见你。E。"不用说，那个E就是伊迪。我把她的笔迹凑到鼻子下，希望再闻到牛奶与肌肤的混合味道，闻到她家里的茉莉花香，然而，我只闻到第一天上学的感觉，还有家庭作业的味道。我撅起嘴贴在代表她名字的E上面，伸出舌头舔着旁边的小小句号。我简直不相信她竟然终于跟我联系了——竟然开车到我家来，把信放进信箱里——几个月来，我脑子想的全是她，还有我们的吻，想我们之间能不能发生更多故事。也许她一直等着爸爸从她生活中退出，再来找我；也许现在他退出了，我们之间的故事要开始了。

现在最重要的是她想要——需要——见我。

我的抽屉里放着一只卷得紧紧的大麻，那是几个月前我从利昂那里偷来的。我们常常在一起狂喝滥饮，我们从他妈妈的黑漆酒柜里拿酒，自己调制要命的混合饮料。几周前的一个周末，我们用朗姆酒、伏特加、威士忌、苦艾酒、一点胡椒博士和几滴橙汁调制了一种饮料，取名叫"霍利多猛鬼吃人"，调好后我们一仰脖，把用旧牛奶盒装着的这种饮料全灌了下去，结果我们肠子都要吐出来了。每当我们想要寻开心，而肚子却需要休息时，利昂会拿出一小袋大麻。我省下一点点以防万一，想着等有机会单独跟伊迪一起时再用，抽几口大麻能帮她再张开嘴。关上抽屉前，我扫了眼那叠棒球卡片，那是过去我跟爸爸一起搜集的，不知怎么，我拿起它们，翻着这叠卡片。从前，记住这些球员以及他们的信息，我最拿手：威尔伯·伍德：芝加哥白袜队替补投手，赢22场，输13场，防御率1.91；布鲁克斯·罗宾逊：巴尔的摩金莺队，第三垒守垒员，70年锦标赛里二个全垒打，击球平均得分429，长打率810；比利·威廉姆斯：上几个赛季中芝加哥小熊队主力队员，42个全垒打，击球跑垒得分129。过去我总能很快说出这些名字和数字，我知道这让爸爸觉得很骄傲。只是记这些统计信息对我来说，跟做数学家庭作业一样没用无趣，不知从何时起，我就懒得再记了。球员和他们的数字在我脑海里模糊起来，这叠卡片上只有几张面孔闻起来还有点泡泡糖的味道，我把它们扔回抽屉，正要关上时又看见了唐纳德舅舅家的地址，这是我从唐纳德舅舅写给妈妈的信上抄下来的。

唐纳德·F·比阿多吉安诺

纽约州纽约市巴勒克街97号3B房

邮编：10014

每次我看着藏在灰袜子和蓝边短裤后面的这个地址，我就想到杜鲁门，他是我的一部分，真的，是我的半个哥哥，就住在二百英里远的地方。我发誓要了解更多情况，然而，此时，我心里只想着伊迪，我关上抽屉，回到厨房。

"鞋子，"爸爸正在说，"我要给那位女士鞋子。算她走运，嘴里没尝到我的十码鞋。"

他搂着妈妈的腰，妈妈站在炉子前，往一个碗里倒汤。她还在努力套他关于工作的话，却没发现我就要找到答案了。"我的姑娘哪儿去了？"他问她，吻着她的后颈脖子。"那个过去喜欢玩儿的姑娘哪儿去了？"

"待会儿见，"我说着直奔楼下我的十速自行车而去。

妈妈打开厨房窗户，朝我喊道，仿佛我是个小孩。"你想吃什么？"

我望着她那张柔和的脸，白皙的脸色跟有BB枪孔的褐色铝墙板形成鲜明对照。这必定是爸爸一直面临的抉择：妈妈和她温暖的饭菜、安静的声音和轻柔的举动；另一边是伊迪和她的大宅子、大乳头和大把钞票。

"我等会随便吃点。"我说着骑上自行车，在潮湿的天气中踩着走了。

往伊迪家骑的时候，我心里想的是这次吻她会不会和上次一样容易，大麻会帮忙的。我低头看着她送我的黑鞋子，一天天，我温暖的脚滑进它们柔软的皮革里。现在，由于穿的次数太多，它们有些旧了。我很想折回去，飞快擦亮鞋子后再到伊迪家露面，可我的心跳得那样快，我无法回头。我没再想鞋子的事，而是想着去舔爸爸要踢掉的牙，我湿湿的舌头贴着伊迪冷淡笑容的画面让我沿着街边一上一下踩得更带劲，终于到了她家附近的山顶。

日光下，那幢维多利亚风格的房子显得比上次更破败。红枫树的叶子干枯、卷曲，落到同样枯死的草坪上，树叶没人耙收。私家车道上一度洁白的石头也染上黑点，在我的自行车轮胎下像上百颗遭虫蛀的牙齿。我停下来没再踩自行车，喘了口气。当我朝她家门廊走去时，紧张得简直透不过气来。我究竟该不该这般冲动地跑到她家来呢，跨过敌界，像妈妈总对爸爸做的那样，是不是个错误呢？毕竟，那晚伊迪对我说了谎，说爸爸不在她床上。每次想到这，我就对自己说我该生她的气。

但是她需要见我，我提醒自己。随着那几个字钻进我脑子里，我走到门口，踢着门前剥落的黄油漆碎屑。在其他那些凄凉的映衬下，这些碎屑看起来像是太阳的碎片落在她门前，等她来扫走。狮子脸形状的门环生锈发红，中间是空的。我用这个长相寒碜的家伙敲了一下、两下，然后等着。

“伊迪，”没人应门，我喊她的名字，“是我，多米尼克·平德。”

一只鸟在空中聒噪，但房间里没有任何声音。这地方有种人来人往、逛进逛出的感觉，我这个夏天对它就是这种感觉，这里仿佛是高速公路的休息处，廉价旅馆。

最后，我把手放在门把手上，拧它，可拧不动。于是我绕到后面那晚我爸爸停车的地方，这次那里停着伊迪的卡迪拉克。伊迪背对着我，正把一个小小的红色口香糖样的行李箱放进汽车后尾箱内。几个月没见，我简直不相信她现在的模样。她穿着件长及膝盖的长袖T恤，除了这件蓝色东西，她几乎什么都没穿，因为我能看到她赤裸的双腿，还有光脚板。

“你好，伊迪。”我说，这语调我练习了好久，像是山洞里深沉的回声，一位严肃的男战士的声音。

"多米尼克。"她说着转过身，伸出手来拥抱我。我感到她的手臂在我的手臂下滑动，抱住我的背，把我拖向她，她的乳头和肚子紧紧贴着我。"你比我想的要来得早。"她说，我脖子后还感觉得到她的呼吸。

我的身体负荷不起——胸口在燃烧，嘴仿佛被粘住，下身变硬。我本希望，就是现在也希望伊迪会想再次接近我，但我们再见面时她会怎么做却没有一点把握。那一刻，我知道我们的吻也改变了她。我对自己说：伊迪总算清醒过来，知道爸爸是个混蛋了。

她松开我后，我才看到她左眼下肿起青紫的一块，像利昂打架后的瘀伤。那种炫目的颜色似乎属于利昂，可放在伊迪脸上，有点像弄乱的化妆，凌乱不堪，全乱套了。我听到爸爸说她的牙齿尝到十号鞋。

"出什么事了？"

"我一定得告诉你吗？"她说着关上后尾箱，"我相信你猜得出来。"

那块瘀伤被一道血印从中分开，我想到洋娃娃涂过的嘴唇，笑容里是干透的腥红色。伊迪身上有股洗衣篮和穿过没洗的衣服的味道，她的头发卷曲缠绕，很久没洗过了。

"你要出门吗？"我问她，声音一直保持低沉。

"是啊，"她用那沙哑、摇滚乐队的声音说，"真他妈疯了。"

我笑了，不知道她是不是在说笑。

"我要离开几天，"她说，"可是我要先见见你，你想到里面坐一会儿吗？"

我跟着她上了短短的楼梯，进到房间里。门口挂着一个贝壳风铃，在风中发出空洞的"叮当"声。从我上次来后，厨房已废弃不用，败落了。炉子上，乱堆着一些锅；窗户上，满是手指印，灰蒙蒙的；桌上，看着像一顿饭吃到中间给打断了——两只盘子，吃了一半的鱼块和薯条。

伊迪用手指梳了梳她的乱头发。十个指头上长指甲全给啃光，不见了，就像第一晚的那个粉红指甲。"我用几分钟去收拾收拾，你不介意吧？上次你看见我时，我穿着睡衣，这次我看起来像个破布娃娃。我多少该整理一下。"

"能见到你我就很开心，"我说，很感激她给我一个奉承她的机会，"慢慢来，不着急。"

当她安全地走过门厅，我寻找着爸爸的痕迹。角落里的桌子上堆着一叠粉红和黄色的账单，那颜色跟婴儿衣服的颜色差不多：欠新泽西D.T.E制造厂5,614美元；欠阿拉巴马州盖勒普斯染厂2,952.77美元；欠霍利多本地的马拉松货车租赁公司3,982.19美元。最后通知。最后通知。最后通知。在这叠账单下面，是医生的账单，要求伊迪支付350美元整，而"检查项目"一栏给整齐地撕掉了。一位阔太太的账单，我想着，可是为什么她没付呢？

我的肚子"咕噜"直响，我走到冰箱处，里面只有苏打水、沙拉调味酱、果冻和各种没用的东西。如果爸爸常在这里的话，应该会有喜力兹或百威。也许伊迪把它们全倒了，妈妈有时候就这样做。我走到过道上，去看那些鞋子，想找找我上次留在这儿的那只旧跑鞋。但走道上只有一块小地毯，黄皮鸡蛋的颜色，一直通到门口。没有高跟鞋。没有防滑鞋。没有拖鞋。

伊迪的脚步声从房子另一端传过来，还有抽屉被打开又合上的声音。我回到厨房，拿起电话拨号，号码盘回零时我尽量捂住不弄出声响。

"嗨。"是利昂。我想象他在位于地下室的卧室里，正躺在床上做着扩胸动作，锻炼他的胸大肌，然后停下来抓起电话。

我悄声说："你再也猜不到我在哪儿。"

"在他妈的监狱牢房里。"他说。

"不对。我说服老太太不买警察局了，所以猜猜我现在在哪。"

"家里，挤着你屁股上的青春痘。"利昂说。

"怎么不猜一下他妈的伊迪·克拉姆家，还有奶头。"即使她脸上的瘀伤让我此时不想要她，我还是能装出一副想要的样子。

"平德。你不会又开始你的小幻想了吧，是不是？"

"这是真的。"

"我真愿意听你说下去，可是我正要去×林特夫人。"

林特是我们班的代数老师，一头金发，去年没让利昂及格，他总是说他要还她一个"F①"。我想象着利昂和他妈妈在家里，细长的玻璃酒杯里，伏特加泡着冰块，发出"叮当"响声，迪塞尔太太抽着薄荷味的沙龙香烟。我讨厌迪塞尔太太把她那喜欢开下流玩笑的性格传给了他。上次我告诉他我吻了伊迪时，他根本不相信。这次他也不会相信，除非我能证实。"等15分钟后，再打电话到这儿来。伊迪接电话时，你就说找我。那时，你会明白的。"

我听到过道里伊迪的脚步声，赶紧和利昂说好后挂了电话。伊迪一定在途中什么地方又停下了，因为屋子里又安静下来，她还没露面。我走到厨房后，穿过一扇窄门，我看到上次没到过的一间玻璃房。地下室的床垫放在白色木地板中央，上面是一床乱糟糟的毛毯，几只尖尖的高跟鞋，还有几个散乱的枕头。我刚走进去，房间里的热浪便紧贴着我的皮肤。

"这儿的光线很好，"伊迪在我身后说，"我把床垫拖到这间

---

① F：不及格的英文"fail"和脏话"fuck"都是字母"f"开头。

房里，下午能在这里打个盹。"

我转过身，她这就像我和利昂一直谈论的那个伊迪了，金发刚梳过，发梢卷卷的；腥红的嘴唇，一股甜蜜的香水味；还穿着那件宽松的T恤，只不过现在下面加了条黑裤子。

"坐吧。"伊迪说。

我坐在床垫边上，她也是。我们俩之间有一只没带的凉鞋，红得像只煮熟了的龙虾。我想问她找我干什么，但还是决定像利昂常说的那样顺其自然，这是我耍酷的机会。

"你想不想爽一下？"我问她，尽量让声音听上去随意点。

"我以前会，"她说，"可我决定改正缺点。你知道，表现好点。"

瞧我这运气。一切都不对——伊迪脸上的瘀伤，她凌乱不堪的家，还有她要检点自己。不过，我还想试试。"真可惜，"我诱惑着她，"我有点好东西。"

"行啊，那就抽呗。我想当修女并不表示你也要变成修女啊。"

"是吗？"我说。我的声音听上去拉得很长很细，不是我想要的那种了。在她面前点燃大麻，抽起来，似乎有点傻，可我没有退路，再说，等她看到我飘飘欲仙时，她准会改主意的。我从口袋里掏出大麻和"狗舍"里的火柴。伊迪从架子上拿下烟灰缸。一只蓝色鱼鳞的陶瓷鱼张着大嘴。我点燃烟，抽了一口，伊迪和鱼都看着我。"魔鬼。"我吐出烟时说了句。以前看电影时，我听到电影里有人这样说。听上去真酷，于是我又说了声："魔鬼。"

"绝对没错。"伊迪说。她在床垫上不停地换姿势，一会儿折起这条腿放在身下，一会儿又换一条腿。我希望她能找个舒服点的位置，这样就能把注意力集中在我们身上了。

想到利昂，我看着厨房上的钟，快一点了。这一天似乎有点混乱——可笑的拍卖会、妈妈和她的私房钱，爸爸辞了工。"我不知道罗吉特警长打电话来会说些什么。"我大声说了出来，其实并不想这样做。

"谁？"伊迪问。

"哦。"我说。我的舌头仿佛长了一寸，重了一磅，脑袋也像塞了团海绵。"没什么。"

我又吸了几口，摇摇头，尽量只想伊迪的嘴唇，然而，她眼睛下方的瘀伤还是吸引着我。很奇怪爸爸会把她打成这样，虽然他嘴上说过，可我从没见他打过任何人，没打过我，没打过妈妈。不过，伊迪的眼睛却是确凿的证据。"你的脸成这样，我很抱歉。"我说。

"可别。又不是你干的。"

我从窗户玻璃上看到自己的影子，我的脸就是《男孩俱乐部》广告上那种好斗的大眼睛男孩的脸，只是在大麻的作用下，那影子成了我自己的拙劣形象。T恤和毛衣穿在我身上一点也不合适，我套上同样灰色的一件运动衫，连衫帽搭在后背上，像个空而无用的袋子。我决定集中精神跟她说话，而不是这样任思绪随着影子乱飞。"那你找我做什么？"我问。

伊迪歪着头看着我，虽然她的脸上有伤，可还是很美。"如果我还能找到别人说说话，我也不会把那张条子塞到你家邮箱的。"她说。

"Yo comprendo（我明白）。"我说，对我的西班牙语觉得好笑，可伊迪似乎不觉得好笑，于是我闭上嘴。我脑袋里有什么东西在收缩、退却，我看着我们之间那缕细烟萦绕盘旋，直到伊迪再度开口。"你爱你父母吗？"她终于说。

我压根儿没想到她会问这样的问题。"是的，"我说，"我想是。"

"他们俩都爱？"她问。

"是的，"我说，然后我又想了想，"我猜爱其中一个更多些。"

"你妈妈？"她说。

不管此时我有多飘飘欲仙，我不会让伊迪说我妈的坏话。我可以跟老太太唱反调，我可以在她做中饭时跑出去，但这才是我。"当然。"我警惕地说。

"我不是怪你，"她说，"通常妈妈比较容易相处，你爸爸可真是个混蛋。"

说我爸的坏话，我不怎么生气。实际上，它让我觉得我在某些方面已胜过了他。"是啊，"我说，"他妈的混蛋。"

"你觉得你妈会不会跟他离婚？"她问。

我想起妈妈坐在车里时说的话。"不会，"我告诉她，"他们有大计划，他们想买房子，他们开着他的摩托车四处旅游，一起做早饭。"

"早饭？"伊迪说，"摩托车？我不知道他有摩托车。"

"没错。"我说，听上去很是得意，因为我知道得比她多，尽管我也是一小时前才知道有关摩托车的事，尽管他现在根本没有。

"那好，我猜我根本不怎么了解他，"伊迪说，"不奇怪。"

"别难过。"我对她说，又抽了一口大麻。烟在我肺里让我一时糊涂，自信不已，我决定想到什么说什么。"有我在。"

"我很高兴你这样说，"伊迪说，向我靠近了些，"多米尼克，我能给你看点东西吗？"

这就对了。我们又要接吻了，也许还会做爱。"任何东西，"我说，"任何东西都行。"

伊迪跪在我面前，手放在T恤下。我费劲地咽了口唾沫。大麻

让我的脑袋里塞满了煤灰，一团糟。好几个月来，我一直在等这一
时刻，但我不知道有没有做好准备。她得看上去更像利昂和我在
《皮条客》和《藏春阁》杂志上看到的那样才行，四肢伸开，捏着
乳头，眼睛像烟灰缸上的鱼眼睛一样，不知凝视何方。然而，伊迪
专心地看着我，脸上还有块瘀伤，那是我爸给她留下的爱的印迹。

"你准备好了吗？"她问。

我想，不能再抽大麻了。"准备好了。"我说。

她慢慢地撩起她的T恤，T恤下面的肌肤像奶油般白而光滑，
她的肚子比我想象中的要胖。我想到几小时前爸爸在厨房里鼓出来
的肚子，现在这姿势真可笑，我笑出来。伊迪没理会我的笑声，继
续把衣服往上拉，停在乳房下头。"你为什么不脱了？"我问她。

"什么意思？"她说，"我就想给你看这个。"

"你的肚子，"我说，尽量想表示出欣赏之意，"很美。"

"多米尼克。"她说着把我的手拖向她，我们之间火花迸射。
她把我的手掌、手指贴在她肚皮上："我怀孕了。"

我头脑中的海绵一下子挤干了，我突然清醒过来，我缩回手。
一瞬间，"莎朗·塔特被谋杀"的标题跳入我脑海，然后又消失不
见。"怀孕了？"我说。

突然我想到那种"男孩遇见女孩"的故事。只是我的是这样
的：女人与男人有了暧昧，并怀上孕。男人已经有了老婆，还有个
孩子。男人把她打得死去活来。女人好了些之后，跟男人的孩子接
触上了。到这儿故事接不下去了，女人想要这孩子……到底想要这
孩子做什么呢？

"为什么你跟我说这些？"我问，才不管我的声音听上去什么
样。虚弱而颤抖、幼稚而糊涂，一切全乱套了。

"我跟你说过，我找不到别人可说。"

"那去找个心理医生。"我说。

伊迪把衣服放下来。五个月了，我猜，也许一百个月，我对婴儿这些乱七八糟的事一窍不通。"为什么你不拿掉它？"

"我想要这个孩子，"她对我说，"这个镇上的人总觉得我是个婊子，现在他们有话说了，但我要我的孩子。"

我在鱼嘴里掐灭了大麻，我想那家伙看起来很开心。"那你为什么找我？"

"别管那个了。"伊迪说。她的眼睛泪汪汪的，布满血丝，也许是香烟弄的，也许是眼泪。

我呼了一口气。"我可真没想到这个。"

"我明白。"伊迪说，摸着她的肚子。

但我想她并不真的明白，她不知道我想再吻她，她不知道我可能想要的还不止于此。现在说这些也没用，还是爸爸赢了。"那我能为你做点什么？"

"我要你为我去跟你爸爸谈谈。"她说。

"跟他谈什么？"

"告诉他我需要他的帮助，"她说，"经济上的。"

我笑了。"如果你还记得，他辞了你这儿的工作，他一个子儿也没有，而你还有这幢大房子，还有你的生意。"

"生意完蛋了，"她说，"他帮着我挥霍完最后一分钱。"

我想到那些婴儿衣服一样花花绿绿的账单。最后通知。最后通知。最后通知。"你还有你的房子。"我说。

"我付不起按揭，而我前夫不愿借钱给我。听着，如果你能跟他谈谈，向他解释一下我的处境，我需要有人帮助渡过难关。相信我，我宁愿找银行贷款，也不愿求你爸爸那杂种的，不过银行会笑着把我赶出这房子。"

我想到妈妈的钱，藏在什么地方以备急用的钱。不用说，她把五十和一百的藏在音乐盒底下——音乐盒是个塑料做的芭蕾舞女，每次妈妈存钱进去时，就上发条让她旋转唱歌。我想起住在巴勒克街的半个哥哥，如果我帮伊迪的忙，以后知道她生的是弟弟还是妹妹，我就用不着好奇了。我头脑里翻来覆去地想，像条活着上了岸的鱼翻滚不停：我可以借她点钱，她将来某个时候会还给我，而妈妈压根儿不会知道。

不行，我不能这样做。

可以，我可以。

我不能。

我能。

我不能。

这时，伊迪伸出手摸摸那道干了的伤口。她没有涂指甲油的粉红手指轻轻摸着。我想象着爸爸的手紧握成拳，一拳挥来打在她柔软的脸上。我恨他那样待她。

"我可以——"我含含糊糊，把"不"字给略去了。

"跟你爸爸说说？"伊迪说。

"不是，我可以借些钱给你。"

"多米尼克，"她说，"你真是太好了，但我需要的是真正的帮助，我需要很多钱。"

我在想我能搞到多少钱。毕竟，妈妈永远也不会真的用那些钱的。"听着，"我说，想着等会再算算，"我俩都知道我爸是不会给你一个子儿的，所以我暂时借点钱给你。我能拿出一些钱来，等着瞧，你准会大吃一惊的。"

电话响了——尖利而陌生，是利昂打来的。突然间我们的计划像我妈的那般荒唐，我不再想让利昂知道我生命中的这个片段。

伊迪不是《藏春阁》女郎，也不是《皮条客》里的妓女，她无路可走，她很惨，像现实生活中的女人一样。我想让电话就这样响下去，但伊迪走进厨房，我看到她接起电话，回答说："多米尼克·平德？"她像问问题似的说，眼睛从门口望着我，她没拿电话的那只手贴在脸颊上。

我脑子里有个微弱的声音在说，他不在这儿，他在"狗舍"后面的停车场里骑自行车；他回家和他妈妈一起看着电视喝西红柿汤去了。我看着伊迪，摇摇头说不。我的食指和中指滑过喉咙，意思是说"挂掉电话，"仿佛我割断喉咙，看到下面的气管。我一次又一次割开喉咙，摇头说不。

"你一定打错电话了，"伊迪说，"这儿没这个人。"

她挂上电话，我望着她——瘀伤、肚子等等。"如果我借钱给你，"我对她说，声音严肃，"这只是你我之间的事。"

三

音乐盒里有四百五十块零一角二分。

床垫和弹簧中间找到两千九百二十五块。

壁橱后面的托姆·麦克安鞋盒里找到三千块。

在卧室深、浅两色哔叽地毯下稳稳当当找到几百块。

我们家的暖气坏了，妈妈从早到晚穿着件大衣——有时候上床睡觉都不脱，在厨房里转悠时，还罩着件长及脚踝的黑色羊毛长衫。她看起来像死亡天使，脸色苍白，嘴唇发硬发干，裂开了口子，有的地方甚至掉皮，像两条迷你蛇，她的白袜子因为穿得太久脚底成了灰色。"你让我毛骨悚然，"我对她说。她稳稳地提着茶壶，悬在马克杯上头，往里头倒水，水从壶嘴里流出来，冒出一大团热气。我想起一首儿歌：

这是我的壶柄。

这是我的壶嘴。

揭开我的盖子，把我倒出来。

不知道不久后的某天，我是否会对着伊迪的宝宝唱这首歌。

"这里冷得要命，"妈妈说，"我得套件衣服。"

她说得没错，真冷。我们厨房窗外，手指粗的冰柱弯弯曲曲直垂到窗台，映着蓝色月光，就像冰牢的栏杆。我窝着嘴做个O型，从肺里吐出一口气，呼出的气在面前像一团薄纱，再慢慢消失。自从两个月前，我跟伊迪说好钱的事情后，我说话就不老实了，加上魔鬼的犄角和干草叉，我觉得我能喷出火来——这就是我。"为什么不给房东打个电话，给玛妮打干嘛！"

"我打了，"她平静地说，"他下周一来。"

"几周前他就跟你这样说过。"

"多米尼克，"妈妈说，收拾着她的马克杯和装有抹着果冻的乐兹饼干碟子，"我会修好它的。"

我决定暂时不说这个，因为她看上去紧张得要崩溃了。爸爸新找了份活儿，把圣诞树运到南方去，结果他整个圣诞节期间都不在家，现在都1月份了，他又说要把没卖出去的圣诞树运到芝加哥郊外的木材场去。你以为妈妈因为他不在家会很开心，其实高兴的是我，爸爸长期不在家让她都快垮掉了。妈妈总是泪汪汪的，吸着鼻子，在冰铁般冷的家里走来走去，想找个理由哭。炉子顶上的油渍结成块，怎么也擦不掉；抽水马桶堵住了，她左捅右捅，抽水马桶只是喘气、打嗝。这种战役之后，她没有放下洗碗巾、通厕器，而是拿着这些没用的家伙在家里四处走，她的眼泪涌出来，顺着脸颊滚落，最后她逃到自己房间里给玛妮打电话。

"我们该搬到阿卡普尔科或别的什么暖和一点的地方去。"我在冰冷的空气中说，希望能缓和一下我们之间的气氛，再说，我得待她好一点，如果今晚我还想溜进她房间，再弄一笔钱，然后溜到伊迪家去的话。

"你提到那么远的地方，真好笑，"妈妈对我说，"因为我正在考虑出趟远门。"

以前那种"她要抛弃我"的感觉从我心里冒出来，像毒药一样迅速蔓延至我全身。爸爸让她失望崩溃，她打算偷偷出远门，却不带上我。我也有自己的秘密，我提醒自己，我有伊迪。"那好啊，"我说，"你打算去看杜鲁门？"

妈妈摇摇头。"这次是去别的地方。如果你爸爸可以玩失踪，为什么我不能出去一两星期？"

那种感觉又冒了出来，我努力把最后这一阵泡泡压下去。她的话脱口而出，可她一直就是这样说话的——双唇紧闭，透过她马克杯冒出的魔仆热气凝视着我——我觉得她在征得我的同意。"我来猜猜，"我说，"新墨西哥？"

"什么都还没定。可是我已经跟玛妮说过我会外出一段时间。"

见鬼，没门！我可不想这个假期被玛妮毁掉，玛妮喜欢整晚坐在电视机前，吃她的卡夫通心粉和奶酪，看她的鬼片。每次她的宠物死掉时——这种事经常发生，因为她家离67号高速公路很近，可她却不愿把动物关起来或拴起来——失去这些动物后，玛妮家显得更冷清了，她便窝在我们家。去年，一辆卡车撞死了她的两只狗，弗雷德和琴姐儿，她受到所谓的"双重打击"。整整一星期，她待在我们家沙发上，霸着电视，吃奶酪面条安慰疗伤。前年，她的猫米尔基给轧死在高速公路上时，我们也过了一段同样悲惨的日子。

"我不需要她来给我换尿片，"我说，"你只要告诉那老太太隔一段时间来看看我，确保我没冻死就行了。"

妈妈神情茫然地看着我，仿佛大坝就要决堤。自从爸爸外出浪荡后，她一直这副表情。她的嘴唇紧缩成一团，就像气球的扎口。我做了个僵尸脸，绷紧脖子上的皮肤，眼睛瞪得老大，要突出来似的，想逗她笑，可是不管用。

"这个我们以后再谈，"她说，青紫色的果冻在她的饼干上颤动着。"我要回我房间给玛妮打个电话。"

"等一下，"这是我最后的机会，我本来坐在桌边椅子上的，一把跳起来，"你房间是整个家里最冷的地方，你还不如在这里打呢。"

"你不用厨房？"她问。

"我打算去我房间里晃晃，然后去利昂家暖和去。"

妈妈想了一下这个方案，拿起电话，在桌前坐下。"那儿真是很冷。"她说着开始拨电话。

往过道走时，我听着拨号盘归零时，有节奏的"咔嗒咔嗒咔嗒"声。我纳闷怎么妈妈竟会有这么多东西要对玛妮说，还总是那样急，非说不可。妈妈最让我烦心的是：她总是最先想到玛妮和爸爸。比如我说："我在流血，快死了。"而妈妈会对我说："等等，我给玛妮打个电话。"或者说："每次你爸爸不见人影时，我就是这感觉。"我脑子里不停地想着这些事情，直想到很生气为止，来它一大剂愤怒能让我偷那些钱时舒服点。虽然我知道伊迪会还钱的，可我有时还是很不安，但我这样想：爸爸待伊迪比待妈妈更差。

那一刻我等在角落里，断断续续听着她的谈话。

"我告诉多米尼克我要出门几天，"她说，"我得打电话订票，把这事来个了断。"

她的声音坚决而严肃，不像有些人要出门度假时那样兴奋地尖叫。我不知道这事到底跟杜鲁门有没有关系，但我对自己说别管那么多，还是想想伊迪吧，她哪都不会去。我伸长脖子，看到妈妈坐在厨房桌前。她嚼着一块橘黄色饼干，电话线缠绕在她肩膀、手臂上。

越来越紧，越来越紧。

"你尽力而为了。"隔了好久，妈妈对玛妮说。

我正要穿过客厅，她朝我这边看过来，我只好退回来，等着。

"是家医院，"她说，"相信我，人们以前也问过这些问题。"

我又偷偷瞄了一眼，这次她面向厨房窗户。

全是冰柱。

我认为她正陷在玛妮的宾果地狱里，所以我开始行动，悄悄推开门，然后把它在身后关上。

"她不会告诉任何人的。别担心。"妈妈还在对着电话说。

窗外街灯的一线银光从窗帘缝隙中透进来，在墙壁上投下一道阴影。红花被单胡乱堆在她床上，没有叠，枕头在床中间隆起两个大包。一股冷风从门缝中吹进来，皮肤立即给吹得麻木，这儿还真冷。有些话我说时并不知道就是真的。

我揭开那块地毯，这两个月来我一直从那下头拿钱。自从暖气坏了后，家里很多味道——罐头食品、煮牛肉、家具油漆——都淡了好多，不过地毯下的那股霉味还跟以前一样浓。我一把抓起三张挺括的百元钞票，塞进运动衫口袋里。"几百块罢了。"我小声说，觉得听起来很酷。

是这样：我不会动那些钱最上面的一张，我拿了钱后，会在同样地方放进一张一块钱的钞票，要不就放些商场购物券——我在电视《亚当12》里看到罪犯玩这种把戏。我只记着拿了多少钱，但从没数过还剩多少。我知道拿得一点不剩是彻头彻尾的脑残，而且，伊迪付清了大部分账单，现在正小打小闹地想法挣钱，同时便宜卖她那些老家具。她答应几周后就还钱。

妈妈压根儿不会知道钱不见了。

我把地毯拍拍还原好，地毯像张开的嘴唇又合拢。我本该马上偷偷摸摸溜走，但忍不住伸手到床下，拿出那个男人的照片，我知道那是杜鲁门的爸爸，但我不知道我指望从这张相片中看出什么，其实我以前看过上千次了。我盯着那张黑黑的脸，一大缕头发耷在他前额上。我也不知道他跟杜鲁门长得像不像。我老对自己说，总有一天，不久后的一天，我要去见见我哥哥。现在，我暂时把相片塞回到妈妈床下的盒子里，赶紧逃走了。

厨房里，妈妈心不在焉地把电话线绕在脖子上。"我去利昂家了。"我说着，套上件厚实的冬天外套。

她还在跟玛妮说话，对我挥了挥手再见。

外面简直是冻原天气，这么冷的晚上，总让我耸起肩膀，下巴缩进怀里，那种姿势我一会儿就冻僵了，还脖子酸痛。"冷得像巫婆的奶头。"爸爸会这样说。不管什么意思，骑自行车去伊迪家就像是有巫婆在我自行车上，可我还是把自行车撑脚架踢上去。在德怀特大道上，我正要一阵猛踩，我看到利昂的妈妈在停车场那头。她手里摆弄着打火机和车钥匙——前前后后玩着，既不点烟，也不打开她那打火石一般的达特桑车门。

"嘿，莱拉。"我在大风里喊她。她喜欢别人叫她的名字，连利昂也直呼其名。

"你好啊，多米尼克。"她说，终于点燃她的香烟。她吐出口烟时，红红的烟头朝我闪着。"去哪？"

"坎比商场，头点吃的，"我说，"然后去个朋友家。"

"你骑那可怜的单车会冻死的，上车吧，我送你去。"

原来莱拉也要去那家商场——可能然后还要去卖酒铺，虽然她没提起。一路上坐在她旁边，我看了一眼她宽下巴的脸，还有"别他妈要我"的眼神，我想起了利昂。我至少有一个月没有看见他了。自从我跟伊迪混在一起后，利昂的那些故事猜都猜得出来：在采石场为他口交的女孩；他隔着窗户偷看哪个女人的毛；塞维尔斯基商场的收银员，她想要他舔干净她的大腿根。我有伊迪，谁还要听这些废话？也许她不是我女朋友，可是我照顾她的情形，总让我觉得我们之间有点什么。

我带钱去伊迪家的第一次，自己紧张得喘不过气来，有点像约会，但又不完全是，好像我俩之间有点正式、成人的东西。伊迪做了顿饭——从盒子里拿出两块咸鸡派，因为她说她对怎么做饭一无所知。我喜欢那滚烫的酥脆外皮和软糯的夹心，所以她不会做饭正对我胃口。我们在她家安静地坐下来后，我想来场真正的谈话，有点像你从电视约会上看到的那种。我问她在哪里出生的，她告诉我："加州，圣莫尼卡。"我问她平时喜欢做什么，她说："跟你一道吃饭。"最后，当我问起她的星座时，伊迪伸过手来，摸着我的手臂。我运动衫的袖子是挽上去的，手臂是除了脑袋以后毛最多的地方，所以我一点也没不好意思。"多米尼克，"她说，"你没必要这么正经八百的，你是在跟我说话啊，知道吗？我觉得我们已经在一起一辈子了。"理论上说，这是我们第三次在一起，可是我完全明白她的意思，我们的过去里有某种坚不可摧的东西：我们再见时她给我的拥抱、她乌青的脸、那孩子、那些钱。我们关系里的点点滴滴令我觉得我们的生命已交织在一起，所以我不再问我的电视约会问题，而是开始正常谈话。

我们说了很多很多，我记得最清楚的是：她告诉我，自打她记事起，她一直很孤独。她是家里的独女，她妈妈在生她前一年还怀过一个男孩，但流产了。有时候她想，如果那个男孩活下来，如果他没从她生命中消失，她就不会如此孤单了。我张开嘴想告诉她杜鲁门的事情，想告诉她，当妈妈说要开始新生活时我的感觉，可我还是住了嘴。我不想在谈话中掺和进爸妈，我不想让谈话朝我不感兴趣的方向走下去。我对伊迪说我明白她的感受，因为我也是家中独子。那之后，我俩都沉默了，不知道她想的是不是跟我一样：现在我们彼此拥有了对方。

吃过饭，伊迪送我到门口，她用手摸着我的头发，然后双臂搂着我。我有点想把嘴唇贴在她嘴上，但她隆起的肚子和里面的孩子隔在我们中间。"谢谢你的钱，"她说，"你下星期还会来吗？"

"是的，"我告诉她，"我会来。"

我又来了，后来就成了每周有三个晚上我们在一起。我零零碎碎借钱给她，这样我有借口老是来找她，伊迪似乎不介意这种安排。在路上，我会停一下，买点吃的，放在单车上。冰冻华夫饼、冷冻食品、鱼柳。不用多久，我们开始吃饭，不是坐在桌前，而是坐在她柔软的桃木床上吃，同时看《马库斯·威尔比》或《弗立普·威尔逊脱口秀》，放广告时，她告诉我，她去看医生了，告诉我她计划卖掉斯坦利灰扑扑的家具，等她缓过劲来，她可能把这里的几间房子租出去。

利昂过着他发情狗般的日子，妈妈有玛妮和她的神秘假期，爸爸不用说在哪儿又有了新女朋友，而我，有着跟伊迪在一起的夜晚。

"那么，"我对莱拉说，她的香烟让我体内暖和起来。"利昂最近干些什么？"

她忙着从鼻子里喷出一股长得没尽头的烟，没有回答，这是我见过的最难看的场景之一，过了一会儿她才说："学校考试不及格，尽力把他的生活搞得一团糟。他以后就想过他那游手好闲的老子那种可怜日子。"

不管你信不信，她的回答让我吃惊。上次我见利昂的时候，我发现他房间里堆满了书，而不是摩托车或色情杂志。"看看吧。"

他说，指着他床边的木板墙。我看着贴在墙上的一堆纸条，全是利昂歪歪扭扭的笔迹。

> 这是我动身的地方。
>
> 除了牙疼外，绝无其他理由。
>
> 我不能再挣扎了。再见。
>
> 不要通知我妈，她心脏不好。

"我不明白，"我说，"这些是什么？"

"自杀遗言。"他告诉我。他躺在床上，两手交叠放在脖子后，穿着条银灰战舰的灰色灯芯绒裤，大腿根部磨褪色了。他长胡子了，连两颊旁、下巴上也冒出胡子碴。显然，短期内他也没打算刮掉。我想象着那粗粗的黑胡子长啊长，直到我只能看到他的斜眼睛、大鼻子和红红的肥嘴唇。

我又看回墙上，心中奇怪有人除了"适者生存"、"再见，弱者"外，什么也不说，就结束生命。"这是真的吗？"我说。

"我正在写有关自杀的学期论文，我在有关最短遗言的一章中看到这些东西，想想吧，"他说，我们俩一齐望着他的收藏，"在纸上乱涂上那种废话，然后杀死自己。"

"太怪异了。"我说着瞟了眼一张纸条，上面写着"我受够了。在黑暗的那边再见"。

"死了，平德，就什么也没有了。你死了，再没什么了。"

"嗯，"我对他说，"我明白了。"

莱拉扭着方向盘，尽量在坎伯兰农场的停车场里找个好停车位。我们下了车，在商场外的制冰机边她一阵猛咳，我以为她的肺都要咳炸了。"你没事吧？"我问。

她呼出的热气裹着她的头，她咳出蛋黄大小的一团痰，吐到地上，又一件我所见过的最丑陋的事情。"只是有点冷。"她说。

她是说她感冒了，还是说天气太冷？不管哪样，她终于推开商场大门，坎比商场的暖气机吹出热风，比镁光灯还热，跟零度以下的家比起来，这里简直是热带。我把莱拉甩到一边，在货架间的过道里走来走去，一把抓过六罐装的胡椒博士和两盒电视快餐。一个鸡肉味，一个火鸡味。两份都配有土豆泥和巧克力蛋糕。

我前面柜台处，是去年秋天曾在警察局拍卖会上举着示威牌的那个极瘦的女孩，她抱着个穿着防雪服的小孩，腿边还坐着两个孩子，他们互相推搡着，抢糖果。"别闹了，你们这些白痴，"她说，"要不然我把你们绑在火刑柱上烧死。"

她看着我，笑笑，扑闪着褐色的眼睛，我也朝她笑笑。不过她有点怪，那些孩子一定是她的弟弟妹妹，我猜的，因为她看起来跟我差不多大，可我怎么从没在学校里见过她呢？她一手牵着一个孩子说："好了，小矮子们，我们完事了，走吧。"

待她走后，我走上前，递给收银台后那个满脸麻点的收银员一张百元大钞，他问："你还有小一点的吗？"

我摇摇头说没有。趁他弯腰在柜台下的抽屉里找零钱时，我伸手拿了一条黄箭口香糖，塞进口袋里，帮我妈度过国际口香糖短缺危机。欢迎来到小偷的精彩世界，我想。这是我第一次偷东西，我妈的钱除外，其实从理论上讲，那也是偷。我逐渐认识到，如果你表现得好像你拥有这个世界，你真的便能要什么有什么。

看看利昂。

看看我爸爸。

坎伯兰农场先生伸出头来，找钱给我，大拇指一张张捻着钞票数着。莱拉还在后面卖苏打水的地方，可能在想是为了朗姆酒买

TAB饮料，还是为伏特加买点奎宁水。我从柜台上抓过一支笔，在我的收据后写了张便条：

我得走了。谢谢你送我过来。多米尼克。

"等那位太太来付账时，你能把这个给她吗？"我问，他没点头，但我想，等莱拉结账要走时，问起我来，他会这么做的。

出到外面，我没戴手套，手指钩着袋子，把它搭在肩上，"扑通扑通"沿着路走下去。我朝伊迪家走去，不想让莱拉发现我去哪儿。我很聪明，知道秘密是如何传播出去的。一旦你让某人知道你要干什么，你还不如他妈的告诉全世界。比如说，我让莱拉送我过来，等她喝得烂醉时，她的大嘴巴可能会告诉利昂；而利昂，在吃惊原来这些日子里我并不是瞎吹伊迪这回事后，可能把这事透露给某个他正想上的女孩；这女孩可能会跟她妈妈提起这事，而她妈正好在医院跟一个名叫玛妮·盖博尼的大嘴巴一起工作；她绝对会把这个泄露给玛妮，因为她们除了别人的生活外无话可说；结果在我说"宾果！"之前，玛妮几乎已从电话线里爬过来，把这秘密告诉我妈妈。最后，我有得受的。

所以，不，谢谢你，接下来的这段路我宁愿步行。

我走到霍利多旅馆，离伊迪家只有一两里地。弗勒老头，这家伙是这里的老板，已经熄了他办公室里的灯。罗吉特警长的车停在停车场里，可能在等着某个超速者飞快地转过弯来，他好开张大罚单。我穿过黄实线，走到树林边上，离"嗡嗡"响的街灯远点，这样他看不到我。夏天，在霍格威的跑道上举行的机动车比赛吸引了大批人群，这破烂不堪的汽车旅馆每个周末都挤满了人。弗勒扯出一块平面木板赛车，把它插在前面草坪上，每年如此，标语也不变：霍利多走向霍格威！年年夏天，游客们在那个赛车前挤作一团，仿佛是辆真的一般，仿佛它能更快地带他们去哪儿一般。一到冬天，旅馆便空空的，偶尔有像我爸爸那样的卡车司机，开进来，找间房，睡一觉，刮刮脸，拉个屎，也许手淫一把，然后继续上路。除此之外，只有罗吉特的车静静地等在路灯下面。

我看到山顶上伊迪家。我晚上来时，她家屋顶的影子和光秃秃的树枝总让我想起诺曼·贝茨[1]位于山顶的家。一阵风吹来，吹起我前额上留得太长的刘海，抚弄着，我冷得哆嗦。我迫不及待要进去了。

我"吱嘎吱嘎"走过覆盖着雪的草坪，上了台阶，扭门把手，锁住的，于是我敲敲狮子门环，等着。一只塑料鸟——伊迪的，也许是她前夫留下的——草坪装饰用的，还插在草地上，早就给忘掉了，有只翅膀断了，晃啊晃的，那声音让我想起弹簧床的"咯吱"声。

老零件。塑料和金属。

伊迪还没来。

我又敲门，这次声音更大些，好安静，风很大，我冷得直抖。终于，我听到从房间深处传来脚步声，一会儿工夫，外面的灯光"啪"的一声亮了，伊迪打开门。"对不起，"她说。她的肚子横在我们中间，像衣服下包着个篮球。

伊迪虽然肚子越来越大，还尽量让自己美美的。她的脸不肿，胳膊也不粗。不过现在她的眼睛看起来有点沉滞，肩膀有点下塌。通常，她会在门口给我个"嗨，帅哥"。"怎么啦？"我问。

"没什么，只是驮着这么个包袱有点累罢了，"她说，在门道

---

[1] 诺曼·贝茨：希区柯克导演的惊悚片《精神病患者》里的男主人公。

处挺直身子，"不过你来，我就好了。"

我笑着走进来，装食品的袋子挤得往身上靠，我的手指都冻僵了。

"你一定冻死了，"伊迪说，"我应该开车去接你的。"

我没有跟伊迪说实话，我才15岁多，不过有时我觉得伊迪也有点怀疑，为以防万一，我一次次提醒她，我之所以不愿开车来，是因为我妈每天随时随地要用那辆车。我没有提到爸爸的货车，不过我肯定她知道那车我是不敢碰的。我不喜欢那种嬉皮士的大众甲壳虫或讨厌的品托车，我跟她说我只喜欢70年的梭鱼，喜欢那车的大镁轮、超强马力的引擎。其实我根本不知引擎是什么东西，可是每当利昂看到一辆好车时，他总是提起这名字，一辆梭鱼车是他梦寐以求的。今天晚上冷得要命，我又没骑单车，也许走时可以让伊迪送我回家，我们过会儿再解决这事。

"这没什么。"我说，声音听上去粗糙稳定，我收集的卡片上的那些棒球运动员可能就是这声音。威伯·伍德、布鲁克斯·罗宾逊、比利·威廉姆斯。"这点冷伤不了人。"

伊迪笑着，在我脸上啄了一下，没有吻在我唇上，也没吻在脸颊上。我爱她这样做，似乎让我被风割破的脸暖和起来。她把食品袋拎到厨房里去了。我走到卧室里，脱下外套、运动衫，还有她几个月前送我的那双黑鞋，躺在她的床上，这也是我们晚上的一部分。

还有件事。

我从地板上捡起运动衫，掏出那些钱来，包括在坎比商场找的零钱，一起放在床头柜上，我总把钱放在那里。有点像付钱给妓女，只是没有那好事。每次我放下钞票时，我总想到跟伊迪做爱这事，奇怪的是，只有我想着以前还没真正认识她，在"狗舍"那边看到的她时，那种"我想操你"的感觉才会浮出来。当我想想现在这个我认识的伊迪时——怀着孕、没有钱，跟我一起吃鱼柳和电视快餐的伙伴——我只想着要照顾她。

做饭时，伊迪在房间里进进出出，有一搭没一搭地说闲话。有些晚上，她喜欢说些当时的新闻，今晚就是这样。"我简直不相信尼克松会这样。"她生气地说，她戴着烤箱手套的手插在腰上。几分钟后她又回来，说着"他们还没找到上周波士顿杀害那两个女人的凶手"。既然我和伊迪在一起，我只好花点时间读读新闻，才跟得上她。我没有向她坦白这点，可我读得越多，我面前这个世界越糟糕，越让我困惑。每当我放下报纸，有关莎朗·塔特的大字标题就会在我脑子里转悠一整天。

林彪似乎死于神秘空难
美国和苏联签署条约禁止在海底进行核试验
孟加拉10,000人死于飓风和海啸

我甚至不知道该死的孟加拉在哪儿，然而我还是努力跟上，好像我很关心像林彪这样的人似的。最近我试着向妈妈重复伊迪对世界的看法，好像那是我的看法一样。

我："林彪的死一定与他失败的政变企图有关。"

妈妈："林什么？"

显然，她对国际新闻的了解跟我一样。

伊迪离开了一会儿，我"噼里啪啦"换着台，没有更好看的，就看《我是露茜》。太无聊了。我望着伊迪床头柜上的一叠儿童书，这是她从旧货市场上买回来的，每本三毛钱、《杰克和魔豆》、《灰姑娘》、《拇指姑娘》。有些晚上，她在厨房里忙着做饭，我便读个故事。我喜欢童话，主要是因为——至少目前我读到的伊迪家这些童话书里是这样——无论这些人的生活有多可怜，事情总会好的，总有解决办法。最后一页里不会有飓风把上万人吹走；爸爸不会在最后不见人影；妈妈不会离开。

我从那堆书最下面抽出《睡美人》，胡乱翻着。这书简直就是插图博物馆，大量明亮的色彩，人物眼角的皱纹细小，黑森林比真的要可怕得多，鬼魂出没。第一页上，在森林里，两棵大柳树中间，睡美人被放进一口闪亮的玻璃棺材里去。我往后翻，停在王子正要吻醒她的那一页。我抬头看时，伊迪用托盘端着我们的电视快餐站在面前。

"你想看《我是露茜》吗？"我问她，合上书，"没别的好看。"

伊迪把托盘放在床上，冲电视挥着手。"她只在黑白电视上好笑，彩色电视让她看着有点疯癫，一点也不可爱。"

我站起来，关了电视，背靠床头坐下来，吃我的火鸡晚餐。我插起一根青豆放进伊迪的盘里。"它们对小家伙好。"

"是个小姑娘。"她傻笑着说。

伊迪有很多种方法认定她肚子里的肉块是个小女孩——针线垂在肚子下旋转啦，梦见老太婆提着粉红色的篮子啦，可是我觉得那不是个女孩。

"如果是个男孩，也许我会取你的名字，叫他多米尼克。"她说。

我装出很吃惊的样子，可我真的不止一次这样想过，毕竟，我想证明自己对伊迪来说，不仅仅只意味着那些钱和这点陪伴。"多米尼克·克拉姆听上去不错。"我说。

伊迪吞了半杯胡椒博士，从她盘子里拿了片药丸，咽下去，也不知道是维他命还是阿斯匹林，很可能跟孩子有关，她一直都在吃。"嗯，"她说，"你爸爸今天给我打电话了。"

我没有吃长方形的火鸡，已开始嚼着巧克力蛋糕了。她提到爸爸时，一团蛋糕堵在我嗓子眼里。我以为，自从那天下午，伊迪掀开衬衣给我看她怀孕的肚子以来，我们有个不成文的"别提他"的规矩，我想象着我们俩有同样的感觉：提到我爸爸，让她的怀孕变得可怜，而非兴奋。

我们的关系亦如此。

我更喜欢伊迪谈她的宝宝，告诉我宝宝的头在哪里，她称起来有多重，还有奇怪的踢打、翻筋斗和颤动。有些晚上，我们说话到一半时，她突然停下来，把我的手放在她肚子上。"你感觉到她了吗？"她说。我的手指下，宝宝突然弄出一阵带水的响动，让我想起一条鱼摆着尾巴"嗖嗖"地游过去。我会咧开嘴笑着，像位充满期待的爸爸第一次感觉到他孩子的动作。

"他想干什么？"我好不容易说出来，虽然我应该为了妈妈的缘故问问他的下落。

"他想确定我有没有按他说的'把事情处理好'。"伊迪停下来，用手拿起一根青菜豆放到嘴里，然后又接着说。"我还是几个月前跟他说的那些话，我要留下这个孩子。再说，不管怎样，现在也有点晚了，我2月份的预产期。"

我把土豆泥推开，把叉子放在盘子里，我没胃口了。"然后呢？"

"他气得要死，说他要用卡车轧死我。"

我们都沉默了。我想起玛妮的狗，还有她的猫米尔基，穿过67号高速公路时，抬起头看着一束车灯的样子。

伊迪嚼着，吞着。

风吹得卧室玻璃"哐当"响，有点像谁口袋里的零钱"叮当"响，又像一盒钉子掉在水泥地上。我等着她再说。

"我真的觉得他想杀我。"她说。

"人们喝醉了总是这样说，他不是当真的。"

"你爸爸蠢得会做出这种傻事来的。"

她越是继续说他，我的思绪便越清醒地回到现实中来：我爸是这个孩子的爸爸，我只是给伊迪做个伴，等生完孩子，她就会离开我。我们的友谊对她来说只意味着借钱。既然明知孩子是个女孩，所以说说用我的名字给孩子取名也就没什么大不了的。几个月前我从脑海里"嘘"走的问题又回来了：伊迪明知道爸爸是如何对待自己家人的，她又怎能指望从他那儿得到的会不一样？如果她不还钱给我呢？这最后的想法让我吞了口口水，艰难地说道："算了吧。"

伊迪从床那边伸过手来，手指绕着我的手。晚上有时候我们躺在床上，她握着我的手。她说那让她觉得不那么孤单，她说我的手又柔软又结实。每次她的肌肤贴着我时，我的心跳得好快。"多米尼克，"她说，"如果我有什么事，我想你知道我真的很感激你为我做的这些事。"

如果我有什么事。她说话的口气像我妈妈。

"他不会杀你的。"我说，紧张地笑笑。想想爸爸是个杀人犯似乎很荒唐，他是个大麻烦，可他不是个杀人犯。

"你不明白他处事的方式，"伊迪说，"你没见过。"

我不知道再说什么好，因为她说得没错，以前我没见过爸爸动粗。

"不只是他的缘故，"她最后说，"有时候我想起生孩子就很怕。"

"别说了，"我说，"你会没事的。"

"好吧。不过我想你知道，没有你，我走不到今天这一步。"

伊迪松开手，往后仰在枕头上，头发在脑后披散开来。她下巴绷着，牙关紧咬，脸颊下最轻微的动作也看得到，蓝眼睛望着床上方的电扇。电扇一直转着，因为即使是冬天伊迪也喜欢空气流通。叶片不停地转着，像直升飞机的螺旋桨，总令我想起妈妈讲过的一个故事。她曾在一家陶瓷店看见过一个带小孩的男人，孩子骑在父亲肩膀上，当父亲的往收银台走去时，孩子却被电扇给刮到，电扇叶片划过孩子脖子上柔嫩粉红的肌肤，还有她的脸、她的耳朵，把孩子从她爸爸肩膀上拖下来，飞出去好远，摔在一个陶瓷桶上，死了。

血腥的画面让我伸出手，抱着伊迪的肚子，她的宝宝就在那里面长大。"生活中可能会发生很多事，"我说的话听上去比我本人要成熟明智好多。"可是我们只要小心点，就会注意到我们周围的一些征兆。我们会看到我们所做的。"

"谢谢，"伊迪说，"你知道，很难相信你这么好的孩子居然有这样混蛋的老爸。如果我还年轻些，事情就不一样了，我现在可能嫁给你了。"

我摇摇头，还在努力摆脱那个被毁了的孩子，我想象着她爸爸那张痛苦的脸，还有妈妈脸上的表情，因为她也在店里。"我希望别的女孩也这样想就好了。"我说，可说完马上就后悔了。我想坚强点，像利昂屁股后口袋里的那把梳子，像罗吉特腰间的那把手枪，意志顽强、坚不可摧。

"还是运气不够好，没找到女孩？"她问。

真不好意思，我想撒谎。我本来也可以大声喊一句：哦，有个姑娘想要我舔她大腿根。但这似乎太蠢了，也有点无礼。"你是我唯一吻过的人，而且那还不算，因为不是真的。"

"为什么不是真的？"她问。

我在检验她，想看看她对我的感情。"我觉得，那次没有互动，再说，我们的嘴巴都是闭着的。"

"哦，多米尼克，"她说着长长重重地叹了口气，像妈妈一样，"整个事情很复杂，我是说，我本来——"她住了口，然后又说。"我是说，你——"她安静了片刻，咬着嘴唇，思考着。然后她转过身来看着我，"我来真正吻你一次吧。算我感谢你送的礼物。"

我不知该如何说，我们这一段的相处让我觉得很舒服。她的怀孕让我不再敢有什么非分之想，也不想什么亲吻了。"真的吗？"我说。

"当然。我能给你一个吻，下次当你试探新女朋友时，你就不至于不知所措了。我只能做这么多了。"

我怎么告诉她我不想跟别的女孩交往，只想跟她在一起呢？就像我们现在这样。说起接吻，把整个这件事弄得像在为我今后交女朋友做准备。不过，没关系，因为这次伊迪做了所有该做的。她斜靠近我，头发撩到耳后，把她的嘴巴压在我嘴上。她的唇立即张开，我感觉得到她嘴里的湿气。伊迪的舌头手指似的在我嘴里推进，抵着我的嘴唇，在我嘴里暖暖的。我想靠回来，享受这个吻，我想起一个吻就把睡美人带回人间。伊迪把嘴唇紧贴在我嘴上，手指抚摸着我的胸脯。

她想要我记住这个吻。

我记住了，因为《睡美人》的水彩画模糊了，我的头脑里满是裸体图片插页。每个女郎两腿间那细细的一线毛、肌肤上粉红的皱褶。空虚和等待。于是在"狗舍"附近淫荡的伊迪形象和现在吻我的这个女人混在一起。我的屁股紧贴着她，紧贴着什么东西，可是她的身体离我好远。我翻身向她，自己紧贴着床垫，舌头在她嘴里。我忍不住了，我感到我裤子里的自己泄了下来，我的嘴对着她的嘴长长出了一口气，我的手想去摸她的乳房，结果触到了她的肚子。

她的孩子。

我爸爸的孩子。

我的弟弟，或者我的妹妹。

我把她推开。

"感觉怎样？"她笑着问，把眼前一缕刘海捋到一旁，天花板上的电扇在她脸上投下弯弯曲曲的阴影。

"好极了。"我说，其实一点也不好，我感到内裤湿了。巧克力蛋糕和一两块白色火鸡肉从胃里要翻到食道上来，我屏住呼吸压了下去。

"你还想再来一个吗？"伊迪问。她的嘴做好了准备，等待着。

我脑子糊涂了，身体干涸了，我祈祷她没看出仅她的一个吻就让我到了高潮。"也许等会再说。"我小声说，太累了，也太尴尬了，真的不想说话。"我们能休息一会儿吗？"

"当然。"她说，拍着她肩膀、乳房以及手臂交会处，我把头靠在那儿，又温暖又舒服，我闭上眼睛。不一会，我的胃也舒服了。

毕竟，这是我想从她那儿得到的。

我脑子里仿佛有条长长的黑暗走道，那里的门一扇扇地关上了，我不知不觉就睡着了。

当我睁开眼时，伊迪不见了。我仰面躺着，我一定像平时睡觉那样脱了衬衣和裤子，因为我现在只穿着内裤，真希望我的样子和肮脏的内裤没把伊迪吓跑。床头柜上的钱不见了，床边的钟指着1：30，我几乎把我的水果织布机牌T恤也弄脏了，妈妈不知道我在哪里，肯定快急死了。

我坐起来，伸手到地上找我的裤子、鞋子。

什么也没有。

我在床下摸索，奇怪的是：我拔出来那只去年夏天留在这里的旧跑鞋，上面沾满灰，卷在那儿，很久没用了。我看着那鞋，仿佛是博物馆的遗迹，是切除四肢后剩下的躯干部分。迷迷糊糊中，我把鞋套在脚上，系好鞋带。我的脚一定长大了，因为穿着有点紧，不合脚了。我另一只脚跟拉着伊迪粉红色超大码、毛绒绒的拖鞋，这样不会光脚踩在地板上冷了，然后我从椅子上抓过一床厚厚的蓝色羊毛毯，披在肩上，顺着过道走下去找伊迪。

这么久了，我还搞不清走道和那扇木门通向哪里。那间墙上贴着象牙色墙纸的阳光屋是不是在那头？不是，在这边。楼梯后面能通到餐具室吗？不行，是主过道。没有用，伊迪几乎把家里家具全清空了，所以每间空房子看上去都差不多。我正要大声叫伊迪，问她为什么不叫醒我，这时听到她的声音。我循着声音走过去，站在厨房门外。我打开一条缝，看见她在风景窗上的影子，每边六块玻璃把她给划碎开来。她背对着我在打电话。从后面看，根本看不出她怀孕了。我心里纳闷这么晚了，她是在跟谁打电话，所以我在那儿站了好久，没有走进去。只听她在说把前夫的一大堆破家具卖给了一个从布福德来的女人，接着她唠叨着某个东西要发货，但还没运送出去，最后，她沉默了。我担心她是不是看见了我，不过我发现，她只是听着电话那头的人在讲话。

"我们今天早上就走，"过了一会儿，她静静地说，"然后我们会一起去开房。"

我想去打断她，我不要再听电话里的其他内容。

"谢天谢地。"她说。

"我拿到了钱。"她说。

"当然。"她说。

接着，她又说了这个："我开始时可不管，但现在我感觉很糟。"

我悄悄地屏住呼吸，只觉得自己的心在狂跳。

挪脚，我想。

太晚了。

"别再说这事来烦我了，"伊迪说，"他还只是个孩子，没有坏心眼的孩子。"

我。

我的呼吸停止了，她的话在我脑子里翻腾，我却动弹不了。她"叽叽咯咯"地笑着，我听到她说："我只想对他好些，别担心，我会想法子甩掉他的。"

我心中有个想法，它一定存在心里好久了：她是在玩你。一闪念中，我想冲进厨房，冲她咆哮，可那是别的男人做的事。我发现自己往后退，我感觉不到完整的自己，我的脚——一只穿着跑鞋，一只穿着拖鞋——移到了门口。我的手抓住钻石形状的门把手。我的背，只披着那条蓝色羊毛毯，我走到破旧的门廊上就已冻僵了。那只塑料鸟的翅膀还在转着，可是声音却好像是从我脑子里发出来的一般，单调的"咯吱"声，然后是金属和旧零件的"嘎吱"在响。

在脑海里我听到撞车声。

尖利的刹车声。

救护车的鸣笛声。

一个女人凄厉的尖叫。

然后是一片寂静。

我穿过积雪的草坪，离开伊迪家，走出很远后，脑子才缓过劲来。在刚才偷听到那番话后，我的第一个感觉竟然是冻僵了，很实际的想法：你还没到家就冻死了，这真可笑。我继续朝前走，因为我无法回头。伊迪的声音飘来又飘去，飘来又飘去。

他只是个孩子。

没坏心眼的孩子。

我会想个法子甩掉他的。

伊迪"咯咯"的笑声在我脑海里跳动，跳得我脑袋似乎要炸开来，她跟童话书里的绿脸巫婆一样邪恶。

"你他妈太蠢了。"我说，我嘶哑的声音沉入无边的黑暗，我眼角发沉，眼泪迸出，泪水暖暖流过被风吹痛的脸颊，我哭得更厉害了。"真他妈蠢到家了。"

我望着路边连绵不绝的白线。我穿着拖鞋的脚"啪嗒啪嗒"踩在洒过盐的人行道上，碎冰碴刺得脚生疼。

我的牙齿冷得直打战，耳朵冻木了，唯一没有冻僵的是我的思想。它在燃烧、在抽打，头脑里闪过万千思绪都只归结为一个念头：从妈妈那里偷了八千多美元，再也还不回去了。"你他妈怎么回事？"我吼着，声音虚弱沙哑。

唯一的答案在风里，它从我唇间吹入，经过牙齿下到喉咙深处，让我更冷了。我得快点进室内，我想。那里不是有条小路通过树林，可以少走几里路吗？我想起来了，那条路穿过佩格鲁索沼泽，要走一段圆木和岩石，而我只穿着一只鞋，另一只脚穿的是拖鞋，路上还结着冰，我办不到。也许我能走到坎比商场，搭一段顺风车，但现在那里可能早就关门了。

我在结冰的黑暗里跋涉，我想起给莱拉的便条：我得走了，谢谢你送我一程。如果我今晚冻死了，莱拉和利昂可能会把我的那些话当成我的自杀信息，临终遗言。想到这我忍不住笑起来。

我抬起头看看，霍利多汽车旅馆隐约出现在我面前，所有窗户都熄着灯，看起来像死眼睛。罗吉特的车也不见了，也许他真的去干他的警察活儿去了，而不是躲在这肮脏破旧的鬼地方手淫。我能在这儿搞间房,我望着那地方一、二层楼一排排整齐的房门,要是我把那几张老人头塞在我屁股里,我就不会半裸着走回家了。

我听到远处树林里,一条小溪流水微弱的"汩汩"声。水在流动,所以水面没有冻住,我决定做同样的事情,抬起我的腿继续前进。只是每当我穿着拖鞋的脚触到地面时,就像遭受电刑一般,所以我一瘸一拐地往前走着。

"就快到家了。"我骗着自己。

我身后有辆车飞快地转过弯,"嗖"的一声开过来。我可以搭顺风车,我想,但没人愿意搭一个穿成我这样的人。我从路上跳到黑暗的树林里,车前灯移过去,我屏住了呼吸。

走了。

我走出来,回到人行道上,又一辆车从对面开过来,我吃了一惊,再走回树林里时,毛毯给树枝钩住了,我本该扔掉它不管继续跑的,但我张皇失措,结果我在路边蹲下来。

尖利的急刹车,汽车在嗡鸣中停下了,明亮的车灯照着我。继续开你的车吧,我想,只不过是个半裸的孩子在深夜里待在路边罢了,别管我。然而车没动,灯光太亮,不像是车前灯。当我抬起头,我发现树上闪烁着微微的红、蓝光。我身体现在无法控制地抖起来。

"站起来。"一个声音说。

我转身去看,一张满是胡须、松弛的脸,是罗吉特。一想到他会护送我回家,而我只穿着条内裤,脚上一只跑鞋和一只拖鞋,想到这副模样面对我妈,我拔腿就跑。我冲进树林,毛毯子留在那儿。我"嘎吱嘎吱"地压过雪地,树棍突出来,戳着我冻木了的脚。树枝打在我胸膛上,有节奏地"噼啪"直响,紧接着是尖锐的刺痛,但我还是飞快地跑着。如果不是低矮得紧贴地面的铁丝网害我摔了一跤，我本来可以从他那儿跑开的。

"多米尼克·平德？"罗吉特叫道，抓住我，他说话的方式好像是在问个问题。我在雪地里缩成一团。"你在干什么，孩子？"

我嘴里的舌头都冻绿了，一道血从大腿上流下来，弯弯曲曲像地图上红色的州际分界线。

我一个字也不想说。这全是伊迪的错，我想。

罗吉特肯定知道，除非我暖和起来，他从我这里得不到答案。他猛地弯下腰，从冰冷的树林地上把我抱起来。他把我抱到他车里后座上，开大暖气，从后尾箱里拿出一条痒酥酥的羊毛毯给我盖上，又从他的热水壶里倒了杯热咖啡给我。他用双氧水擦擦被树枝划破的腿，再贴上两大块创可贴。他一声不吭地坐在前面座位上，不停地翻弄着一些纸，大概有一个小时，也许十个小时，他偶尔从后视镜里看我一眼，手指拨弄着胡须。虚伪、自大，我还是跟那天拍卖时一样看法。我看到他低头看着自己胸口，把他的警徽摆正，就像一颗无法参透的金心别在那儿，我断定他可能就是那种爱管闲事的人。他把我带出树林，不是因为他关心我，而是因为这让他觉得自己像个英雄。从他身上摘下警徽，就像摘掉他的心，那东西带给他权力，没有它，他就会奄奄一息，虚弱下去。就像我的体育老师不能摔跤，就像我爸爸没有肌肉。

车顶上红蓝两色的灯是看热闹的人的梦。我一定是这些年来霍利多发生过的最令人兴奋的事情，因为立即有一列车队慢下来，看着后座上的我。一开始，我对每一个好奇地看着我的人竖起中指，就在罗吉特的脑后。不久我再也受不了那些瞪大眼睛的神经病盯着我看了，我说："你打算送我回家吗？"

"哦，那么小讨厌总算开口说话了，"罗吉特从前座上说，转身看着我，"我会开车送你回家的，只要你回答我一个问题：深更半夜，你几乎光着身子到处跑，这是在做什么？"

我深深吸了一口车里暖暖的干燥空气，啜了一口他的苦咖啡。我讨厌咖啡，可是我颤抖的手端着它，像一池温暖，我不停地喝。"这是项挑战。"我说。

他竖起脖子看着我。我想他可能陷入那种"男孩应该像个男孩样"的故事里，很可能想分享他的故事，所以我这样编了个故事："学校里有个俱乐部，要想加入的话，你得有胆量。我的挑战是围着汽车旅馆裸体跑一圈。我的哥们儿看到你全跑开了，现在他们可能都上床睡觉了。"

罗吉特捋着胡子。"你和你的那帮白痴朋友有没想过你这样很容易引起车祸？有没想过这样走路，我们称之为不雅暴露？我可以拘捕你。"

我想告诉他，去把伊迪·克拉姆拷起来。然后我又想，还是把我关起来吧，毕竟一间牢房对我而言意味着一间卧室。我偷走我妈的一大笔钱，还顺手牵羊偷了商场一盒黄箭口香糖。不过，一想到真的被关起来又让我怕得要命，结果我所做的只是微弱地说了声："请别抓我。"

罗吉特关掉了狂欢派对灯，车挂上前进挡，我总算要回家了，我祈求他不会想着要跟我妈妈谈谈。

"我跟你谈个条件，"他说，"我把你放在家门口，不再问任何问题，但你接下来几个星期要对你妈妈好点。"

"一言为定。"我想都没想就说。提到我妈妈，那一定是他的英雄主义作祟——照顾女士。

"你听上去可不像你答应的这样，"他说，"你妈妈现在有很多事要处理，所以我想你对她好点。"

"你怎么知道她有很多事情要办？"我问。

他打了转弯信号灯，转入德怀特大道，就要到我家了，最后他才说："我是警长，我什么都知道。"

在我家停车场的一角，罗吉特停下车。"毯子你可以留着。"他对我说。

"谢谢。"我说，他走到我这边，打开了我这边的车门。

冷空气再度像尖针般刺痛我。我想起妈妈拿着一块碎牛肉在热水龙头下，看着它解冻，在手中成了一块新鲜粉红的肉。我从车边走了。

"记住，"他说，"照顾她。"

"当然。"我说着等他开走。

然而他站在那里，我明白他要看着我上楼梯，进了家门，才会走。于是我一瘸一拐走上楼，在楼梯顶上朝他致敬。他还没走，我扭开门把手，走进屋，关上门。我从窗帘里偷看，我看见他车门关上了。一会儿工夫，他的车尾灯消失在街尽头。

"多米尼克。"妈妈在我身后叫道。

我转过身，才发现家里灯全亮着。经过这样一晚之后，我觉得家里其实很温暖。玛妮站在红着脸的妈妈身边，她穿着件橘红色毛衣，脖颈上还有些猫胡须样的设计。见鬼，深更半夜的，她在这里干什么？

我脑子里飞快地编着理由。我在利昂家睡着了，我打脱衣扑克来着。

"不见了。"我还没张口，妈妈先说话了。

"什么不见了？"我问，把罗吉特的毛毯裹紧了些。

眼泪从妈妈脸上滚落，她又张口说："那些钱不见了。"

我一定是被冻僵了，因为我没有反应，像座雕像呆在那里，一声不吭。我发现自己看上去很迷惑的样子，一点也不会令人怀疑。

"什么钱？"我说。

"我全部的积蓄都不见了，只剩下些购物券和少得可怜的六百块钱。"她双手捧着头，哭起来。一声声啜泣抽动让我精疲力竭。

"冷静点。"我说。

"别对我说冷静！"她尖叫着，当着我的面拼命甩着头，头发凌乱纠结，眼睛瞪得老大，我从没见过她这样子，有了皱纹的额头上血管暴了出来。"那是我们的急用钱！我跟你说，现在我们就有急用！"

"什么？"我说，一脸不解，"谁要急用？"

"不关你的事，"玛妮说，"你妈只是很生气。你见过你爸爸拿了吗？"

我爸爸。我从没想到如果妈妈发现钱不见了，她自然会怪罪他。道理很简单：爸爸是罪魁祸首，是他把我卷入这团麻烦中来的，所以去他妈的。

"我不知道他在找什么。"我说，长长出了一口气。觉得我的肺里填满了东西，又厚又重，几乎无法呼吸。"不过我看见他在翻你的音乐盒，还在你床底下找什么。"

四

　　我很早就醒来了，最后一次从妈妈的私房钱里再拿了70块钱。这些钱能让我去纽约，我打算去那里，把整个故事讲给唐纳德舅舅听。我希望如果我保证等我16岁可以打工后，我肯定会找个什么破工作把钱还给他的话，他能借我点现金。然后我回霍利多，我就可以偷偷把钱塞回到妈妈藏钱的地方——只不过是在床垫的左边而非右边，是在她粉色音乐盒而不是那个木头的里面，如此而已。

　　"你看，"我会说，"爸爸根本没偷你的钱。你只是忘了你放在哪儿了。"

　　好了，计划不是天衣无缝，但可以一直怪罪于爸爸。再说，只要妈妈看到她的钱，我知道她会如释重负，不再追究细节的。而且，这趟旅行可以给我点时间想想怎么对付伊迪，怎么对付我脑子里挥之不去的那种被撕碎、被屠杀的感觉。不止于此，我终于可以跟哥哥杜鲁门见面了。

　　我从壁橱里拖出旅行袋，拍打几下，拍去灰尘，把里面的东西拿出来，那还是三年前我六年级徒步旅行时用过的，里面还装着儿童望远镜、塑料保鲜袋，保鲜袋里还有面包屑。我把它们拿出来，把袜子、内裤和牛仔裤放进去，还塞了一件法兰绒衬衫，因为那件带帽子的运动衫扔在伊迪家了。我没打算在那里过夜，可我想准备好，以防万一。

昨晚教了我很多东西。

我从妈妈塞得满满的手提包底部翻出汽车时刻表，那上头写着我的班车早上8点出发，所以我得快点行动。我草草给妈妈写了几个字：去利昂家待一天。别担心，一切会好的。又一张迷你——自杀便条。我把它放在厨房桌上，往爸爸的猎装口袋里塞了根香蕉和两盒蛋糕，这是我找到的唯一能保暖的外套，因为我的冬天外套也扔在伊迪家了。

往门口走时，我停下来看看妈妈，她还睡在起居室的沙发上没醒。眼睛紧闭，嘴唇抿得紧紧的，头发卷曲散在她脸上，像一张枝蔓的黑网，她一只手紧抓住那件黑色大衣，盖到她下巴处。她面前的咖啡桌上还有那块包着的银色口香糖。她枕在粗花呢沙发扶手上，瘦弱的身体微微抬起，那样子让我想到忧郁的睡美人躺在玻璃棺材里。我不能再看她，我恨我自己做的事。

昨晚，玛妮吻吻她的脸说再见后，妈妈写了一封愤怒之极的长信给爸爸的调度员。我借机走开，在我们家小型浴缸里洗了个热水澡，当脚在热水龙头下暖和过来时，我听到妈妈在沙发上哭。哭声像小猫给掐得太重，像小宝宝透不过气来在挣扎时的呜咽。我知道自己闯大祸了，简直想死掉，我真想走出浴缸，说点什么蠢话，逗她大笑，但我担心她会发现我脑袋里闪现的犯罪感，那会戳穿关于爸爸偷钱的谎言。后来她自己哭着睡着了，我泡在暖暖的水里，心里一遍遍预演着我的弥补计划。

即使妈妈睡在沙发上，她还是穿着那件黑色羊毛外套——她的身休还在哆嗦。我想走到她身边，拿张毯子给她盖上，盖到下巴处，就像迪斯尼童话世界里那些慈爱的父母给他们在沙发上睡着了的孩子们盖上一样。然而我怕她会醒来，所以我悄悄走到厨房暖气片那儿，自己检查一下暖气。从生满铁锈的笼箱深处，我能听到稳定的"乒乓"声和撞击声，房东显然没打算马上挪屁股来我家检查。我也就是好玩罢了，随手拧了一下裂了口的油毛毡地板旁边的把手，热气像股小喷泉一下子弥漫在空中，冲到我脸上，然后又安静下来。我又拧了一下把手，等着。

"乒乓"声。

撞击声。

"乒乓"声。

长长的一股热气在房间里散开来，不停地涌进来。这鬼东西根本没坏，肯定是有人把它给关上了。为什么妈妈不像我这样试着用劲拧一下呢？真说不通，可是只剩下26分钟要赶到汽车站，我没时间扮演侦探了。

我离开很快就会变成烤箱的家，下楼拿我的自行车。寒冷的清晨空气闻上去像轮胎着火的味道。虽然我的身体暖和了一点，可还在哆嗦着——可能它又记起了六个小时前的经历了。我疯了般蹬起来，重历一次昨晚的部分路线，经过坎比商场，经过汽车旅馆。这次没有莱拉，没有罗吉特，没有伊迪。

我一路骑到汽车站，还有五分多钟，我把车靠在栏杆后，买了张车票。这是我第一次去这样远的地方，我想到纽约那拥挤的城市街道，就觉得肚子扭结成一团。上百万张脸跟报纸上那些面孔一样陌生而恐怖。

尼克松下令冻结90日价格以抑制国内通货膨胀

孟加拉开始飓风后的重建工作

警察仍在搜索涉嫌杀害波士顿两名妇女的疑犯

我在脑子里反复重复着计划让自己平静下来：找到唐纳德舅舅的家，向他解释整件事，借钱，然后掉头回家。时间一分钟一分钟地过去，我的计划听上去越来越牵强，可我还有什么选择？思绪一回到伊迪家我就双手哆嗦，喘不上气。如果我走进她家门，如果我看到她那张脸，如果我听到她沙哑的说话声，我害怕我体内的那团阴暗感会膨胀、攫住我，我害怕我可能会像爸爸那样揍她，也许我会停不下手。我想起插在莎郎·塔特怀孕肚子上的那把刀；我想到：如果有人能愤怒成那样，并实施那般不可思议的邪恶之举，那我也可能做得出，因为我也是个人。这想法像道闪电倏忽而至，让我恶心。我看了看车站四周，仿佛想确保没人听到我在想什么。

8点过两分，我看到一个人影穿过停车场朝这边走来。他上了一辆大巴车，开着到了我等的门口。"上车。"他说着打开了门。

我爬上黑色橡胶台阶，他把我的票撕成两半。

我在快到车尾处找了个位置，司机说："看来到哈特福特前只有我们两个，你不如坐前面来，我们一起？"

我本来可以对他说滚开，可我想还是听他的吧，于是我拖着旅行包来到第一个座位，正好面对一块告示牌，那上面写着"汽车行驶中，请不要跟司机说话"。显然，我这位嚼着口香糖的司机可没把这条规矩当回事。

我们正要开车，外面有人叫道："等等！等等！别开车！"

司机踩下刹车，打开车门。我抬头又看到在警察局拍卖会上、还有昨晚在坎比商场见过的那个极瘦的女孩。这次，她带着块写着"同工同酬"的标语牌。她穿着巴塞罗谬中学的校服——格子裙、黑色毛衣和紧身袜——怪不得我从没在学校里见过她。利昂总说巴塞罗谬的姑娘最喜欢刺激活动，所以他只要逮着机会便不会放过她们。但我想他对这个不会有兴趣，倒不是因为她不漂亮，相反，她漂亮，算得上漂亮，只是她的标语牌有点太那个。

"谢谢你停车，"她对司机说，上气不接下气，"你可省了我叫出租车了。"

那老家伙一定也觉得她有点怪，因为他没有请她加入我们。她沿着过道走到巴士最后面，笨手笨脚地放好标语牌、旅行袋和怀中一个巨大的黑色吉他盒子。今天她没带孩子。经过我身边时，她笑了，但我看向别处，我有好多东西要思考，我不想她找我闲聊。车又启动了，我扭头看着车窗外，不过还是忍不住伸长脖子看看她在做什么。

"该死！"她自言自语，站在大巴洗手间旁，把旅行袋倒空了，"我忘了带靴子。"

这样说着，她抓起一把衣服，进了洗手间，关上门。

"那么，"经过长时间沉默，当摇摇晃晃的巴士开出霍利多，上了高速后，司机终于开口说，"你叫什么名字？"

我一直盯着车窗外，想着爸爸也在外面，在某条跟这差不多的高速公路上，一条长长的黄实线经过复杂的路线把我们连结起来，我座位下有条脐带从这辆车延伸出去，直到爸爸那儿。"利昂。"我说，真希望这次旅行的是别人。

"我叫克劳德。利昂，你去纽约干什么？"克劳德扭头大声说，好大声，不用说，这是多年的老习惯。多年来，他劝旅客坐在这个座位上，那双尽是皱褶、毛茸茸、关节粗大的手开着车，他们的生命都掌握在他的手里。车里挤满人时，可能要大声说才管用，但现在这头野兽肚子里空空的，克劳德的声音大得没必要，好像成年人对孩子说话。

我扫了一眼后面，看看那个举牌女孩有没有从她的化妆间里出来，还没有。"我去会个姑娘，她要我把她的胯舔干净。"我说，给他一个最佳利昂。谁叫他不让我一个人安静待会儿呢，我有一团乱麻等着理清，跟他说话浪费时间。

"嗯，没什么比一个美×更爽的了。"克劳德大声喊回来。

显然，我的利昂策略，并没像我预料的那样让他大吃一惊，也没让他不理我。我们换线，货柜车超过我们。我又想起爸爸，开着车的爸爸，想起我们之间的那些联系。不知道为什么我会想起他，刚才竟有点想念他了，也许因为我们都被伊迪伤得不轻。即使我们从没交换过彼此的战争故事，但他这样一个伙伴在身边，就是不说话，我也会觉得舒服很多。

"听着，"我说，真希望当初我没接受克劳德的邀请坐到前面来，"我想打个盹，所以如果你不介意的话，我要闭眼了。"

"当然不会，"他说，"休息休息最好，对你这样的小伙子来说，那城市可真够你受的。"

"我应付得了。"我说。

"我希望如此，"他喊回来，"那些抢劫犯、乞丐、杀人犯。"

我思绪翻腾，胃里仿佛有个婴儿在翻筋斗，只让我坐立不安，伊迪也总这样形容纽约。可是我不打算让这个无脑的巴士司机影响我。"我说了我能对付。"我对他说。

"好啊。"他说，从路面上抬起眼睛，从后视镜看我好久，看得我不高兴。他双眼深凹，睫毛稀疏，双下巴。"警察总是在哈莱姆的便宜汽车旅馆房间里发现你这种年轻小伙的尸体。"

"我只是去见我舅舅。"我说，希望他永远住口。

"那姑娘呢？"

"姑娘？"我问，才想起来，"哦，我打算舔完她的胯后去见我舅舅。"

"那好。"他说。

标语女孩从她的化妆间里出来了，穿了条喇叭牛仔裤，漂白的蓝白色像淡蓝天空，穿了件长袖黑衬衣，胸前的钮扣松开着，不再是那个女学生。

我闭上眼，不再让任何事情分心。在我眼帘后的黑暗里，我看到连续不断的伊迪影像：伊迪在写"多米尼克我需要你"的纸条，那是去年她的脸上还青一块紫一块时；伊迪偏着头，我们手指相扣躺在她床上；伊迪把散乱的头发撩到耳后，倾身过来吻我；昨晚伊迪走进她卧室，发现我不见了。

虽然我痛恨承认这点，虽然我气得要死，但我开始怀念跟她在一起的那些晚上了。一次又一次我希望这里能有点什么解释，也许我听错了，我努力对自己说，毕竟，她没提到我的名字。就我所知，可能她说的是送报的孩子，但我知道她一定做了什么，我只是不懂，她怎么能这样做。这么多个晚上，她怎么能在她家里假装？跟我一起大笑？握着我的手？吻我？为了用她的爪子捞钱，她费了那么多劲，而且这也是报复我爸最容易的办法。

为了让自己不再想伊迪，我尽量去想我知道的唐纳德舅舅的每件事情。几小时前，我溜进妈妈房间，偷旅费时，我拨了唐纳德舅舅的电话，想给他个叫醒电话。他接电话时——那种胖男人的声音，睡意未消——我挂断了。只是检查下，确保他不会出门全球旅行，为他的工程方案筹集资金。我想确保我去见他时他在家，因为这可不是我能在电话里脱口而出说清楚的。再说，由于他经常出差，因为通常是妈妈去见他，而不是他来看我们，我只见过舅舅几次。就我所知，他似乎是个很酷的家伙——大块头，身材魁伟，总是"噼里啪啦"讲着难懂的笑话，只有他自己笑个不停。我过去问过妈妈，为什么他不发明点有用的东西，比如发明个汽车摇控，她可以一大早把车里的暖气打开，等我们上车时，车里已暖和了，或者发明个不会用几天就没电的收音机电池。但妈妈说他的发明不是那些雕虫小计，他更关注疾病研究试验室里的小玩意，他对如何治愈癌症，而不是暖我的屁股更感兴趣，为此他也挣了一大笔钱。

就我所知——其实我知道得不太多——唐纳德舅舅没有女朋友，很可能因为他圣诞老人般的大肚子和灰白胡须不是姑娘们喜好的那一口，再说，又旅行，又要养杜鲁门，他哪有时间过他的爱情生活？

杜鲁门。

一想到经过这么多之后，我即将与我的半个哥哥面对面，我简直不能再想下去。我本可以让自己继续思考着上百万个不同的问题：如果他想跟我一起回霍利多怎么办？如果他是弱智或瘸子，所以妈妈才不想谈起他怎么办？我不想再去想这些场景，我对自己说不要再想太多这类问题，免得给自己带来坏运气。

我剥开香蕉，在脑子里练习着跟舅舅的对话。我决定原原本本告诉他一切。

直截了当。改变一下，诚实点。

在哈特福德，上来一群嘻嘻哈哈的姑娘，她们全都穿着康涅狄格大学的运动衫，扎着马尾辫、麻花辫，喷着水果香水、嚼着口香糖。克劳德没有油嘴滑舌，她们全围在前面，跟他聊。他装天真装得他妈的棒极了，全是欢声笑语。她们压根儿不知道就在她们上车前他刚说过"没什么比一个美×更爽的"这种话。

我一直等着他警告她们，说汽车旅馆里死人的话，可他只字不提那话题。她们是成群旅行的，我猜他觉得应该提醒我。

"酷！"一个女孩对克劳德说，其余人则尖笑起来。

我没听到最后那句妙语，但她们与巴士司机调情的路数真让我恶心。窗外，连绵几里的森林让位给了一簇簇居民小区。某人后院里地面上的泳池露在那里；草坪上有些结冰的泥巴和雪块。窗外景色一闪而过，我对自己许了几个诺，第一个跟妈妈有关。昨晚我去洗澡前，她最后对我说"多米尼克，我太累了，生活该对我好一点"。那时我没理她，可今晚我回家后，我要让她好好休息。我是个大混蛋，比爸爸还不如，我要补偿她。首先是钱，然后成为那种她想要的好儿子，像那些童话故事里变好了的人。

"噗——"

卧室整洁了。

门门功课都是A。

17岁后还没有女朋友。

那就是我。

我许的第二个诺是关于伊迪的。我对自己发誓，我要从她那里讨回钱，搞清楚和她之间的事。不管在哪里，不管怎么样，她得还这笔钱。我没有特别的计划，可是我知道我总会想出一个来的。

当汽车开进纽约港务局时，我把整个生活缝补好了：伊迪求我原谅，我跟妈妈在热带度假，打零工还清了唐纳德舅舅的每一个子儿，甚至还有一个跟我年纪相仿的女朋友，在我脑子里，一切完美极了。

现在我只须实现它就行了。

克劳德拍了我一巴掌，我在那群女孩后面跳下车，尽量装着自己知道要去哪儿的样子。事实是，我他妈的全无头绪。来这儿的路上，大巴车驶过一带烧毁了的砖楼，人行道上挤满了满面愁容的人，我们的车几乎擦上两辆出租车，巴士停在一个十字路口时，惹得后面一大群车队狂按喇叭，这些经历只让我对纽约历险更觉紧张。

谢天谢地，在扶手电梯顶上有块"找我问讯"的牌子，我排队等着，好像是排队等人施粥，而不是在汽车站。我手里把唐纳德舅舅的地址折了又折，车站周围一派繁忙景象。人们飞奔着经过别人身边，冲到街上，冲上汽车。只要我一吸气，就闻到一股尿骚味，所以我尽量屏住呼吸，不吸气。

呼气。吸气。呼气。吸气。我觉得自己像个在生孩子的女人。

"巴勒克街九十七号怎么走？"轮到我时，我问玻璃后那个涂着唇膏的黑女人。她给我两套方案，一是搭地铁，一是坐公共汽车。但当她看到我脸上茫然的表情，她对我说，我最好还是坐出租车。

我费力地走出了长途汽车站，走进冬天银色的日光里。空气冰凉，有风，但没法跟我保住命的昨晚那种极地严寒相比。我看过很多纽约电影，所以我就像想象中那样沿着人行道走起来。粗犷、宏伟，是霍利多的一千倍，它让我想起嘉年华之旅，或是一部放不完的电影，任谁只要吸口气，纵身一跃，就可以加入其中，就如我现在做的这样。

粉红色霓虹招牌闪烁着："湿！热！狂野！"另一块招牌嗡嗡直响："姑娘真人秀！"如果我是为别的事来纽约，我可能会走过那些房子，即使年纪不到，也会想法溜进去，但我现在必须想着我的使命。

钱。

我哥哥。

街上一辆出租车快速驶过，我在空中挥手，但司机呼啸而过，另一辆出租车紧跟其后，我又招手，这次司机还是没理我走了。我在路边站了一会，奇怪我到底哪里做错了。我满脸的迷惑直接招来一个疯子，轻轻碰碰我。"方案A：你给我二毛五，"他说，口臭得很，"方案B：你给我五毛钱。"

我把旅行袋紧紧抱在胸前，仿佛在保护我最珍贵的东西，孩子、一包钱。我脑子里又听到克劳德的警告声：抢劫犯、乞丐、杀人犯……像你这样的孩子死在哈莱姆破烂汽车旅馆房间里。我离开那个疯子，沿着人行道走下去。一辆车沿着街区往下开，我两手在空中挥着，好像溺水的人在呼救。

"车里有人！"一个长得很像克劳德，简直是他哥的人从人行道低凹处冲我说道。"注意看车顶上亮着灯的。"

没有流浪汉的"扫盲班"我甚至不会叫出租车。我想谢谢他，可是脑子里又听到克劳德的警告，所以我好不容易看到一辆空出租车，伸出手。司机停稳后，我钻进去，告诉他送我去巴勒克街九十七号3B房。

"我该把你送到起居室里还是在厨房里？"他问。

我知道他在开玩笑，但我还没明白。我在忙于调整呼吸，因为出租车里的味道比汽车站更难闻。吸气、忍住、呼气、忍住，再来。"啊？"我控制着呼气。

"你不用告诉我几号房，"他说话有点大舌头，"只要告诉我几号楼或交叉路口就行了。"

出租车第二课。"哦。"我说，把车窗摇下来，想让呼吸更舒服点，只发现尾气朝我吹来。"抱歉。"

我们开过市中心，钢筋高楼和笔直的街道慢慢不见了，不知不觉中我们已在一条弯曲的路上颠簸，路两边是一排排树和只有五六层楼高的房子。这是我在电影里从没见过的纽约城，像直接从故事书、从伊迪的童话书里冒出来的房子。

司机停在九十七号前面，我给他五块钱，跳下车。舅舅家的房子是幢很宽的砖房，六层楼高，枯死的常青藤爬满它的脸。我无法做到马上就去摁对讲机，所以我站在那里上下打量着这个街区，这条街不远处有个没人玩的游乐场，可能因为天太冷，不适合孩子们户外活动。有架秋千——被早就不见的孩子扭结缠绕成一个绳结——在风里前后荡着。一个扎着辫子的男人从公园旁走过，手里牵着条活泼的狮子狗。他走路时，脑后的辫子像打鼓似的敲着他的后背。那条狗用鼻子嗅着地面。

我又盯着那栋楼看，我想到舅舅和哥哥住在里面，过着他们的日子。吃中饭、看电视、读书，不知道这个给抛弃的哥哥和古怪的舅舅在1月寒冷的周六上午做什么。

"只是随意走亲戚串串门呗。"我大声对自己说，想让自己的内心平静下来，别再翻腾了。我最后一次打开那张字条，检查一下门牌号码。在我抬起手摁对讲机之前，我转身想走，想坐上汽车回霍利多去，可那里有什么在等我？

我可怜愤怒的妈妈，以为爸爸把她的钱偷光了。

伊迪，她利用了我。

我现在不能回去。现在说什么也太晚了。

我抬起手。

我的手指摁下按钮。

我的肩膀因为冷缩起来，我等着唐纳德舅舅浑厚的声音来应门，要不就是杜鲁门的。

"是谁？"一个女人问。

原来舅舅还是有个女朋友。她银铃般的声音让我觉得舒服些，也许她会喜欢我，会帮我的忙，让唐纳德舅舅明白我为什么需要那笔钱；也许她会理解我与杜鲁门见面有多紧张。"我找唐纳德·比阿多吉安诺，"我告诉她，尽量让声音听上去平静、成熟点，"我是他外甥，多米尼克。"

对讲机嘘着，然后"嗞嗞喳喳"响了。"多米尼克？"她念着我的名字，像在问问题。显然，我舅舅以前从没有提起过他在马萨诸塞州有个亲爱的老外甥。"对不起，唐纳德不在家。"

"他会很快回来吗？"我问，期待一声"是的"。我怎么搞的，他在一大早上接电话并不意味着他白天也会在家里待着。

"我不知道他什么时候会回家，你等会儿再来。"

"等等。"我说。

"什么？"

我深深吸口气。我的喉咙发紧。"杜鲁门在家吗？"

就这么办，一个声音在说。你马上能找到你哥哥了。

嘘嘘嘘，"嗞嗞喳喳"。"杜鲁门？"过了很久很久后，那个女人说，"杜鲁门什么？"

我真不知道他以前姓什么，当然不会是平德，但他会用比阿多吉安诺这个姓吗？要么是用妈妈床下那张照片上那个男人的姓？"我不知道他姓什么，可是他跟唐纳德住在这里。"

"唐纳德一个人住，"那个女人说，"我只能通过对讲机告诉你这么多，我跟你说了，你得过会儿再来。"

对讲机再无声息，我站在街上，望着游乐场，那个男人和他的狮子狗都不见了。绳结还在风中飘荡。纽约的天空跟人行道上鸽子的羽毛一样灰暗忧郁，很快又有一场冬天的湿雪。想着要在街上游逛、等待、期待唐纳德露面，我又把指头放在按钮上。

"是谁？"那个女人问道，仿佛她真的在等着某人。

这次她银铃般的声音没那么动听了，我脑海里渴望她成为我的同谋的形象"啪"的一声坠落在地。"还是我，听着，我大老远从马萨诸塞来见我舅舅，你能不能让我上去，至少我能给他留个言呢？"

等了好久，我以为这就是拒绝，但随后门嗡嗡地开了，趁她改主意前，我赶紧进了狭窄的门厅。这地方一股化学品的粉尘味，大量的粉状毒药，跟我们霍利多家在喷过杀虫剂灭蟑螂，设陷阱抓老鼠后一样。今天我第三次发现自己在调整呼吸，我快成不呼吸专家了。我穿着去年圣诞节上午妈妈送给我的冬季工作靴，"咚咚咚"爬上古老的木楼梯，今天是我第一次穿它，它们比我的跑鞋要重，比伊迪给我的黑鞋要重。我恨我脚上的重量，让走路跟干活一样累，特别是上楼梯。

我还没敲门，那女人就从门里喊道："把你的便条放在楼梯平台上，我等会儿来取。"

她说话有爱尔兰口音，有点像矮妖精短促尖锐的声音，从对讲机里听来，我还觉得很动听，我奇怪舅舅是不是在他出国出差时认识她的。

"我没有纸和笔，"我对她说，"再说，我是他外甥，难道我不能进去吗？你到底是谁？"

"我为B先生打扫卫生。"她说。

可恶的清洁女工，怪不得她不知道我，也不知道我哥哥。"好吧，我相信B先生跟你说过等我来的。"

"他什么也没跟我说。"

方案A：你打开这该死的门。方案B：我骗你打开门。"你能从门下塞张纸和笔出来吗？"我问，看着走道上松软的地毯，堵着门底下。我知道不可能塞得出来，她只好开门的。可除此之外，我脑子里实在没有什么法子。

我的爱尔兰敌人在门后面慢慢走过来，几次努力后，她总算推出一张纸来，有点破有点皱。我真幸运，笔无论如何从门缝里出不来，跟我计划的一样，两把锁扭动，"咔嗒"响着，门"吱扭"开了。随着这声音冒出个高个子女人，脸白得像张纸，雪白的银发扎在脑后方巾下面。大耳朵、大脑门、一圈圈的脖子，一个怪物。

"谢谢你开门，"我说，尽量让她放松，"我真的很感激。"

她笑了——她的牙齿衬着她其余的东西有点发黄——递给我那支笔，还是把着门，好像我会破门而入一般。"对不起，我不能让你进来，这是纽约。"

"我懂。"我对她说，还在等着我想出第二步方案。

"你写的时候我继续打扫，"她说，"写好后，你敲敲门就是了。"

我来不及阻止她，门又关上了。我抓着纸和笔在走道里站了一会儿，真想用拳头砸门，直到她让我进来，可是我猜那也不管用。我不知道该做什么，只好写道：

唐纳德舅舅：

大惊喜！我来纽约了！但你别告诉妈妈。我会在你家附近走走，然后再回来。如果你回家了，请待在家里别出去，我真的需要见你。记住，千万不要告诉我妈我在这儿。

爱你的多米尼克

如果还有一张纸，我会重写一次，去掉那些太过高兴的惊叹号，不要显得过于担心他会向妈妈告密的样子。能擦掉的墨水，那是唐纳德能够挣大钱的又一项发明，像我这样的人会花大价钱买来改正错误。我正要把纸折好、敲门时，门开了，这位"白"女士举着相框。"这是你，对吗？"她说。

照片上的我还是个小孩——大约只有两三岁大——留着锅盖头，跟唐纳德舅舅在湖边。肯定是我尚未记事时拍的，因为我实在记不得跟唐纳德那样待过一天。不过，我知道这会有什么用。

"那是我，没错。唐纳德和我每年夏天会去湖边。"

"我叫罗莎琳。每次我来这儿，都会掸掉你脸上的灰，我没认出你来，你长这么大了。"门完全打开，罗莎琳把我领进来，总算进了门。

房间里墙壁全漆成红色，让这地方显得仄逼、滑溜和血腥，像在一团血块的内部。这些灰蒙蒙的家具让我想起旧货市场上标价过高的旧家具，玛妮最喜欢去扫货，她的后尾箱塞满垃圾、垃圾、全是垃圾。到处都是唐纳德成堆的纸和盒子，好像他刚搬进来，要不就正要搬走。黑色墨水写的标签是"别扔掉！重要！研究资料！"

"再次抱歉，"罗莎琳说，"可这是纽约，杀手们无处不在，没人安全。你想喝点茶吗？"

我心里纳闷，她是不是和巴士司机看了同样的东西，再怎么说，这条街上还有个游乐场，这地方能有多危险？"茶就很好。"我告诉她，想着喝杯茶至少能让我在房间里等上个十分钟。

她消失在厨房里，我四处搜寻着哥哥的线索。唐纳德雇个清洁工真是对了，这地方太脏，妈妈会说这是灾区，就像有时候她走进我的卧室一样。木地板上不知谁的靴子留下的滑痕，灰蒙蒙的窗户上脏兮兮的，还有手指划的蚯蚓般的线条。架子上塞满了书——《涡轮物理中的发现》、《核冷却系统》、《二十世纪生物医学工程》、常见的《跟迪克和简一同开心》全集。

我逛到三条腿的桌边，它紧挨着一把磨旧了的藤摇椅，桌面上摆满了带相框的照片。唐纳德和一群颇有气质、戴眼镜、穿燕尾服的家伙的合影；唐纳德和另一个满脸胡子的人都穿着试验室的白大褂，举着一张盖着金灿灿大印的证书；唐纳德穿着黑毛衣，身后是湛蓝的天空和炽热的太阳。

照片上没一个人像我哥哥。

壁炉上方的壁炉架上相片更多，还是没有杜鲁门，但我看到一张妈妈的照片——黑白照，我以前在家里也见过，那是她怀孕时拍的，她的肚子挺在前面，比伊迪现在的肚子还要大，没法藏。她穿着一件宽松的印花衬衣，让我想起印第安人和巫师，她脖子上挂着一串珠子，我从没见过她头发这么长，给风微微吹起。她不是我常见的那样抿嘴而笑，实际上她是张着嘴大笑，露出两颗重叠的牙齿。

我真是累死了，我听见她说。生活该对我好点。

至少现在暖气好了，她不必为保暖而穿着那件难看的黑长大衣，而且不管怎样，我打算把钱放回去。我放下照片，看到唐纳德与我妈床下照片中的男人的合影。

同样浓密的头发。同样紧绷绷的木乃伊皮肤。

宾果！

罗莎琳端着我的茶和一碟小三明治走回来。"你知道这是谁吗？"

"不知道，不过我也给他掸灰。"

她是真正的信息库，至少我希望她能给我估计一下——我舅舅什么时候会回来——大约一两个小时吗，然而我再问时，她耸耸肩，猛地一挥满是灰尘的抹布，又开始擦起来。没办法，我只好放下照片，开始喝茶。嘴里茶的味道像花瓣，一点不像我妈的立顿茶，茶叶袋在杯里上下浮动，像蝌蚪在泥塘里摆动。我急着想让她说说杜鲁门的事，但又不想让罗莎琳觉得我对自家人一无所知，那样她会起疑心，把我轰到街上去的。我忍住那些问题，她在房间里用抹布四处擦着灰时，我跟着她有一搭没一搭地聊着天。

她谈到她表哥的髋关节手术。

她谈到她有份当护理员的临时工。

她说雪暴正朝我们这边而来。

她说啊说啊说，说了一切，就是没有提到我舅舅和我哥哥，我狼吞虎咽地吃完她做的鸡蛋三明治，我的茶凉了。我实在受不了她的唠叨，我问她："你确定没人跟唐纳德同住吗？"

罗莎琳手叉在腰上，摇着头。一缕白发在她巨大的眉毛上弹动着，她把它吹开。"我跟你说过了，你舅舅一个人住这儿。"

"那杜鲁门住哪儿？"

"我听都没听过这个名字，"她说，"不管他是谁，他不住这儿。如果这地方还有一个捣乱的人，我会再多收钱的。"

我想起那些早晨，爸爸和我开车送妈妈来汽车站，她去纽约。她纤秀的手里拎着那些精心包装的礼物，我过去总希望那是送给我的。

我觉得罗莎琳这台清洁机搞错了。也许舅舅对她撒谎，没说杜鲁门的事情，理由正像她说的：他不想多花钱。从这地方的样子来看，她的服务实在不怎么样，但是这种猜想实在有点说不通。当罗莎琳整理房间时——或者说至少做着这样的动作时——我飞快溜出起居室，想打探更多情报。

在洗手间里：唯一一把用了很久的红牙刷、一条法兰绒浴袍、口袋里有些结成壳的纸巾、一把梳子，梳齿上还沾着头皮屑。在第一间卧室里：一张大床铺得像汽车旅馆里的床，两个枕头塞在床单下，床上方一个小电扇，跟伊迪家的差不多，想到这我的心又沉下来。一个带镜衣柜的抽屉里塞满了团成球形的灰色袜子，像几十只死老鼠，壁橱里塞满了加大码深色或黑色内裤。第二间卧室：没有床，只有张桌子，跟棺材一样大小，上面堆满垃圾，胡涂乱抹着一些东西，如没有轮子的汽车、复杂的医院设施、数字、字母及符号组成的公式和等式，看起来像代数噩梦。

全都是唐纳德的。

我开始觉得罗莎琳是对的，想到这儿我咬紧牙关，拳头紧握。这里没有杜鲁门，至少这套公寓里没有。我想象过各种情况，但独独没想过杜鲁门不住这儿。先是伊迪利用了我，现在我自己的妈妈也对我撒谎，还不是几天或几周、几月，而是多年来一直骗我。

我他妈的一生，她都在骗我。

想都没想，我抓起唐纳德桌上的电话。我拨号时，脑子里全是我要对她说的话。

你该跟我说说杜鲁门了。

我哥哥到底在哪儿？

为什么你要撒谎？

告诉我。告诉我。告诉我。

电话"咔嗒咔嗒"响着，我的心仿佛要在胸口里炸开，里面红色血块就要溅到墙上，等罗莎琳来把它清理干净，就像妈妈故事里那个小孩被天花板上的电扇划到一样。电话里传来语音提示："对不起，您拨的号码暂时无法接通，请稍后再拨。"我挂上电话，又拨，这次没那么快。"对不起，您拨的号码——"我又挂上，又拨，还是这条录音。

搞什么名堂？

窗外，开始下雪了。风把雪花吹到玻璃上，它们融化在窗玻璃上，慢慢淌下来。我瞟了一眼唐纳德桌上的一叠纸，在那些草稿和噩梦公式间，有一本台历。在1972年1月23日下面，我发现了舅舅的笔迹，跟写给我妈的信封上的笔迹一样，写着：下午1点，泛美航班237，克利夫兰。

他几个小时内可回不来。

他在去俄亥俄的路上。

我不知道接着该怎么办。

没有杜鲁门。没有唐纳德。没有钱。整个旅程彻底失败了。

客厅里，罗莎琳哼着什么歌，快活得要命，我关上门，把她的声音挡在外面，拿起电话，拨利昂家的号码，也许他可以帮我去找找妈妈的下落，为什么她的电话打不通。他接起电话第一句就说："伙计，我现在正想找你，你他妈现在哪儿？"

"纽约。但别告诉任何人。"

"你在那儿搞什么鬼?"

"说来话长,我以后再解释,你今天见过我妈没有?"

"没有,可是你幻想中的朋友伊迪上楼来敲你家门。"

听到她的名字,我像被刺穿了一般。伊迪来我家,我要是在家里,就可以让她还我钱。我要是在家,就可以听她怎么说,可我编上一大堆精彩计划跑到纽约来,到目前是场彻头彻尾的失败。"跟我说说怎么回事?"

"没什么好说的。伊迪·克拉姆敲门,可你家没人,她只好站在那里,然后她看到楼下的我,就说:'你是利昂吗?'"

见鬼。在她家的那些晚上,我真不该提到利昂,谁知道接下来会发生什么?"怎么啦?"

"我告诉她我就是利昂,如假包换,她递给我一个信封,说是给你的。"

"你拿了那封信?"

"是啊。你想听听怎么写的吗?"

"不。等我晚上回来再说。"

"太迟了,"利昂说,"她一转身我就撕开了。"

"去你妈的,那是我的私人信件。"

"你是干什么的?邮政部长?你要我念给你听吗?"

我怒不可遏。"好吧。"

利昂抖了抖纸,然后清清嗓子。"你准备好了吗?"

"是的。"

"你确定?"

"念吧!"我吼道,也不管罗莎琳会不会听到。

"好,好。信是这样写的:'多米尼克,我不知道为什么昨晚你不辞而别，但我想要你知道，如果接下来发生的事情伤害到你，我很难过。在这段孤独的时候，我需要一个朋友，而你是个天使。我希望有一天你会原谅我。我希望有一天你能理解。爱你的伊迪。'"

我走到卧室窗边，把电话线扯到最长。靠近看，我发现外面雨加雪，风吹着雪花落下来，模糊成灰白一片。街道上，秋千自己扭着松开了结，前后摆着。我想象着一个孩子坐在那里摇着。"就这些？"我问。

"没了，"利昂说，"这他妈是怎么回事？伙计，你没骗我，你认识她。是你让那婊子怀孕的，天使？"

我多希望我可以像第一个晚上后那样吹嘘伊迪。如果这事发生在那时候，我会详细地告诉利昂，炫耀这封信，把它当作战利品。可伊迪这样对我后，我没什么好炫耀的，即使我心中某个角落有个愿意炫耀的多米尼克，他也隐身了。在那儿，又不在那儿，像我想象中的孩子在暴风雪中荡秋千。

"她说什么别的了吗？"我问，我也不知道想听到什么。

"对不起，天使。她只是钻进一辆车，跟个男的走了。"

如果他再叫我一声天使，我就要一头冲回霍利多，狠揍他一顿，我才不管他的力气比我大两倍。"有个男人坐在车里？"

"是的，一个黑人。"

"他是谁？"

"弗利普·威尔逊[①]。我他妈怎么知道，平德？你真烦死我了，看我下次还会拆开你的信不。"

"多米尼克，"罗莎琳从起居室里叫道，"我搞完卫生了。"

"我得挂了，"我说，"我一到家就去找你。"

[①] 美国著名黑人电视演员。

我挂电话时，利昂还在呜里哇啦说着什么。我来到起居室，罗莎琳正在穿大衣，把一条奇特的披肩系在脖子上。房间里仿佛暴风雪吹进来了似的，罗莎琳的清洁风暴之后，空气中飘着灰尘，除此外，整个公寓看起来跟我进来时差不多，窗户上指纹还在，纸啊文件啊还是没有整理。

"我想我可以让你等在这儿，等唐纳德回家，"罗莎琳说着两手从披肩的两个裂口处伸出来，"但我不知道要等多久。"

从星期二开始一周后。我想说。"他在等我，应该很快就会回来。"我心里默默地感谢上帝，她要走了，她也没问我在卧室里跟谁说话。

"认识你很高兴，"她在门口说，"尽量别把东西弄乱了。"

好在我心情不太好，否则我会冲她一笑。"我会尽量的。"我对她说。

她一走，我马上插上门，想出了一个新方案：最后再找找有没有杜鲁门的痕迹，然后在汽车因暴风雪停开之前，搭3点那班的巴士回霍利多的家，我要直接踩单车去伊迪家，看看她说的"接下发生的事"到底是什么意思，我要把钱要回来，然后回家，要妈妈明确表态，说清楚杜鲁门到底在哪儿。

我走回卧室，趴在地下，往唐纳德的床下看。旧毯子、旧鞋子、新鞋子、更多的教科书。我打开他的床头柜，乱翻一通，喷鼻子的药水、抗酸剂、纸巾、叫外卖的餐单。我走到桌边，打开抽屉，一些随手乱画的便签——中午前去取样本、9月1日前寄出重要材料、准备细胞复制的讲稿。支票夹里还有10,422.89元余额。

对我很有帮助。

就在我正要放弃时，我找到了好东西，在舅舅壁橱后面的一个鞋盒。没什么跟杜鲁门有关的东西，可是我发现了些现金，大概有一千五百块钱。不管这是家族喜好，还是大部分美国人都喜欢把钱藏在同样的地方，反正如果我入室偷钱，肯定能挣大钱。我没打算这样挣钱，这点钱也不够我还妈妈的钱，可既然我找到了，我想拿着。如果唐纳德发现它们不见了——在这个垃圾堆里不见，他只会以为是疯疯癫癫的清洁女工干的。

鞋盒里除了钱，还有一本《圣经》。这让我很是吃惊，因为唐纳德不像那种有什么信仰的人，更别提把这么一本好书放在如此特别的隐秘地方。我翻了翻薄薄的书页，希望他在里面藏了更多钱，没有绿色的东西，但有片报纸掉落到地下，翩然落地像条灰色的书虫。

第三天：男孩依然失踪

他保留一条标题，却没有文章，真没道理。然而它就在这里。这些字让我紧张，就像我在伊迪家读到那些谋杀案、飓风和世界上其他祸害的标题一样。不过这时我有很多东西要考虑，所以我把那纸片放回《圣经》里，把《圣经》扔回盒子里，往起居室去了。

出门前，我拿起妈妈床下那个男人的照片，我小心地取下相框，想在背面找个名字或日期，什么也没有。我把照片放回玻璃相框里，穿上爸爸的猎装，把钱塞进旅行包里，我走到厨房窗边，看看外面的天气。外面天开始黑了。

风还在刮。

人行道上一个人也没有。

罗莎琳把我跟唐纳德在湖边的合影放在了炉子上，显然它不该放在这儿。我把它拿回起居室，正要把它放回其他照片中去时，停住手，我把相框翻过来，把相片滑出来。我猜我是想找个日期，因为我实在不记得曾经跟唐纳德一道去过湖边。相片背后妈妈工整的笔迹令我喘不过气来。

　　唐纳德和杜鲁门，拉古诺德佩罗，1955年

　　照片中的小孩根本不是我。

　　是我哥哥。

　　我把照片翻过来，看着杜鲁门的脸，他一直冲我笑着，用沙子建一座桶形的城堡。虽然我们不是同一个爸爸生的，但他看起来真像我，像极了。同样的卷发，同样的大眼睛，同样白皙的皮肤，在那样的烈日下晒一天，皮肤肯定会晒伤。他肯定是我哥哥，是我的一部分。

　　我本来可以在那儿站上几个小时盯着照片看，可是想起要回霍利多，要在那儿彻底把这破事弄明白，而不是用一生来猜谜语，于是我把这相片放进旅行袋里，朝门口走去。离开前，我从衣帽架旁边的钉子上取下一把备用钥匙，在无弹簧锁闩上试了试，能开门，也许我以后还要回这里，可又不想跟罗莎琳打交道时用得上。然后，我下了楼。

　　即使有暴风雪，我回去的路比来时要容易得多。

　　一辆空出租车。一个没有气味的司机，在滑溜的街道上飞快地开着。

　　付了五块钱后，我又回到了港务局。这次我脸上没了迷惑表情，朝车站冲去时也没有人来打扰我，我小心地走在湿湿的路上，怕摔倒。下了扶手电梯后走到我的巴士那儿。我爬上车，这次的司机不是克劳德，是个衣着随便的红脸男人，他看都没看我一眼，把票给撕了。车厢里满是人，我在快到车尾处找到一个空位，紧挨着一位打盹的修女。

司机宣布说由于天气原因，车会开得慢一点，所以这趟旅程会比平时要长些。我在修女旁边坐下来，但不太舒服，因为我实在不想吵醒她。巴士"嘎吱嘎吱"出了车站，在雨雪中上了高速公路，我出了口气，试着理清思绪。

在过道那边有个满脸雀斑的小胖妞在嚼好又多甘草硬糖，"嘎嘣、嘎嘣、嘎嘣"。"请别吃我！我不想死！"她哥哥尖叫着说，孩子们模仿什么时总这腔调。他让他妹妹觉得有罪，她把几颗粉红或白色的糖豆放在扶手上，用她胖嘟嘟的手指抚摸着它们，像在摸宠物一样。她哥哥又说："我一生都在等着有人来吃我，现在我在这辆傻巴士上等得都憔悴了。"听到这，女孩快活地把糖放进嘴里嚼得粉碎，可是却发现糖在她喉咙深处呼唤她："你为什么杀我？为什么？为什么？为什么？我讨厌死掉。"当这女孩快被她脑残哥哥弄哭时，他们的妈妈从前排座位上扭过胖脖子，要他们别闹了。他们闭嘴没有几分钟，又开始重新来过。

整个游戏让我的脑袋快要爆掉，他们玩的时候，我一直看着我哥的照片，我把照片翻过来，看妈妈写的字，然后又翻过来看着杜鲁门褐色的眼睛。不知道那天在湖边时他在想什么，不知道他现在在想什么，但我主要想的是妈妈该怎么解释这一切。汽车往北朝霍利多开去时，我一定把这张照片翻来覆去看了上百次，这些问题问了上千次。

好又多那伙人在哈特福德下了车。那女孩在她座位上藏了一排糖果，像五颜六色的臭虫蛋在等待孵化。"我救了它们的命。"她悄悄地对我说，不想让她哥听见，而她哥光顾着下车，太高兴了，根本没注意到。"小心照顾它们。"她低声说。

她一下车，我就把糖果扫到地上，在空座位上伸直身体，过道那边，修女偶尔动了动，她的嘴微微张开，像披着斗篷的盗墓者。

她一直睡着，手里紧攥着《圣经》，而我手里紧握的是杜鲁门。我望着他的照片，想把今天知道或不知道的一切拼凑起来，在这当中，有时候我抬起头看看汽车在暴风雪中开到哪了。隔着一排排多米诺骨牌般一模一样的座位，我看到司机暗暗的背影，他仿佛死在了方向盘前，绿色的路牌一个接一个飞快地闪过。除了偶尔有人在小声说话外，唯一的声音便是座位的"咯吱"声，我们身下轮胎的"嗡嗡"声，汽车橡胶门缝中透进来的风声，看来我们开得很快。我决定合上眼试试。等我们到霍利多时，我的脖子、肩膀由于睡在那么挤的地方都僵硬了。

"当地时间晚上8点钟我们到达了阳光灿烂的霍利多。"司机在扬声器里宣布。仿佛在路上待了十年后，我们终于开进了汽车站。"我们的行程比预计的只晚一小时。"

旅行让车上乘客都变傻了，对他的笑话无动于衷，特别是那个修女，还在昏睡当中，我真担心她错过站，不过我决定让上帝照顾她。

我把哥哥的照片放进旅行袋，跳下车。一场冬日暴风雪令整个世界像消了声般，非常安静。雪彻底停了，远处铲雪车在轰隆隆铲雪，我能看到它的黄灯一闪一闪，从被雪压沉了的白树枝上透过来。今天早上我走时把自行车停在栏杆后面，现在它埋在厚厚的雪中，看上去像副歪斜的骨架。我把它取出来，用爸爸猎装的袖子把座位擦干，开始蹬起来。我仿佛在月球上蹬自行车，周围的一切那么荒凉、黑暗和冰冷。通常我在雪地里骑车控制得很好，但僵硬的脖子、肩上的旅行袋让我很难控制车，有两次我失去平衡，摔到路边。第二次掉下来后，我下了车，推着它朝伊迪家走去。

我觉得越来越冷、脚越来越沉，我越来越想放弃这个使命。但是伊迪信中的话不断在我耳边回响：

如果接下来发生的事伤害到你的话，我很难过。

在这段孤独的时候，我需要一个朋友，而你是个天使。

我希望有一天你能原谅我。

我希望有一天你能理解。

如果我不去想这封信，我便在想那张照片后妈妈的笔迹，在想为什么我们家的电话会打不通。要转弯了，我该回家还是往伊迪家去呢，我停在空无一人、积雪覆盖的街道当中，气喘吁吁、冷得要命。我想干脆回家算了。我往哪走，说明哪个答案对我更为重要，是妈妈的还是伊迪的。我知道有关杜鲁门的真相对我最为重要，可我的脚开始动起来，朝伊迪家去了。

在山顶上，我看到她家一片漆黑，连走廊上的灯也是熄的。在她家车道尽头，一块牌子竖在信箱旁边。上面写着："出售：摩尔黑德地产。联系中介：薇基·斯普林。"看到这块标牌我的脸仿佛皱起来、扭成一团，仿佛给人捆了一掌，这就是伊迪所谓的接下来会发生的事，她搬走了，卖完旧家具，现在又卖房子，她拿着我妈的钱从这个小镇逃走了。

如果我先阻止她，就不会这样了。

我把自行车一扔，在雪中大步走到前门处，门锁着，我开始捶门，"伊迪！"我大声喊，呼出一团白气。"伊迪！开开门！"

我等她来应门，我在门廊上来回走着，不时用拳头狠狠地捶着门。风在孤单地鸣叫，像有人在远处呼叫救命，远远地传来另一辆铲雪车刺耳的"嗡嗡"声，而房间里悄无声息。

最后我朝窗户里张望。

起居室里是空的。

我绕到房子后面，往厨房窗户里看去。

也是空的。

　　贝壳风铃还挂在后门上；我一把扯下来，把这团鬼东西朝风景窗扔去，它"哐当"撞到玻璃上，掉到雪地里，声音轻柔。什么也没碎。我怒火中烧，四处转着找石头或砖块。我的手碰到一个空花盆，把它从雪里举起来，扔了出去。这次玻璃发出爆炸声，碎了，仿佛千百万颗星星或冰柱散落下来。破碎声停后，世界似乎比以前更安静了。雨、雪"啪嗒"敲打着地面，我走上台阶，伸手到窗户里，爬了进去。

　　我在找什么？很明显，如果伊迪在家，到现在她早就跑过来了。我猜我只想确认她带走了一切，什么也没留下，彻底走了。事实正是如此，房间里只剩下常春藤和鲜花墙纸、走道上的地毯，一球球灰尘给吹得滚来滚去，四散开来，像小小风滚草。整座房子像一张黏湿冰冷的嘴巴，最后张大口，随着窗户玻璃的破碎被迫呼吸。风在房间里吹着，像蛇蜿蜒扭过每个角落，将伊迪香水最后一点微弱的香气也抹去了。

　　我走过有回声、空空的走道，来到她的卧室，站在门口。房顶的电扇她没带走，扇叶还在曾经摆着床的上空缓缓搅着，像她喜欢的那样旋转着，虽然她已经走了。我记得我第一次在这间房里看见我爸，坦胸露肚，躺在伊迪的床上。我记得我最后一次在这里醒来，去找她。

　　从一开始到现在，我本该知道，这中间一定有什么不对劲的地方，像伊迪那样的女人不会喜欢我这种孩子的，除非她想得到什么东西。她在利用我，不管在信中她如何努力淡化这些事情，我们的关系就是这样，即使我又恨她又想她，即使她大着肚子跟她车里方向盘后的那个我从未见过的男人一起离开这里而令我担心，我也只有咽下这个真相，该干吗干吗。她走了，我也要走出这个地方，永远不再想她，不管有多难。

　　我决定回家去，把一切告诉妈妈，然后我也要她告诉我一切，从哥哥的真相开始。然后，我们重新开始我们的生活。

　　我走到外面，找到自行车，它被风吹翻在地，扭曲在私家车道上。我骑上它，从伊迪家一路踩走了，最后一次听着鹅卵石在雪和自行车的轮胎下"嘎吱"直响，山顶的风吹着我的前额，吹乱我的头发。我一路飞快地冲下山来，根本没考虑控制车的问题。我想要为我和妈妈定个计划，像我自己从她家走出来时许诺过的那样不再去想伊迪，可是她仍然跟着我，当我转个弯，朝霍利多汽车旅馆骑过来时，我脑子里又想起她说过的话。

　　我们会一起开房。

　　我抬头看时，旅馆前面停着几十辆警车，没有鸣笛，只有警察无线电在"嗡嗡喳喳"地响。我听到几个字"尸体，全境通告，怀孕的女人"。我听到麻木的无线电噪声，然后又重复着同样几个字"尸体，全境通告，怀孕的女人"。我骑着车穿过满是积雪的停车场，停车场经过这么多车轮的辗压，已变成光溜溜的地毯了。我在两辆空警车之间下了车。我看见玛妮的黄色道奇车停在停车场远处，罗吉特的车反而不见。

　　我们今早就走，然后会一起开房。

　　伊迪一定在这里，但出了什么事。

　　我把自行车放在那里，走上水泥台阶，很多警察在二楼5B房间外面。

　　"嘿，孩子，"有人从停车场叫道。"你不能上去。"

　　"谁在那儿？"我走近那群警察时问道。

　　两个警察转过身来看着我，玛妮站在他们身后，他们各朝一边闪开，像两扇门打开似的露出她来。她看到我尖叫起来，没说一个字，只是发出一种声音，"哦！哦！"有个警察扶着她的胳膊，她看上去很老很老，崩溃了，黑墨水般的眼泪弄脏了她的脸。

"玛妮，谁在那儿？"我说，可是没用，她只是不停地尖叫着。

"罗吉特警长在吗？"我问。

两个警察互看了一眼，"我们正在找他。"最后有个警察说。

"房间里是伊迪·克拉姆吗？"我颤抖着大声问。

听到这句话，玛妮更大地尖叫一声，双膝跪倒在地。我知道这是真的，伊迪在那儿，出了什么很严重的事。

如果我出了什么事，她悄声说。

我从两名警察中穿过去，他们想拦住我，但他们被玛妮乱挥乱舞的手给挡住了，我冲过那名穿白制服的急救人员，挤进房间，把门从身后摔上，锁起来，闭上眼睛。"我转过身，伊迪会在这里，她会没事的。"我说。

我慢慢地转过身来。

我觉得自己好像飘了起来。

我像是从房顶上的摄像头往下看，场景闪现出来：地板上躺着一个女人，面朝下，头发披散开来，脖子扭着，手里握着电话，两腿间有好几条毛巾，血在地毯上流了好大一摊。一个怀孕的女人想拿掉她的孩子，结果反而杀死了自己。这个女人是我妈妈。

五

　　她认识他是在去年春天的一个夜里。她外出找她丈夫，在仔细察看完所有丈夫常去的地方之后，她把车停到汉诺威街边，想着接下来该去哪儿找丈夫。这时候，他把车停在她后面，走下车，用他光滑的黑手电筒敲敲她的车窗。她没有打靠边停车的灯，他解释说，而且她的刹车灯也没亮。他本可以给她开张罚单，但如果她保证让她丈夫明天早上第一件事就是把这些灯修好，而且下次靠边停车时记着打灯的话，他就算了，这次他只跟着她回家，确保她安全到家。

　　她坐在方向盘后面，做出保证。

　　她真的在胸口划了十字。

　　他根本不是她通常会为之动心的那种男人。她第一任丈夫，死前是个梦想家，总是做些奇怪的工作，而且总能想出新点子，获得成功。她现在的丈夫天性自由，当初她就是迷他这一点，现在却是这一点毁了她的生活。可是这个男人——一个警察——结实强壮，根本不像她丈夫平日里说的那种警察，而像他的巡逻车稳稳地送她回家一样——安全、能干、小心。

　　她对自己说，有这种感觉也没什么，再说，她结过婚了。想到她上个家散了，想到她曾放弃了的那个生命，她决定好好对待这次婚姻，不是为了她自己，而是为了她的小儿子。可是6月的一个周日下午，她在市场里再次碰到这名警官，而她丈夫已烂醉如泥好几天了。警长走在她身边，他们在食品店的走道上来来回回地走着，走过花花绿绿的瓶瓶罐罐，直到最后他们各自的购物车全装满了。

不久之后，她跟他开始在汽车旅馆约会。

7月、8月、9月。

亲吻。

拥抱。

闭上眼睛，听他低沉的声音。

他令她心情平和，这感觉不全是爱情，却更为难忘，因为完全没有其他几段感情中的混乱。跟他相处的那些日子里，即使他们不在一起，她也能把自己一点点拼成个完整的人，而其他那些男人只让她支离破碎、心烦意乱。

然后，她例假没来。

一开始，她骗自己，她太紧张了，扰乱了她以前的生物钟，可是她的肚子慢慢大起来，她希望凭意志力，能让肚子小下去。

10月、11月、12月。

她把暖气开关一直拧到转不动。暖气坏了，她对儿子说，暖气修好前，我要穿着这件大衣。

直到我自己搞定为止，她一直对最好的朋友这样说，这时她突然想到：也许她朋友能利用医院的关系找人帮帮忙？也许她可以溜进器具室、偷些麦角碱？可是护士们恐吓要揭发她朋友，现在她正担心会失去工作。

这是家医院，她假装平静，再三对朋友说，相信我，人们以前也问过那些问题。

她丈夫在路上打电话回来，说一周后到家。他像个极为正常的男人要回家跟老婆孩子一道过节似的，她现在最希望还能像他上几个月这样混过去，可等到跟丈夫见面时，她怀孕已无法否认了。这不可能是他的孩子，她很害怕他可能会做出些什么过激举动来。

她定下计划离开。

警长自己没有钱，可是他认识的一个朋友知道有人可以安排她做一次怀孕后期的堕胎手术。她打算用她哥哥给她的钱，她攒下来以备急用的几千块钱，飞到墨西哥城，那里有一名流亡国外的医生会带她到一直干这种事的地方去。很安全，很干净。

她打开珠宝盒，几乎所有的钱都不见了。

她掀开卧室地毯，从两张一百块的钞票间抽出购物券和几张一块钱的钞票。

她揭开旧鞋盒盖子，里面只发现一叠小钱。

她怀有四个半月的身孕，她无法再多等一天了。警长说医生朋友仔细告诉过他该怎么做，这位医生朋友还指导过他；她最好的朋友拿来了橡胶手套和消毒工具；她把电话线拔掉，人们打电话来找不到她时，会以为是电话线路故障；她在汽车旅馆的停车场里跟警长见面，她体内的孩子就是在这间旅馆里怀上的。

这是一个苦涩的雪夜，她想跟小儿子说声再见，担心万一有什么不测，最近他们之间的关系有点紧张，她想弥补一下。当这一切结束后，她可能会告诉他，有关她第一个丈夫和儿子的噩梦。他现在大了，可以知道了，可是他一整天都在外面跟朋友玩。

阴道镜。光滑纤细的钢制探测器。

她的肚子抽搐着，她的阴道出血了。警长一直想止血，可血喷涌而出，越来越快。毛巾一下就浸透了，他越试着帮忙，血流得越多，在她周围一大摊。她在一片脏乱中抬起头，看着他吓得惨白的脸，他曾受训如何应付紧急事件，现在却不知如何应付这样的紧急情况。他会因牵涉其中而被抓起来，他会失去他已有的一切。在法庭上，他会被当作杀人犯。她知道，他也知道，他们全都知道。马上就回来，警长说，他紧紧握住胸口的警徽，仿佛那后面的心在痛，恐惧令他崩溃，令他心硬。

他离开了那间屋子。

她想起她丈夫说他是胆小鬼——一个又懒又无耻的胆小鬼——她知道他不会再回来了。这时她心里又有了那种心烦意乱的感觉，她觉得肚子里有一群野狗给放了出来，在里面践踏，把她撕成碎片，她翻过身，用尽最后的力气，伸手拿起电话。

她最好的朋友接的电话。

出事了，她小声告诉她。我在流血，很痛。他说他会马上回来，可我知道他不会再回来了。你能不能尽快过来？

我们坐在玛妮干燥的驾驶室内，在去追悼会的路上，她一遍遍告诉我，妈妈是怎么死的，她觉得有必要再一次重复这些细节，我妈妈与罗吉特的第一次见面，他们在汽车旅馆的秘密幽会，她用大衣遮掩怀孕，当然，还有那些不见的钱。每次我脑子里冒出一些问题，但一遇上它们，一闪之间就全不见了。答案是什么不重要，结果总是相同的：妈妈去了，而我该受责备。

我抬头看着玛妮，她又开始哭了，脸缩成一团，一塌糊涂，一只手握着方向盘，另一只手用团天蓝色纸巾轻轻拍着脸。"这些警察竟敢包庇那个胆小鬼杂种，如果他陪着她，叫人来帮忙……"她的手拍着方向盘，眼泪直流。

你妈可能还会活着，我替她说完了这句话。

玛妮越是重复这个故事，我越麻木。我的眼睛鼓出来，声音很小，如果一定要说话，我只说一个字的句子。我盯着外面的路，双黄线在我们前面伸展着领路，路两边的树斜靠过来，我们经过时像进了隧道。暴风雪后连续几天都是艳阳天，天空亮晃晃的刺眼，积雪还未化掉。妈妈不可能就这么死了，我望着外面白茫茫的一片，不断对自己说。两天前我还见了她的，我拧开暖气时她还睡在沙发上，可是我脑子里马上闪出汽车旅馆里的尸体，我看到她的样子后，眼前一黑，倒在地板上，脑门着地，现在前额上还有块南美洲样子的瘀伤，这不是摔伤的，而是警察们破门而入时给撞的。我们开车时，我抬起手摸了摸那块伤，刺痛让我龇牙咧嘴，我用手指梳着头发，把它遮起来。

"你的头怎么样，多米尼克？"玛妮问，红红的眼睛离开我们前面的路，转而看着我，不再有"蜜糖蛋糕"或"甜唇"之类的称呼——只是普通的老多米尼克。她在妈妈死的那天晚上把南方做派全扔了。

不管我想说什么，我只觉得嗓子眼里堵着个巨大的铁鱼钩。是、不、行、也许。如果谈话，我说的就是这些。"还行。"我说，低头看着她车内地毯，还有件事我做不到：与人对视。

虽然玛妮的狗弗雷德和琴姐儿已死了好几年，我坐在她车里，还能闻到它们的气味。我穿着玛妮给我拿来的硬邦邦的蓝色西装，脚下乱扔着硬币、撕过的购物券，还有剪报。我还是个孩子时，总是收集她车内地下的垃圾，玛妮喜欢把她的磁带卡座变成糖果机，里面溢出来红、白双色棒棒糖，让我来买，一分钱一块，她也接受购物券。

妈妈死了，我却在这儿想着玛妮和愚蠢的儿时游戏。我算是什么儿子？我自己无法回答这个问题。相反，我想到玛妮告诉我的，妈妈把暖气关了，为的是有借口穿着那件大衣，如果我不是那么迷恋伊迪，我也许能察觉出来，我想起那么多线索，却在脑子里放走了它们。妈妈在拍卖会时对罗吉特的态度、事后他的电话、那晚他开车送我回家，我只穿着内裤，他说什么来着？她有很多事要做，对她好些，诸如此类。是的，对了，也许他本该听听自己的建议，对她好些，而不是把她一个人扔在那儿等死。我想杀了他，从他腰间夺过他的手枪，一枪射进他的肚子，让他体会一下妈妈流血而死的感觉。可是我告诉自己，罗吉特把妈妈抛弃在那间旅馆房间里纵然有罪，而我在那之前的背叛却有过之而无不及。

她需要那笔钱，她需要我。

我们把车停在殡仪馆前面，一幢白色平房，看起来像普通住宅，如果你把门上的瑞耐特殡仪馆标牌摘下来，这房子就跟那种老太太家没有两样。我看到爸爸站在那块标牌下，跟每个进门的人握着手，他的表现好像悲剧袭来前我们一直是个愉快的家庭一样。他还没弄明白事实——至少我觉得——妈妈是死于一场搞砸了的堕胎手术，更别提那孩子不是他的。他在扮演一个心碎的丈夫，他做了所有安排：今天的悼念仪式、在墓地上的简短说话，然后当积雪融化后入土安葬。他甚至今天一大早就到了，"跟我妻子单独待会儿。"他完美爸爸的路数让我更加恨他。

进到里面，我没想到有这么多人，利昂和他妈妈迪塞尔太太；隔壁家长得像颗鸡蛋的老夫妇拉米诺先生和太太；玛妮的几个医院朋友，她们精心打扮，穿着过时的星期日装束；我爸的酒友们，还有麦克·马龙尼，马龙尼酒吧的老板和酒保。这地方一股樟脑球的味道，旧旧的，像图书馆，然而却没有书。我刚跨进门槛，一个光头神父朝我飞奔过来，他告诉我，他是康诺尼神父，刚到霍利多教区，他为我失去了妈妈而深感难过，他说上帝为我们每个人安排了伟大计划。我没看着他眼睛，转而低头望着他握着我的手的手。这家伙少了根大拇指，就像我去年木工课的老师，他是因为一次偶然事故被电锯给切掉的，我纳闷一个牧师会有什么样的职业风险，致使他少了根手指。也许是他在切圣餐面包时切掉的，也许是给某位饥饿的教会女士喂圣餐时，被她咬掉了。

"她现在跟上帝在一起了。"他说着泪汪汪地看我一眼，呆滞的表情让我想到鱼缸，不停地冒着泡泡，毫不奇怪。

鱼钩还在我喉咙里，所以我只是点点头。他不可能相信自己正在说的那些话，随便问问地球上任何一个天主教徒，他们都会告诉你，堕胎是种罪恶，更别提神父了。他绝对相信，那晚我妈在汽车旅馆开房时，就是为自己买了张通往地狱的单程票。但我更相信，如果真的有天堂，我妈会在那里，孩子会在她肚子里长到足月大。

在地狱里的那个是我。

没拇指神父带我走到房间前面的一张椅子跟前，把我安排在爸爸和玛妮中间坐下。妈妈紧闭的棺材埋在几十打挤在一起的玫瑰花下，周围全是满天星，那些玫瑰像是动物的心。我想象着棺材里的静默，游丝般的空气和沉寂；她镶着镜框的照片放在棺材顶上，照片中的她抿嘴而笑。望着照片，我脑子重得很，一团糊涂，精疲力竭。"你怎么样，儿子？"爸爸说着双手紧紧捏住我的肩膀。

我耸耸肩，房间里排起了队，我望着人群，希望爸爸也看着别处，不要再对我说什么。人们一个接一个，列队经过妈妈的棺材，屈膝祷告，再移动到爸爸处，然后到我这里，然后是玛妮。不知道过了多久，我只看到一张张模糊的脸，听到喃喃的道歉声。

"我很抱歉……"

"如果我能做什么的话……"

"如果你们需要什么帮助，尽管叫……"

玛妮真的痛哭起来，精神失常的样子，但我还是板着脸跟大家握手，我对自己说，我不配领受他们的安慰，是我把妈妈放进那副棺材的。我的谎言和卑劣计划直接把她领进了死亡之门，所以我才是那个应该说我有多抱歉的人。

我坐在那里，茫然僵硬，任他们的话语滑过我，爸爸尽其可能地吸引人们的注意，他不断地说着同样的话，一遍又一遍："我爱这个女人……天啊，我是多么爱这个女人。"

如果你这么爱她，我想，那为什么她在世的最后这个月里，你竟懒得回家一趟？为什么去年6月你会在伊迪·克拉姆的床上？如今这个世界末日就是从那时开始的，但我什么也不想说，因为我也以可笑的方式表达了对妈妈的爱。就让他演戏吧，我不断点头，跟着每个经过的人的脚步看着殡仪馆的红地毯。

不要哭，我对自己说。

我抬起头时，利昂正跪在我前面，他的头发几乎长及肩膀，一条米色的新灯芯绒裤和蓝色衬衫，摁扣没扣上，敞露出胸膛。学校里一个叫埃德·德尔里的家伙站在他后面，自打五年级以来我就没有跟埃德有过交往，他那满是头皮屑的头发、河马鼻子、尼克松的脸颊，一副可怜白痴相，几年前，学校里的同学们开始叫他特别生埃德，这名字一直叫下来。利昂跟他搅在一起真奇怪。

"嘿。"利昂说。

"嘿。"特别生埃德也说。

"嘿。"我对他们俩说。

"你还好吗？"利昂问。

我点头说好。我很好，我没哭，不是吗？

"关于你朋友的……"利昂说。他停下来，瞟了我爸一眼，爸爸正忙着向一名粗壮的戴着玻璃防风镜的妇女诉说他对我妈妈的爱。利昂把声音压得更低说："那封信。"

我抬起头，迷惑不解。我流鼻涕了，所以我吸了吸鼻子，肯定是那股图书馆的气味，以及所有这些看起来像动物心脏的玫瑰花闹的。

"伊迪·克拉姆。"他悄声说，凑得很近，可以闻到他嘴里的香烟味。

我觉得鱼钩动起来，从我喉咙里移走了，我想说话前咳了几声。"我不想再提起她，永远不要！"

这是我这么多天来的第一句话，我没想到那么大声。那个戴着博众眼镜的女人望过来，然后又转头看着爸爸。"我爱她胜过一切。"他对她说。

利昂清清嗓子，站在那里，两手垂放在腰前，他一贯的举动，好像正指着胯间那一大包，或者别的什么不寻常的东西。"好吧，"他说，"当然，忘掉它。对不起。"

我想再说点什么，让他明白，可我担心我会放声大哭，所以我什么也没说。利昂和特别生埃德走开了，我则继续接受那些苦瓜脸和悼念之海的冲刷。那个戴眼镜的女人走了，可是玛妮的一群朋友又过来了。

珍妮特、路易丝、露丝、卡罗。

"我真为你难过……"

"最近我妈妈也去世了，我知道这很难……"

"现在我们能做的就是为她的灵魂祈祷……"

"她正在天上看着你……"

她们说完走后，我坐在那里踢着椅子，不知道这场折磨到底还要持续多久。我不能忍受人们为我难过，其实是我让大家在这里的，我才是妈妈走的原因。"嗨，孩子。"有人说，我抬起头来。

唐纳德舅舅。他刮了胡子，胖脸边上一圈细细的影子，唇上厚厚一线胡子。他可能是用铅笔把那些胡子画上去的吧。我一直在思念妈妈，责备自己，竟然压根儿没想到他今天早上会来。我扫视着整间屋子，想找我哥哥，找那个看起来有点像拉古诺德佩罗湖边孩子的人。没有。我望回舅舅，看着他金丝眼镜后面褐色的大眼睛。他穿着一套皱巴巴的黑西装，里面一件白衬衣，细长的领带，折叠着的黄色信封从他口袋里伸出来。这是我妈妈的哥哥，我想。如果他还活着，她怎么就死了呢？

我耸耸肩，"还好。"我告诉他。我的声音嘶哑，可是我嗓子眼里不再有鱼钩了。

"到这儿来。"他说着，一把抱住我。

他的拥抱让我猝不及防，我觉得自己在躲闪，眼泪开始流出来，虽然我极力想把它们缩回去。我的嘴巴张开来，发出无形的声音，连我自己以前也从没听自己发出过这种声音。我不知道为什么竟是他让我内心决堤，然而就是他。我哭了，停不下来。可能人人都看着我，想我是多么可怜，或者为我难受，可他们不知道这全是我的错。我哭得停不下，我想念妈妈，我想要她回来，我不愿再也见不到她。

"会好的，孩子，"唐纳德说，"哭出来吧。你爱她，我知道，这很痛，让自己痛痛快快地哭吧。"

他越这样说，我越是哭得声嘶力竭。我的鼻涕流得到处都是，每当我想吸口气时，我就发出那种无形的声音，真丢脸。我一定精神错乱了有五分钟之久，或者十分钟，终于，我松开了唐纳德，喘过气来。葬礼队伍堵在那里，像67号高速公路上塞车一样，人群一定受我的影响，因为房间里全是人们用纸巾擤鼻子的声音，连神父也挤出几滴眼泪，他可能每周要举行两场葬礼吧。

我看着舅舅，张开嘴说："杜鲁门。"

他脸上没了表情，他眨眨眼，叹了口气，又眨眨眼。

"我哥哥应该来参加妈妈的葬礼。"我说。

舅舅静默了片刻，他把手放在我手上。"我很抱歉。"

我开始说些别的，可是玛妮站起来，把唐纳德拖走了。她把他领到神父那边，向神父介绍他。神父开始高谈阔论上帝的伟大计划，而我则重新开始我的地毯检查工作。

我哥哥在哪？

如果这件事都不能让他现身，那没什么能够了。我想也许他也死了，1955年那年在拉古诺德佩罗湖边拍完照片后就溺水身亡，而我妈无法接受自己的孩子死的事实，所以她幻想着她儿子还活着，只不过跟她哥哥住在曼哈顿而已。

"多米尼克，"一个女人说，"是我，特纳包姆太太，我很难过。"

是那个戴着特大眼镜、几分钟前听爸爸哭诉故事的女人，我握握她的手，点点头，让特纳包姆这个名字在脑袋里跳跃，希望想出她是谁。我脑子里一片空白，直到她说完她要说的话，走开去，我才从她矮壮的背影、大块头上想起她站在黑板前写字的样子。T太太，我幼儿园的美术老师，看到她的样子——不知怎么让我想起她皮肤上的味道，她帮我做通心粉剪贴画，把彩色美术纸剪成碎片为妈妈做冰箱贴画——让我的胃里又开始抽搐绞动。一只无形的手按着我的胸口，我几乎无法呼吸，我朝闪着"出口"字样的红灯招牌跑去，留下"我很难过"的队伍在后面。

我跑到外面，靠着垃圾桶呕吐起来。不知道为什么我的身体会这样搅动，因为自从两天前坐汽车旅行时吃过点东西后我再也没吃东西了，可是吐出来一团软不拉叽的黄色东西。当我实在没东西再吐时，我靠着冰冷的蓝色金属垃圾桶站了一会，奇怪，一个殡仪馆为什么竟需要这么大的垃圾处置装置。也许他们有什么不得不扔掉的东西？枯死的花？肢体？

我转过身，发现利昂和特别生埃德站在停车场那边。他们正抽着香烟，翻着一本《打折汽车信息》的流通广告。利昂抬起下巴冲我努努嘴，意思在和我打招呼。我们喝"霍利多地狱猛鬼"的那些夜晚，他见过我好多次把胆汁呕出来的样子，可这次不同。"不好意思。"我说，觉得有点可怜。

"真酷，"利昂说，"你想做什么就做什么吧。"

特别生埃德点点头，那个点头有点像他知道我现在该死的感受一样，像他知道你得为你妈妈的死负责一样，我真想臭骂他一顿，然而我只是转过身，走了。特别生埃德，见鬼，他怎么会知道呢？

悼念仪式接下来的部分我一直麻木着，队伍出来去墓地时我也麻木着，"没拇指"就"死亡即是开始"什么的胡言乱语讲了一通，我的脑海里回想整张汤米专辑，把神父的声音挡在外面。

那个男孩怎么样了？
那个男孩怎么样了？
那个男孩怎么样了？
他全看见了。

当神父说完，玛妮"扑通"倒在一堆鲜花上，花下便是来年春天妈妈的长眠之处。珍妮特、露丝、路易丝和卡罗为她张罗着，像在品哂一锅炖菜。

"她需要空气。"

"她需要水。"

"她需要走走。"

再加点盐，我想，少放点胡椒，让她煮烂点。

"我们陪她走到车那边去。"她们全都同意护送玛妮到道奇车那儿。玛妮的崩溃让我有借口跟她一起，不用留在爸爸身边，他一直陪着神父。当人们从那堆纪念品上拔着玫瑰，我在脑子里一遍遍想着"谁人"乐队的歌词，不让自己再哭出来，直到我再也受不了这些歌词时，我转而去想妈妈那些感伤的歌。"我看着我今天的生活，我希望我这样快乐地活过。"这歌词简直要让我崩溃，所以我关上脑袋里的DJ，开始想那些童话故事，有个妈妈把她最后一点钱给了儿子，他却把它花在几颗豆子上，一根巨大的豆茎。

葬礼结束后，我回到玛妮的车里，叹了口气。我的计划是：径直回家，锁上卧室门，一个人痛哭，之后我的生活会像黑板般漆黑空白。等我们上了路，我发现整群人都跟着我们回到家里，接受款待。"难道这是欢送派对吗？"我问玛妮，"我受够了！"

"多米尼克，"她说，她的声音还有点颤抖，又要流泪的样子，"葬礼后总要招待一下人们，让大家有个机会怀想离开了我们的人。再说，大家都需要吃东西。"

"没错，"我说，"刚才我们在妈妈墓地边上站着时全都胃口大开，现在让我们回去，敞开胃口吃吧。我打赌我的幼儿园美术老师和迪塞尔太太有大好时光一起畅诉跟我妈有关的无数回忆，我们能说说她跟警长的暧昧关系，要不她的堕胎计划，要不说说没在他妈妈葬礼上露面的儿子！"

我根本没意识到，我提高嗓门在尖叫。玛妮张着嘴望着我，脸上是空洞恐怖的表情。在我看来，她好像变成身体里没有骨头的人，脆弱、随时可能倒下。我们把车开到路边，她朝我伸出颤巍巍的胳膊，想拥抱我，我知道那只会让她再来一次声嘶力竭的痛哭，我不得不安慰她，让她坐直。

不，谢谢你。

"我不想要抱！"我尖叫着，把她软弱的胳膊推开。

"对不起，"她说，缩回手，"全是我的错，我本该说服你妈不做这种事的，我本该跟她一起的，我明白你在责怪我。"

如果我想怪谁，那第一个该怪的人是：鄙人自己。肯定的。我可以首先怪爸爸跟伊迪约会；怪妈妈跟罗吉特的交往，还有怀孕；怪伊迪利用我；但最大的责任落在我身上，如果那笔钱还在，这一切就不会发生了。

"我不是怪你，玛妮，"我说，比开始平静了些，"你是她唯一真正的朋友。相信我，这不是你的错。"我看见自己像个披着黑袍的法官，砸下他的木槌。玛妮·盖博尼由于神经错乱被判无罪。

玛妮从她口袋里掏出的还是那团硬邦邦的蓝纸巾，擤着鼻子。

"我是吗？"

"是的，"我真心地说，"在追悼会上，人人都说他们有多想念我妈，我知道你才是最想她的人，你跟她说的话比我跟她说的还多，你听她说她所有的烦恼。"我在心里再补上，而你从来没像我爸和我那样对她撒谎。

"谢谢你这样说，多米尼克，这对我很重要。"

即使没有拥抱，我也还得安慰她，但似乎除此之外，别无他法，我想重新上路，我想回我家搞完那场盛大演出，这样我好摆脱掉所有人，一个人待着。"她那么爱你。"我说。

过了一会儿后，我们重新启动了，剩下的路程中我们沉默着，晚会紧张而忙碌地开始了，珍妮特、露斯、路易丝和卡罗忙着，仿佛她们一直是这里的招待，她们把妈妈遮挡窗户的薄毯取下来，阳光射进我们家，在不熟悉的地方洒下一束束光线。有人打开收音机，长笛的声音在窃笑，厨房桌上摆出了几大盘食物，鸡蛋黄打得很松软，再淋上血红的调味汁，午餐肉卷成手指粗的长条，肉汁丰美。奶酪块、太阳一样的橙子。拉米诺太太煮了一大桶咖啡，人人都在猛灌咖啡因，她往我手里塞了个泡沫杯，咖啡满到杯沿，握着那杯咖啡，我又想起坐在罗吉特车后，从他的热水壶里啜着咖啡。

你妈妈现在有很多事要做，所以我要你对她好些。

不管咖啡味道有多难喝，我还是把它喝了下去，然后手里拿着空杯子，在厨房里乱撞，我想到埃德·德尔里，以前只要你给他二毛五分钱，他能在食堂里吞下一整纸杯。

某些派对小把戏罢了。

爸爸在起居室里从这个人换到那个人，挨个接受着别人的安慰，诉说着对他"深爱的妻子"的怀念。我听到他说："现在只有我和多米尼克了，只有我们俩。"

是啊，我想。等你再次失踪时，那就只剩我一个了。

我出了厨房，逛进爸妈的卧室，床还铺得整整齐齐，妈妈的结子花毛衣叠得好好的，放在床罩上面，她的梳子上还沾着黑头发，好像她刚走出去，梳妆台上，一块黄箭口香糖包在包装纸里，我拿起来，放进自己口袋里，留下她这个奇怪的小癖好，虽然我也不知道为什么要这样做。

"当当当，"舅舅说，虽然门开着，"有人在家吗？"

我打开妈妈的音乐盒，那个塑料芭蕾舞女正在转圈，他四下打量她的房间，磨破了的白窗帘、她在旧货市场买的过大的卧室家具，橡木上有凹痕刮痕。"这就是我妹妹住的地方了。"他说，强调"这"这个词，听上去颇有优越感似的。

见他的鬼，他凭什么这般自以为是？我见过他的卧室，又不是什么泰姬陵，但我没有吭声，而是伸手从床下拿出那个男人的照片，我相信他就是杜鲁门的爸爸，我把它放到唐纳德面前，没说一句话。

他叹了口气，从我手里接过相片，望着它。"这是你妈妈的第一任丈夫，"他对我说，"他名叫皮特，在一次划船事故中淹死了。"

拉古诺德佩罗，我想。1955年。难道我哥哥也淹死了？我想甩出舅舅和杜鲁门的那张合影，但忍住了，因为我不想他知道我是从他家里拿的。我猜他还没碰到罗莎琳，所以他根本不知道我去过那儿。"那我哥哥也淹死了吗？"我问。

唐纳德把照片递给我，伸过手把音乐盒给关了。"现在已够你受的了，我不想再让你更担心。"他坐在床边，拿起一个枕头又放下。"听着，我今晚得去德国开个会，要作几个报告、开一些研讨会，即便你妈妈这样我也逃不了，我很抱歉。可是我打算给你我住的酒店的电话号码，还有一些钱，以免你万一需要钱用。下个月我回来后，我们再一起把事情说清楚。我保证，好吗，孩子？"

不，不好，可是看来他不会给我别的选择。他从运动夹克里掏出那个黄色信封，把信封塞进我西装口袋里。就在几天前，我还指望他给我些钱，帮我渡过难关，现在他给我钱，我想，太晚了。他告诉我，这两天我可以不用上学，然后就必须去，那样我不会老想着这些事。他又给我一个拥抱，再次说，等他回来后，会把这一切说清楚。

等他出了房间后，我穿过走道，来到洗手间，浇了点凉水到脸上。我站在那里，望着镜子出神，试想着仿佛什么也没发生一样地坐在教室里，谁能从我脸上看出我把自己的生活弄得一团糟呢？我想象着同学们傻傻地盯着我看，小声说在霍利多旅馆里堕胎而死的就是我妈。

门外，我听到人们在妈妈饯行盛宴上闲聊的只言片语。

"我想多米尼克还很震惊，"爸爸说，"对他妈妈的离去还没反应过来。"

"他还只是个孩子，"一个女人的声音回应道，"可怜的东西。"

"罗吉特不听我最后的劝。"玛妮在门外走道上故意让人听见她的自言自语，我不知道她在跟谁说话。路易丝？珍妮特？"我不会就此放手的。为了多米尼克。"

我看着镜子，我有个选择：我可以绕场一周，让那些失败者们可怜我，要不我就想个办法，弥补我对妈妈所做的事。我没能想出什么计划，但我知道我得离开这里，让脑子清醒下。我等玛妮的声音飘回客厅后，走进爸妈的卧室，玛妮的手提包还在椅子上，在那群人的大衣下面。我已经知道怎么偷钱了，不过这次我只是想借点东西：她的车。把钥匙放在口袋里后，我费力地穿过起居室，告诉爸爸我想出去走走。

"要人陪吗？"他问，在观众面前扮演着体贴的爸爸。

"不，谢谢。"我回答道，径直出了门，免得有人拦着我。

我走到玛妮的车边，舒了口气，爬进车里。四周看看，确定没人看见我后，我调整好座位，把钥匙插进引擎，发动了这辆破车，我把车挂在倒车挡上，退出停车场。我不知道到底要去哪，于是慢慢向德怀特大道开去。平时我老看妈妈开车，知道何时要加油，何时该踩刹车。玛妮的车在车流中摇摇晃晃，我觉得好像在驾船，一辆警车停在"狗舍"的停车场上，我的心跳了一下，不过警官根本没朝我看。他让我靠边停车也行，我会对他说，请他把精力用在揪出那个坏警长上，不要来抓我这样的孤儿。玛妮解释过，她当即便告诉警察们罗吉特和我妈妈一起在旅馆里，他们贴出了全境通告，可是等他露面后，他们的说法突然变了。罗吉特跟两名警官在新警察局开会，那名警察解释说，他不可能在那里。不可能。玛妮大吃一惊，她不断跟我说，她打算想法子查出真相，把罗吉特抓起来，但我无法想象宾果夫人能跟霍利多警察局对抗并赢的结局。虽然一想到罗吉特从整个事情中摆脱干系，就让我心如刀割，可我不知道我能为此做什么。

我经过汽车旅馆时，放慢了车速，那地方还是用"禁止跨越——警察调查"的黄带子圈起来，停车场里没有车，门前竖着没有空位的招牌。我瞟了一眼5B房，看到那扇门，我好像给冰针扎了般刺痛，血管都冻住了。

你再也见不到你妈了，一个声音在说。

我咬住嘴唇。

我想象着她躺在水晶棺材里，而不是躺在殡仪馆那个笨重的木头棺材里；想象着有人能吻她，把她带回人世，但那会是谁呢？不会是罗吉特，也不是我爸爸，也许是皮特，我不知道她是不是真的爱他，我不知道她现在是不是和他在一起。

为了不让自己哭，我加大油门，根本想都没想，转头便朝伊迪家开去。明知她早已走了，我不知道我为什么还要去那儿。可我想我实在不知道还有什么地方可去，也不知道接下来该做什么。等我上到山顶，那房子就矗立在我面前，斜屋顶、剥落了的柠檬黄油漆，还有狮子脸门环。我把车停在街当中，像那晚我们来这里找爸爸时妈妈做的一样。刚才利昂提到伊迪的名字时，我朝他大吼；可只为了躲开妈妈的饯行会，我居然把车停在她家门前。请在我的性格缺陷中再加上一条"虚伪"吧。

我坐在下午明亮的阳光中，望着那个地方，听到电锯的呜咽声，有人在什么地方处理暴风雪中倒下的树。我听着饥饿的电锯飞快地旋转着，切割、撕裂着树，"呜呜"响着。风吹过山顶，把玛妮车上的天线吹得前后直摇晃。

"我恨你，伊迪·克拉姆。"我小声对着空气说。我说了一次、两次、三次，声音越来越大，"我他妈恨死你了！"

我把妈妈的银色口香糖包装纸从口袋里拿出来，握在手心里，仿佛它有什么神奇魔力。我感到自己给撕成了碎片，像唐纳德抱着我时一样，我紧握的手松开了，鼻子"呼哧"直响，用手捶着仪表板，直到手真的很痛为止。和空屋子说说话让我舒服多了，我对这幢维多利亚式房子说出我的感受，便已为我妈的死复仇了。我要做点什么，我要向妈妈证明我有多爱她。我擦干眼泪，看着那块"待售"招牌，被雪遮去一半，铲雪车把它给撞歪了。

请与薇琪·斯普林联系。

按照这些征兆做，我听到妈妈的声音在说，生活把它们摆在你面前。

一、二、三。

你要做的只是看。

此时我想到：如果有谁知道伊迪去了哪里的话，那就是她：薇琪·斯普林。

也许是妈妈带我来这里的，她指给我看这块招牌，因为她想要我把伊迪找出来。我暂时拿罗吉特没有办法，也许这是她想让我弥补自己的过错。再一次，我觉得自己的生活像块空洞的黑板，我想着面前的选择，我可以回家躺在床上，望着天花板，想念妈妈。几天后，我可以回学校上学，装作什么也没发生过，尽管我知道一切不同了。然后再如何呢？我不知道。或者，我可以听从这些征兆的指引，就像妈妈在告诉我怎么做一样。我可以跟着它们去找伊迪，把钱要回来，完成几天前我在汽车上向妈妈许下的诺言，哪怕那是向活着、还有呼吸的妈妈许下的诺言。我告诉自己，如果她在天上看着我的话，那她会看到我有多爱她，虽然我把事情弄砸了，她知道我在尽量补救。

接着我看到那些想法之后有什么东西在闪烁，我体内升起的一股强烈欲望，一种坚决的冲动，那般迅猛，仿佛什么东西从湖底直冲而出，冲破黑暗静止的水面，在光天化日下暴露出它的丑恶，那欲望便是：

报复伊迪；

让她为她所做的一切付出代价；

她应该受苦；

她应该痛苦；

她应该经历你所经历的。

然后那些话消失了，重新潜入我脑中黑暗的水下。我冷得直哆嗦，害怕自己可能犯下的罪恶，就像几天前那样，再一次，我不知道渴望的黑暗会不会控制住我，就像残杀莎朗·塔特的那个夜晚，控制着曼森的追随者一样。

我摇摇头，想甩掉那想法。

尽管这想法吓到我，但一切似乎都在把我推向伊迪。我想要的一切，或自以为想要的一切——钱、向妈妈证明我很抱歉，以及其他我还不确定的事情——在我脑子里搅成一团，我知道我得找到她。

那一刻，我觉得以前的自己消失了，随之而来的是一个全新的我。这个我更顽强更坚决，他不会害怕，他不会向任何人展示他的悲伤。"别想了，"我大声说出来，"忘了它，尽你可能弥补你所犯下的错。"

车窗有点起雾，我在驾驶座旁边的窗玻璃上歪歪扭扭写下"忘了它"几个字。我发动车，来个U形掉头，摩尔黑德地产行就在邻近小镇布福德，我只花了一刻钟就到了那儿。我已是个老司机了，可我还差一个月才到法定驾车年龄。目前为止，我在方向盘后唯一的错便是有几次踩刹车太猛，害得玛妮车内地下的垃圾往前一蹿，此外全是平稳的驾驶。

我把道奇车停在外面，脑子里想出个主意。如果我直截了当问这个叫薇琪的女人她知不知道霍利多那幢维多利亚房子的主人搬去哪里了，我觉得她不会透露给我。可如果我假装对这个房子感兴趣，那么随意问问前房主的事情，她也许会露点口风。我知道我看上去不像他们常见的顾客，但我穿着西服，系着领带，没准能赢得薇琪的信任。曾经的旧我胆小紧张，可现在的我不能屈服于那种情感，以前我妈派我去酒吧，派我去伊迪家，现在她仿佛以一种奇怪的方式派我进这个办公室，我不想让她失望。

"薇琪·斯普林在这儿吗？"我透过门上"叮当"乱响的铃声说。

一个苹果脸的女人坐在前台后面，看似很无聊，却对响起的电话铃无动于衷。"她就在你身后。"她翻着《大都会》说。封面写着"交友小组完全指南"和"一个（前）胖女孩的坦白"。

我转过身，可第二张桌子是空的，这时随着第二次刺耳的铃声，门开了，我才明白苹果脸的意思：薇琪本人走了进来。她是个活泼的女人，窄窄的肩膀，细细的腰身。三十出头，我猜，三十五，染过的金发，剪得很短，像个男人，淡粉的唇膏。

"这孩子找你，薇琪。"秘书——或者不管她是谁——说，把杂志放到一边。

孩子。我还努力想让她相信我已过法定年龄了呢。

我想到放弃计划，开门见山地问薇琪知不知道伊迪搬哪去了，可我知道，她不会向一个陌生人透露这信息的。要装成很随意的样子，我提醒自己，好像自己并非真的想要知道前主人的去向——我只是好奇罢了。

薇琪笑了，眼角显出皱纹，让她老了几岁。四十，我想，四十五。我还没见过像她的眼睫毛这样浓密的，一般的不过一只眼皮上六七只蜘蛛腿罢了。"我能为你做点什么，小伙子？"

一开始是"孩子"，现在是"小伙子"。这个不堪一击的计划看来很难成功。然而，我还是要努力办成这件事。"我来这儿是为了霍利多那所出售的房子，就是谷仓山路上那幢黄色的维多利亚房子。"我压低嗓门，把我的小西装扣好，站得笔直。

"关于什么的？" 薇琪边问边脱下围巾和帽子，把它们挂在门后的衣帽架上。"你知道那起故意破坏吗？"

"故意破坏？"我说，这时才想起那扇窗户，"哦，不，我不知道。我来这儿是因为我想买那房子。"

"你！"秘书说，对另一通电话铃声又置之不理，"等你读完高中再来找我们吧。"

"你能不能接电话，莉迪娅？"薇琪说。

"实际上，是我妈妈想买这地方。"我对她说，这时莉迪娅拿起一部电话，极为开心地说"下午好，摩尔黑德地产"。"我妈妈"这几个字说出口，仿佛在我身上戳了个洞，我立即瘪了下来，但我还努力飘着。"我只是来这儿看看。"

"如果你妈妈对这地方有兴趣，那她为什么不自己来这儿？"

因为她死了，那便是为什么。冷静，我对自己说，你能行的。"她派我来看看这里，不知道你能不能告诉我一些有关这房子的情况，我好跟她说。"

薇琪走到桌边，开始翻着留言，又拿起电话，开始拨号。"我很忙，如果你妈妈有兴趣，她得自己来跟我联系。"

去你的，薇琪·斯普林。"好。"我说，很生气自己的计划就这样毁在自己眼前。这全怪那个秘书，如果她只做好她分内活儿接她电话，管好她自己，我也许能按自己的计划行事。还没完，我提醒自己，不管怎样，你会得到你想要的东西。"你能在这儿等上几分钟吗？我去接我妈，马上回来。"

薇琪放下电话，这次对我认真起来。"我有个约会，不过我四点半就完事了。如果你妈妈想看那地方，我能在房子那儿等她。"

"好，"我说，不知道自己怎样才能实现它，"我们四点半见，谷仓山路。霍利多。"

我离开办公室，径直回家，不知道怎样才能做到。我只能让四点半的约会泡汤，可那样我就再也没法查找伊迪的去向。我可以露面，告诉薇琪我妈妈根本没法赴约，也许她会带我快速看一下那地方，我就能猜出这个价值六万四千美元的问题的答案。不过我知道她可没时间听我瞎掰，她一看到我独个儿来的，很可能马上钻进她的车，回布福德去了。

在德怀特大道上，我真希望刚才破釜沉舟，当面问我想知道的问题就好了。跟随计划到此而止吧，我把玛妮的车停在刚才我找到它的地方时，心里这样想着，只好不理这个约会，让薇琪在冷风中等你和你妈妈了。活该，谁让她这样打发你。

楼上，派对清场了，只剩下玛妮。她坐在厨房桌前，拿着一根剩下的大香肠，发呆。她眼睛肿，鼻子红，我知道她刚刚又哭过一次。"你来了，"她说，"你爸到处找你。"

我脱掉西装，松开让我发痒的领带。"找我，干吗？"

"他说他担心你。"玛妮把一片大香肠撕成两半，放一块到嘴里。

"饶了我吧。"我说。

"他似乎突然以为自己成了克利弗先生①。我只能尽量克制自己不朝他脸上来一拳。要是你可怜的妈妈知道他现在的表现就好了。"提到我妈妈，玛妮低头看着她那盘快吃光的午餐肉。"不知道为什么我居然在啃这东西，我太伤心了，吃不下去，多米尼克，你要吃点东西，我得保证你健健康康。"

我脑子里闪现出我当初接到伊迪的便条时，妈妈从窗户里叫着，问我中午想吃什么的情景，现在玛妮说话有点像她了。"玛妮，我能请你帮我个忙吗？"

"不管你要什么，说吧。"

好啊。"我要你帮我找出伊迪·克拉姆搬哪去了。"

玛妮的脸色很难看，她把指甲戳进一个鸡蛋里，掏出老鼠嘴大小的一团黄色的东西，她把它举到空中，说："你怎么知道那女人搬走了？你又为什么竟然想找她？"

"说来话长。"

她坐在那儿，望着我，压根儿没吃她手指上的蛋黄，我知道她在等着我的长故事，除非我告诉她，她不会让步，但我不相信她，我不想告诉她真相，我无法向谁坦白自己对妈妈所做的事，所以我只好胡诌道："我觉得我爸把他偷的钱给了伊迪，我坐利昂朋友埃德的车去她家兜了一圈，想把钱要回来，可她搬走了，门前有块'出售'的牌子。"

"且慢。为什么你不直接问你爸爸——"玛妮说，接着她停下来，最后她舔舔手指头，"算了吧，那条狗是什么也不会承认的。"

我们俩都沉默了，我紧挨着玛妮坐着，她的皮肤薄得像张纸，

---

① 克利弗先生：美国20世纪五六十年代肥皂剧《反斗小宝贝》中的人物，片中的克利弗家庭已成为美国中产阶级、白种家庭的模范偶像。

还有很多斑。老天爷没有给她一个下巴，却给了她一个鹰钩鼻，像个残酷的笑话，男人们离她远远的。任谁都可能放弃了，可玛妮这么多年来一直坚持染发，坚持穿那些颜色夸张的衣服，在她的宾果演出中像个明星。我想妈妈走后，她独自会做些什么，也许她最终能找到梦中情人，如愿以偿。

"玛妮，我以前从没告诉过你，可你还记得去年夏天我们一起开车去伊迪家的那个晚上吗？"

"当然，"她说，"那晚你妈妈真的很光火。"

"是的，嗯，我当时说爸爸不在里面，我那是撒谎。他在里面，在伊迪床上睡着了。我没说出真相，是因为我讨厌看到妈妈哭。而伊迪，嗯，她在某种程度上也骗了我，我真的很难受。"我决定控制自己，不要说太多。"我知道我爸爸跟她有关系，我甚至知道伊迪需要钱，因为她怀孕了。我想那就是他给她钱的原因。"

玛妮手托着脸，咀嚼着我刚告诉她的事。通常她一听到一点点小道消息就很来劲，像这种有声有色的小道消息本该让她得意忘形的，但她只是坐在那里，看来这几天她已把过去的她全抹掉了。不一会儿，她抓住我的手。"多米尼克，即使找到那些钱，你妈妈也永远不会回来了。你知道的，是吗？"

"我知道，"我对她说，"可是我觉得我该做点什么。"

"我也是，所以我要想个法子抓住罗吉特。你知道，你爸爸甚至还没发现这不是他的孩子，而你妈妈肯定他会发现的。我只知道，他和罗吉特都该下地狱烧死。"

我坐在那里等玛妮说点别的，而不是她平时那些让我们不知所以的粗口。最后，她终于说："好吧。"

"好吧什么？"

"我帮你，"她说，"你要我做什么？"

在去伊迪家的路上，我向她解释了整个计划。我告诉她埃德·德尔里开车送我到地产铺，薇琪当我是罪犯。"不用说了，"玛妮说，我们把车停在前面，"我知道她那种人，我会替你讨还公道的。"

薇琪正等在房外，粉红围巾裹起她的脸，她两手插在口袋里，蹦了几下，想暖和些。我们一走进门廊，玛妮就成了我妈妈——虽不完全是我妈妈，但至少是个变形版。"很高兴认识你，斯普林小姐。我是多米尼克的妈妈，你不愿告诉我儿子这些信息，我理解，不过他完全能为我们定居察看住所。"

住所？定居？耶稣啊，她听上去好像我们是从法国南部来找房子的。谢天谢地，薇琪把她那位自作聪明的副手留在办公室接电话了，所以我们不用听她的评论。

"很高兴认识你，"薇琪说，完全没理玛妮公然的讽刺，"我们进去之前，我想提醒你们，我有四个买主差不多快签合同了。"

"我们别来这套经纪路数，"玛妮对她说，"外面冷死了，再说我想先看看房子。"

哦——我希望玛妮再快活点，否则她会把整个计划搞砸的。她应该跟薇琪处好关系，这样她才会给我们露点口风，别让她发火，不然她会把我们轰走的。

薇琪开门时遇到麻烦，我们在那儿站了好一会，我一直想着伊迪会不会突然打开门。"嘿，帅哥。"她会说，并给我一个吻，仿佛最近几天什么也没发生。然后，不知什么原因，我又想着是妈妈打开门，她怀孕了，但很开心。她根本没死；她只是搬到这房子里来了，我们来看她。

"好了，我们进来了。"薇琪说着，锁终于打开了。她退后一步，让玛妮和我先进来，她再进来。

走进伊迪家大门，而她竟不在身边，这感觉很奇怪。我想起那第一个晚上我沿着走道去找我爸的场景，但没时间多想以前发生的事，因为薇琪就在我们身后，她领着我们一间房一间房地看，每间房停留时间不过几秒钟。这房子里有些房间我从没去过，整个第三层有三间卧室，有间卧室里还有个可以推开的书柜，里面有个窄而曲折的楼梯，就像神秘电影中的那种。玛妮一直不停地"啧啧啧"，不停地指出她不喜欢的地方，完全投入地扮演着很想买的买主。我的手一直放在口袋里，拨弄着妈妈的银色口香糖包装纸，仿佛它是幸运符。

我们一路下楼，来到伊迪的卧室，玛妮走进来。"看看这些硬木地板，一团糟。还有餐厅那些常青藤墙纸，是我见过的最丑的东西。我简直不能想象这里的暖气账单会是多少。你觉得有股穿堂风吗，多米尼克？"

问那该死的问题就好了。"这儿真的很冷。"我说，抱起胳膊。有人用块塑料把碎了的厨房窗户糊起来，可是没用，这里太冷了。

"我今天下午跟你儿子说过，有天夜里窗户给人砸烂了，"薇琪说，眼睛瞟着我，"蓄意破坏。穿堂风就是从那里来的。"

我本能地觉得薇琪怀疑窗户就是我砸的，她没错，当然，可老天才知道她怎么会想到的。让她去努力证明吧。我才不关心薇琪·斯普林和她的破窗户呢。

终于，玛妮说："跟我们说说前屋主吧。"

宾果！

"好吧，他们离婚了，妻子一个人在这儿住了几年。"薇琪把手放在嘴边，悄声说，仿佛隔壁房间有人，而她不想让他们听到。"就你我知道好了，她怀孕了，非婚生子。一开始，她打算把几间屋子租出去，可是她后来给我们打电话，说要卖掉房子。她现在不在这个镇上。"

"真的吗？她去哪啦？"玛妮问。

"纽约，"薇琪回答说，"曼哈顿。"然后她又一副公事公办的样子。"那么你们觉得怎么样？因为我还有别的买主就要下定金了，但我很喜欢你们，所以我愿意给你们一个公平的机会。"

玛妮面无表情地看着她。"哪怕你不要钱，我也不愿住在这个垃圾堆里。我们走，多米尼克。"

说完，我们出了门。我希望玛妮能再多待会儿，钓出更多信息就好了，不过我已经很高兴我们知道的了。

纽约城。伊迪到底去那里干什么呢？

开车回家的路上，玛妮忙着定计划。"好了，"她说，"我要给我格拉迪斯姨妈打电话，她住在皇后区，看看她有没有线索帮我们找到伊迪。"

"玛妮，那里很大，我想她不知道。"

"总得有个开头。"她说。

其实是我不想让玛妮·盖博尼侦探再跟我一起调查这个案子了，跟她在一起就会让我想起我妈。此时我们的车正要转弯，我总觉得妈妈和我们在一起，觉得她随时会打断玛妮的话，可是妈妈不在车上，我的心里有什么东西直往下沉。不过，我任玛妮定她的计划去，听她的口气，我们像是披着斗篷的十字军骑士，替天行道打抱不平。我们需要超级服装和两条紧身裤。

回到家，玛妮停好车，天黑了，我们俩看着起居室窗户里闪着微暗的蓝光，爸爸又回家了。

"你要不要我陪你上去？"她问。

"没关系，"我说，"我应付得过来。"

"给你这个。"玛妮递给我一颗黄色药丸,比小孩吃的阿斯匹林还小,比泡沫塑料还轻。"我的医生给我的,如果你头脑混乱睡不着觉,它能帮你入睡,如果情况不好,你随时可以去我家,跟我说一声就行。"她伸过手来拥抱我,这次我让她抱了。她比我印象中要小些,可能是我好多年没拥抱过她了。不知道为什么,我觉得我会有好长时间见不到玛妮,也许发生在妈妈身上的这些事总让我觉得我在道别。我永远不知道我离开某人时,会不会就是跟他的永别。谁知道这世界会带给你什么呢?查利·曼森集团能走进去残杀莎朗·塔特,而她哪能想到;妈妈的第一位丈夫会在划船事故中淹死,从此改变她一生;我某天早晨离开这里去纽约,晚上回来却发现妈妈死了。

"谢谢你帮忙。"我下车时对玛妮说。

"不用谢我,"她说,"我明天给你打电话。"

我知道她在努力对我好,可一想到玛妮给我打电话就觉得很怪,她毕竟是妈妈的朋友。不管怎样,我还是点点头,笑笑,关上车门,上楼回家。欢迎跟你爸一起开始新生活,我站在门口想到。

进门后,我看到爸爸站在厨房水池边,喜力兹啤酒和一瓶伏特加在灶台上像军人一样排成一线。太好了,我想。现在该开怀畅饮了。

"嗨,儿子。我在等你。"

我没说话。

"我想让你做个见证。"他把酒瓶一个个拿起来,猛地打开瓶盖,把酒全倒进水池里,好像妈妈以前做的一样,那瓶伏特加也如此。

我看着,什么也没说。

"难道你不打算问问我为什么这样做吗?"

我的声音又关上了,我点点头,耸耸肩。

"是这样,"他说,"我再也不喝酒了。今天我站在你妈妈墓地时，我向她发誓我要好好照顾你，再也不喝酒，再也不玩失踪。我辞了工，在家附近找个什么活儿。我每晚都会在家里。"

我站在那里看着他，觉得血管里冰针又在刺痛。他本可以把这些啤酒罐和酒瓶扔到垃圾桶里，我不要看马戏表演，不要看着这金黄色液体给冲进下水道。

真他妈了不起！

"好了，难道你没什么说的吗？"他干完后问我。

我出了口气，试着找回我的声音，可它就是找不到。我摇摇头表示没有，我把感情埋起来，朝他瞪大眼睛，这是全新的我。

有一会儿，他觉得很失望。

很好。他应该受点伤，别弄得好像我很需要他了不得的承诺似的，他早该在妈妈活着的时候，发誓戒酒，不再跟别的女人鬼混，那这些就全不会发生了。

你偷了钱，我脑子里有个声音在说。

"那好，你不用说什么，"爸爸说，"你想看电视或做点什么吗？"

"不，谢谢。"我对他说，找回了我的声音。说完，我转身回到自己房间，让他和他的空啤酒罐、空酒瓶一起杵在那里。

我听了一会，看他会不会跟着我进来，他没有。我关上门，拿出玛妮的药丸，没喝水就把它咽了下去。一整天我都想独自待会儿，现在总算能在我的床上伸直身体，随便胡思乱想了。我想妈妈，想着有关她的所有回忆。圣诞节的早晨，我打开她送给我的靴子的包装纸；我想到她脸上悲哀的表情，当时我们俩坐在家中圣诞树下，树上的灯泡一闪一闪，像交通灯。那是我们一起过的最后一个圣诞节，我牢牢记住了那画面。还有个记忆我不断想起，那时我还小，爸爸在一家机械厂上班，妈妈让我放学后在家里跟她做伴，如果爸爸出乎意料地回家吃中饭，她就把我藏在壁橱里。我记得我在黑暗中，贴着他的法兰绒和她的衣服站着，吓得要死。我记得等他走后，她来救我时歇斯底里的笑声。"这是我们的小秘密。"她说着抱紧我。

我睡着了。

我醒来时，大概过了午夜，爸爸站在我的床头。"那孩子不是我的，"他说，"我算过了，不可能是我的孩子。"

我翻过身，看着他，窗外月光在墙上映出他厚实的肩膀。从他的呼吸和他含糊不清的话里，我知道他又喝酒了，他的许诺不过如此。他做什么了？把吸管插在下水道里，再把他的烈酒全吸了回来？

"我以为你不再喝酒了。"我说，把枕头放在头下，让眼睛适应昏暗的灯光。他把衬衣脱了，我能看到他胸口上妈妈名字的文身，我还小的时候，总是想，如果他们彻底分开了，他怎么处理那个文身。我猜我总算知道了。

"我是不再喝了，可我去卡车上拿香烟时发现了这小壶酒，我想我应该跟你妈最后干一杯道别。你知道，我一直在想她为什么要那样做，我是说，我们的婚姻是快不行了，但再怎么样也不能对我们的孩子做那种事，这时我才意识到那不是我们的孩子，不可能是。"

我不说话，把他可怜的生活拼凑在一起可不是我的工作。

"我还是爱着这个女人，即使她跟哪个家伙搅在一起，我还是爱她。"

也许是玛妮药丸的作用，也许我终于受够了，我觉得喉咙深处一股怒气升起来，我破口而出："如果你这么爱她，那为什么你这样不称职？也许她不该嫁给你这样一个混蛋，要不她也不去跟别人上床了。"

爸爸虎起脸看着我，举起拳头想要揍我，但拳头停在了半空中。

你不明白他的为人，伊迪说。你没见过。

他眼睛瞪得溜圆，闭着嘴发出一声咆哮，他呻吟着，一拳打在墙壁上，把墙打出好大一个洞。他又抬起拳头，连着往墙上砸了三次，然后他一把抓过桌边的椅子，朝壁橱门掷过去，半道中把我的录音机撞翻了。

好，现在我知道他是什么样的人了。我才不在乎，让他把整个家都砸烂吧，如果这能让他好受点的话。

"去你的！"他吼道，"你怎么敢对我说三道四，你以为你在跟谁说话？"

他骂啊骂，开始是喊叫，接着自言自语，最后又哭又闹。好吧，他的痛苦是他自找的。当他终于明白我怎么也不会加入他的精神病演出后，他出了房间。我可以听到他在卧室里骂骂咧咧，我听着他的叫喊成了呜咽，呜咽成了呼噜。

这时我下了床，不知不觉走到窗前，看着外面，利昂在外面停车场上。月光明亮，我看着他和一帮人钻进一辆红色雷鸟，他们抽着烟、笑着，特别生埃德也在那儿。我望着下面的他们，直到他们开车不知往哪儿去，然后我拿起杜鲁门和我舅舅在拉古诺德佩罗湖边的合影。

你现在要应付的东西太多了，我听到舅舅说，等我下个月回来，我们一起把事情搞清楚。

我想我等不了那么久。我放下照片，关在黑漆漆的卧室里，看着爸爸刚才搞的破坏，光滑的蓝色墙壁上，那个坑看起来像月球上的环形山，我伸手到裤子口袋里，掏出妈妈的黄箭口香糖的银色包装纸，我不知道为什么我会做出以下举动，可是我把口香糖拿出来，放在手里，它像小小一团橡皮泥，灰不拉叽、皱成一团，像老太太的皮肤。我把它放到嘴边，从两唇间滑进去，没有味道，可我就让它在那儿，让它在我舌头上，然后让它在嘴里转了个圈。

我走到厨房里，抓起一个垃圾袋，想装些东西，可我四周看看，这地方似乎没有什么我想带走的东西。哥哥的照片、舅舅给的钱，除此之外，妈妈便是唯一重要的，而她走了，她再也回不来了。我找到一片纸，写道：

爸爸：

我不想再住在这里了。

多米尼克

我把纸条放在厨房桌上，穿上外套，打开前门，再把门在身后关上。就这样，我离开了家。

六

　　如果你头向后侧，往上看着圣帕特里克天主教堂，你会看见一串红帽子由看不见的细线吊在空中，飘浮在圣坛上方，这些线跟钓鱼线一样结实。这些帽子是所有过世红衣主教的就职帽。宽边红帽，这是它们的名字。教堂里有个老笑话，说每当一顶帽子最终从绳上脱落到教堂地面，就说明那位红衣主教升上了天堂，而此前，他在炼狱里洗涤他的罪过。

　　不怎么好笑，可是我说了，这是个教堂笑话。

　　我知道帽子的这些事情发生在我找到伊迪前，那是我在纽约城待的29中的某一天。既然跟玛妮住在一起的想法对我没什么吸引力，那天晚上离开家后，我便直奔曼哈顿而来，用上次来舅舅家时拿的钥匙住进了他空着的公寓。我买了张地图，花了几天在街上闲逛，熟悉地形，想想下一步该怎么做。格林威治村、茉莉山丘、地狱厨房、华尔街，我走了好多路，脚走痛了，我漫无目的，脑子一片空白，跟我走过的那些小巷一样空荡荡的。

　　这次，我亲身体会了纽约肮脏的一面，明白了克劳德和罗莎琳不喜欢纽约的原因。堆成山的绿色、黑色垃圾袋堵着人行道；地铁在我脚下"隆隆"而过，无休止的"隆隆"声吵得厉害，呼出的热气从人行道的铁栅栏上冒出来。警笛永远在鸣响，有时候我停下脚步研究许多建筑物上的涂鸦，它们好像包含着什么秘密信息——太极183和马托125，字母和数字对我来说好像门外语。还有些天，我沿着浑浊的灰色河流漫步，看男人们在废弃的码头上接吻。恍惚中，我独自走进危险无人的街道。有两次我被一伙小痞子跟踪，他们年纪跟我差不多，可看起来却很可怕，比霍利多任何人都要邪恶。我躲在角落里甩开他们后想，最糟糕的都发生了，所以这又算什么呢？

我把恐惧和孤独都埋起来，悲哀也是。

我继续走。

就在这样的漫步中，有一天我走进了圣帕特里克天主教堂，不为祈祷，也不为忏悔，虽然我可能两者都需要，但我只是为了歇歇脚。一个老太太，牙齿上还有唇膏，一张黑纱网罩着她那张教堂女士的脸，当她看见我凝视着圣坛上方的红东西时，她向我解释它们是什么，告诉我那个老教堂笑话。

"法雷、麦克洛斯基、佩尔曼和海斯。"她说，用发皱的手指头指着每顶帽子，嘀咕着它们曾经的主人、故去红衣主教的名字，就像某种古老的祈祷。"从这儿看，它们让我想起飘在空中的气球，你觉得呢？"

我点点头，在这些漫游的日子里，我最不愿跟人说话。无家可归的人跟在我身后要零钱时，我只是漠然地继续走；在拥挤的街道上与上班族相撞，我只管走我的，连一句"对不起"也懒得说；再说，那些主教的宽边红帽让我想起妈妈，而不是气球。我想象着她的灵魂像颗心一般鲜红、柔软，悬挂在这个世界与另一个世界之间，等着某人——某事——的拯救。

那个人是我。

那件事与寻找伊迪有关。

还有点事我要为她做，不过我还没搞清楚是什么，它只是种感觉在我心里永远抓挠着，像只生满疥疮的狗在一扇厚厚的白门边上。

晚上，在舅舅脏兮兮的家里——我闩上门上的链条，以防罗莎琳进来——我坐在扶手椅上消磨时间，我把它推到电视机旁。你简直想不到每个电视节目里包括了多少死亡，如果新闻节目主持人没有不住嘴地说有人被捅死、给枪杀或发现尸体的话，那么《贻笑大方》里总会有人在讲笑话，比如继承了她去世祖母的宠物食蚁兽。

死亡就在我们周围，但似乎没人关心。

每当电视上提到死亡，我便盯着电视屏幕，回想那些导致妈妈走向汽车旅馆的一幕幕，我重放那些时刻，要是我做点什么阻止它发生就好了。我渴望她给我哪怕最小的留言，就像利昂学期论文里提到的那些遗言，对我说再见。直到我想不下去了，我便伸手，换台，试着放松自己看点别的节目。总是这些节目：《檀岛骑警》里毒瘾发作的妓女挟持了屋子里的男人，用枪指着他们，恐吓要打爆他们的脑袋；美国广播公司的周末电影讲的是一个男人谋杀了妻子，并把她埋在后院里。

这些东西又让我开始想起死亡。

你需要一个计划，第29天，我在舅舅公寓里醒来，我对自己这样说。在街上游逛时，我听到有汽车在按喇叭，货车"乒乓"直响，鸽子栖在窗棂上含糊地"咕咕咕"让我想到哮喘。你舅舅随时可能回来，而你要想清楚怎么做。我知道我该像《檀岛骑警》里的麦克格雷特一样搜寻伊迪，搜寻线索，跟踪她的下落。每天晚上我给市里每家医院的病人信息查询处打电话，看看有没有一个叫伊迪·克拉姆的女人住进产房，我甚至每天还拨411查询新登记。对麦克格雷特来说，这些措施都管用；但对我来说，它们毫无头绪。我越努力想想出下一步该怎样行动，我越觉得没有希望。我一直等着妈妈给我些预兆，像告诉我去薇琪·斯普林那里那样，但是这么多天漫无目的，没有一点点征兆告诉我该怎么做，我开始相信妈妈已经放弃给我领路了。我的生活似乎已冻结在我身上，就像险峻山峰的冻坡一样，直到严寒与宁静之后，狂风横扫过雪，一切在移动、滑落，最后成了一场雪崩。

我就是这样的。

几乎整整一个月一无所获。然后，突然起风了，有什么在动，接着另一样东西跟着动起来，又一样东西动起来，轰隆隆全启动了，马力强劲，无法停下。短短的几个小时内，我的生活又要启动了，与以前相比，更快、更危险。

我下了床，穿上那条硬邦邦的蓝色牛仔裤，套上灰色运动衫，那是我刚到这座城市的第一周，在麦克道格尔街上无意中撞到一间海陆军商店，顺手买的。我在舅舅壁橱里发现的一千五百块钱，加上妈妈悼念会上他给的几百块钱，我手上有足够的现金，到现在我没怎么花它们。在厨房里，我装了一锅水放在炉子上，用火柴点燃煤气炉。我站在那里等着水开时，想着我每天早上闻着这煤气味，究竟杀死了多少脑细胞。我四周望望，灰蒙蒙的瓷砖地板，窗棂上摆着一丛要死不活的仙人掌，起居室里磨旧了的东方地毯。我这次到舅舅家里来，又彻底搜查过一遍，找找可能上次没发现的、有关我哥的线索，然而一无所获。也许我不该再想着杜鲁门了，既然一开始就出了这么大麻烦。无论这个谁也不想要我知道的哥哥怎么样，都随他去好了，我要强迫自己忘了他。

在我看来，我是个独子。

我哥是过去的事情了。

我从舅舅军用大小的容器中倒了些麦片冲进滚开的水里，等了几分钟。窗外一个身穿蓝色长大衣的女人领着一队弯弯曲曲的孩子走在街道上。我把早餐倒在一个碗里，边吃边看着他们转过西十一街。由于仿佛有什么东西不让我吐掉妈妈的口香糖，我离家后，慢慢地养成了个习惯，吃东西、睡觉或刷牙时，我把它塞到后臼齿处。自从离开霍利多开始我的新生活后，这些清晨总觉得很可笑。我想我是在不知不觉地思念那地方，奇怪的是，我一点也不怀念最近的这段日子，我怀念的是跟妈妈在一起的那些往日，甚至还有爸爸，怀念的是我还是外面街上那歪歪扭扭队伍中的孩子那般小时，我跟利昂还有我们的妈妈站在汽车站或收集棒球卡片，跟爸爸摔跤的那些时候。我想象着有人告诉童年时代的我，几年后将会发生什么。一个很大的声音向我宣布：你妈妈会死，而你会离家出走。我想象着童年的我听到这些话，脸上扭曲惊吓的表情。

如果我听，我想，我能听到妈妈的声音在警告我接下来要发生的事吗？她告诉我要留意一些征兆，我试了。实际上我闭上眼睛，听着。除了冰箱的嗡鸣声和外面鸽子的哮喘声外，厨房里十分安静。我什么也没听到。

没有耳语，没有警告。

没有任何征兆。我只能继续沿着不确定的未来继续往前挪，我像太阳落山后森林里的徒步行人，没有手电，没有地图；在暴风雨的海洋上驾着一架小型金属飞机的飞行员，没有飞行仪表。我能做的只是往前走，把我的空碗放在水池里，套上大衣，出了门，漫无目的地搜寻伊迪。

离舅舅家几个街区之外，圣文森特医院街对面，有家"量多坚果"店，每天早晨，我总在那里停下，买杯热巧克力。U形大柜台后的女招待是个疲惫不堪的女人，失望的眼神、染过的头发，穿着一件白制服。他们从不会看我一眼，总是忙着抱怨自己的脚痛、肮脏的城市，或者坐在他们负责的座位上的讨厌顾客。不过那里有对妈妈爸爸型的中国夫妇,他们对我就像我是多年来的老主顾一般。妈妈负责收银,爸爸负责咖啡和可可机,除了个别词组外,他们不会说英语。每次看到我,妈妈的脸上总是喜笑颜开,如果外面风大的话,她会打手势让我把衣服脱下来,而爸爸总是忙着拿多余的餐巾,尽量说些晦涩难懂的恭维话,听上去有点像"美国男孩真健康"。

那天早晨我走进这地方,我们都老样子——妈妈挤着两臂,拍拍嘴唇,模仿着哆嗦的样子,爸爸在做我的热巧克力,抓起一大把果浆软糖放进我的杯子里,还冲我使个眼色。我站在那里笑着,点点头,就像"美国男孩真健康"的样子。他们觉得我健康。透过前面窗户,我无意中看到一个孕妇下了出租车,她看起来一点也不像伊迪,可她很像我妈妈,看到她,我的嗓子眼又发紧了,一样的个头,一样的小骨架,连隆起的肚子也像妈妈想瞒着我们的一样。烟灰色的头发也是用头巾扎在脑后,同样熟悉、像朵枯萎了的花的表情。我目不转睛地看着她穿过街道,走进圣文森特医院的两扇门里去了。没过多久,我又看见一个孕妇在人行道上摇摇摆摆地走着,也不是伊迪,可看着也像妈妈。

就在这时,自从我离开霍利多后,我第一次听到妈妈的声音。她把消息送进我的耳朵里,像一股暖风化解了我冰冻的生活。

跟随那些征兆的指引,她小声说。

生活把它们放在你面前。

一、二、三。

你要做的只是看。

"你要付钱吗?"中国妈妈说。

她让我分神,我从口袋里掏出一个二毛五分的硬币,放在她柔软的手掌上。她又假装哆嗦了,做出让我扣上大衣的手势。我扣好大衣让她开心，然后走出来，来到外面的人行道上。走过几扇门后，我揭开巧克力的盖子，吹凉它，三块果浆软糖浮在上面，像快化的雪人。我把它吹开，开始小口抿着巧克力，看着医院大门。五分钟内，我数了，有两个孕妇——一个出来，一个进去。这两个看起来不像我妈妈，可她们都穿着跟她那件黑色羊毛大衣一样的外套。有个头上甚至扎着跟她一样的塑料头巾，从后面看，后脑勺可笑地鼓出一块。

跟随这些征兆的指引。

我每晚都给圣文森特医院，以及别的医院打电话，从没有伊迪·克拉姆的名字登记过。我喝完了最后一滴巧克力，把空杯子扔进垃圾桶里。当行人灯亮起来时，我穿过街道，让自己跟所有孕妇一样被那扇门给吞没。医院里面一股消毒剂的味道，让我想起在霍利多时，妈妈和我有时顺道去格里菲斯医院看玛妮，跟那个垃圾场一样，圣文森特医院里有些穿着粉红罩衫、手拿登记板的女人站在角落里聊天；会客室里懒散地坐着一些来访者，他们有气无力、面色苍白，自己也像病人。很多人在咳嗽、打喷嚏，朝他们的手帕上擤鼻子。

也许，我对自己说，也许伊迪今天早上或昨天半夜住进来的。妈妈引领我到这里来找她。我走到前台，装作一副我知道自己在哪的表情。那边，我能看到一组灰色电梯，电梯门一开一合，每次吐出五六个人。我想我应该直接上到产房，四外看看。一名高大强壮的女保安，穿着深红色小西装，灰色头发像蒲公英球，她拦住我。"出示证件。"她像个军人，腰上别着的对讲机发出"吱吱喳喳"的声音。

"我只是来看看朋友，她生孩子了。"我告诉她，希望她也能把我当成"美国男孩真健康"，放我进去算了。

"病人名字？"她问。

"克拉姆。"我回答道，不知道有没有一线机会发现伊迪在这儿，至少我会找出来。

保安一页页翻着她的登记簿，咂着嘴，长指甲敲着桌子。"这里没有克拉姆，"她说，"没有通行证你不能进去。"

"那埃斯基呢？"我说，每次我给医院打电话时也查一下她结婚时的姓，以防万一。

"没有。"保安又翻了一遍后说。这时，她反复讲着："没有通行证不能进去。"

我看了一眼她名单上划掉的名字，出院记录下有一大串名字。我想这表示她们出院了。"哦，我想她以前在这儿。"我说，因为我不知道说什么好了，失望让沮丧的一天更加沮丧。这些征兆根本算不上征兆，只是一群孕妇走进医院大门而已。我听到的声音早就在我脑子里了。

我正要转身离去，保安说："如果她上周在这家医院生过孩子，可能会列在那块板上。"

会客室那边，有一块巨大的告示牌，写着"欢迎来到世界！"告示牌的边框是喜气洋洋的太阳和撕成细碎条的红蓝两色丝带。我没有别的线索搜寻伊迪，所以我走过去，凑近看着那上面的字：圣文森特医院全体医护人员自豪地欢迎以下宝宝来到世界……下面是两栏：蓝色的一栏是男孩，粉红的是女孩。

威廉·塞缪尔·格雷兹尔，1972年2月24日下午3：36出生

大卫·理查德·鲁歇克，1972年2月25日下午12：13出生

阿诺德·杰弗逊·海厄特，1972年2月25日凌晨4：56出生

斯坦利·戴尔·哈德逊，1972年2月25日下午6：00出生

名单很长很长，可没有一个是克拉姆。接下来，我又看女孩的清单：玛丽娅·安·丽兹罗利……斯黛茜·安·戴维斯……吉莉安·玛格丽特·霍斯……玛莉·贝丝·罗素……珍妮丝·伊丽莎白·科沃奇……还是没有克拉姆。

我站在那里读着名字，一遍又一遍，想麦克格雷特在这种情况下会怎么做。我猜他可能会想出解决办法，可是我没有。他会继续挖掘，我望着那块板想着。我正要回前台去，再去找找那个保安，我发现上周的宝宝名单附在现在这份清单后面，我翻起来，读着另一串名字，还是不走运。我翻到最后，又看到三周前的名单，没有克拉姆，所以我继续翻，直到我盯着我来纽约之前那周的名单，在我给各家医院打电话前那周的名单。

就在那时我找到了。

在一个月前出生的女孩那一栏的最上面，有个名字：苏菲·多米尼克·克拉姆，1972年1月23日晚上11：53出生。

就在我妈妈去世的那一天。

跟随这些征兆的指引。她的声音又在耳边响起。风速快起来，猛烈地吹着我的生活。

我念着那个名字，算了好几次日子，我的心跳得好快。伊迪2月份的预产期，所以她也许提早生下孩子，如果这名字是她的话，那她在我离开霍利多时就已经生了，所以我每次打电话查询病人信息，总没她的记录。然而，我不能肯定那就是她的孩子。我是说，克拉姆是个极其普通的名字——再说，多米尼克也不适合于一个女孩。我尽量回忆在我们谈到宝宝取名时，伊迪有没有提起过苏菲这个名字。多娜、辛茜娅，那些名字我还记得，可苏菲，我没印象。

"我想在以前的名单上有个名字是我朋友的孩子的，"我走回保安桌前，对她说，"你能告诉我，这孩子的妈妈是不是叫伊迪？"

"不行，我不能这么做。"她说着，用她的爪子敲着桌面，好像是件乐器般。踢踢踏踏。"我只有目前病人的信息。"

我又低头看着登记簿上的那沓纸，我知道如果她真的想帮我，她有办法。"可我看到那里有那么多划掉的名字，你能帮我看看那上面以前的名单吗？"

她的对讲机还在"吱吱喳喳"，她还在继续敲桌子，她是普通军乐队。"你是在告诉我该怎么工作吗？"

"不是，我只想查查，看看那块板上有个女孩的妈妈是不是我的朋友伊迪。就这样。"

"吱吱喳喳、嗒嗒嗒。"她不理我，隔着我的肩膀，看着我后面的一个来访者，他手持绿色塑料通行证，他走进去了。"欢迎来到圣文森特医院。"她笑着对他说。他走后，她又皱回脸，低头看着她的桌子，仿佛我不存在。

"那好，操你妈！"我大声说，掉过头，出了医院。

我裹紧衣服，一路走过第七大道，来到银行街。今天太冷了，风也大，我实在太沮丧，不想再像平时那样步行马拉松，所以我决定回舅舅家，我知道我不该那样离开那里，可我实在太恶心世界上所有那些薇琪·斯普林和深红色小西装保安，给他们一点点权力，他们便好像统治着整个世界。看在老天的分上，我要的只是个名字罢了。

苏菲·多米尼克·克拉姆，1972年1月23日晚上11：53出生。

如果这是伊迪的孩子，我想，那她可能跟我妈妈在霍利多汽车旅馆里大出血同一时间生的。这巧合仿佛冥冥之中狠狠给了我一记"操你娘的"，让我全身起鸡皮疙瘩。

我可以杀死伊迪。

我可以用手掐住她的脖子，让她停止呼吸。

我太愤怒了。

我来到舅舅家那栋楼的门口，脚下有一捆从垃圾桶里滚出来的新电话号码簿，这栋楼里还没人碰过它，我踢它一脚，发泄一下我对伊迪的愤怒——对这个世界的愤怒——然后打开门。可是，进去前，我弯下腰，解开那捆电话簿的绳子，拿出一本。我知道伊迪不会列在上面，因为她才搬到纽约来。可是上楼时，我还是翻到K部分，那儿有一整页克拉姆，三个叫爱德华的，一个叫埃舍尔，两个厄纳斯特，没有伊迪或伊迪斯，甚至连字母缩写E也没有，我合上书，决定再打信息台试试。

"请问哪个区？"一个女人的声音说。

"曼哈顿，"我告诉她，"是新加上的，伊迪·克拉姆。"

她没说话，我听到电话里传来"咔嗒咔嗒"的声音，我自己做好准备听常听的那句话："对不起，这个名字没有加进来。"不出所料，她说："对不起，这个名字没有加进来。"

"没有电话号码？"我说。

"没有号码。"

"你确定？"

"我确定。"她说，听上去不高兴了。

又一个权力比我大的人，不过这次我放她一马，不管怎样，我说"谢谢"，为我在医院里发脾气而内疚。

我挂上电话，回顾我目前的发现：薇琪·斯普林告诉我伊迪搬到曼哈顿去了，我妈妈死的那天晚上有个女孩出生，名字叫苏菲·多米尼克·克拉姆，可能领我走上找到伊迪的路，也可能什么也不是，如果那个保安让我上楼，我可能会得到更多信息。

这样想着，我拿起电话，拨411，要到圣文森特医院产房的电

话号码，如果我跳过病人信息查询和那个蓬松头发的保安，我可能
找到帮我的人。

"第五楼，产房。"一个女人接的电话。

"嗯，嗨，我姑姑刚在圣文森特医院生了孩子，我想送花给
她，但不知道她是不是还在住院。"

"她叫什么名字？"那女人问。

"伊迪·克拉姆。"我告诉她。

我等她在电话里对我说稍等，哪知她说："哦，克拉姆小姐几
百年前就出院了，不好意思，对不起，她早就走了。可是别担心，
她生了个健康的女孩，当时我是她的护士。"

"太好了，"我说，脑子里飞快地想着，是她，"你有她的新
地址吗？我买了花，但我不知道往哪儿送？"

"你有点晚了，"她笑着说，"不过等一下，我看看。"

我等着，心在"扑通"直跳，我的手握紧了又松开，我什么也
没听到，只有死寂一片，跟妈妈躺在棺材里的死寂一样，我想。接
着她回到电话旁边，"西四十七街416号1B房。"

我把电话线扯长，从咖啡桌上抓起本子和笔。"让我记下
来。"我说，尽量让自己写字时平静点，可简直不能做到。

她等着，又重复一遍地址，我谢她有点过头了，最后挂上电
话。西四十七街，地狱厨房，无人区。上周我去过那地方，就在
汽车站北边。我就是在那儿被人盯梢的；光天化日之下，妓女就站
在街头；色情商店、脱衣舞酒吧到处都是；烧坏的房子用木板钉起
来。那儿一点也不安全，我真服了伊迪，她挑了个最好的社区来抚
养孩子。

我在公寓里走来走去，等着接下来怎么办的灯泡在我头脑里
"啪"地亮起来。我考虑直接走到她住的地方，按下她的门铃，可

是她来开门时，我说些什么呢？我站在舅舅家的起居室里，呼吸急促狂乱，我无法想象跟她面对面，我觉得我很可能会用手掐住她的脖子，不让她呼吸，别再活了，跟妈妈一样。我得先冷静下来，别让这些阴暗的感觉浮到表面，控制我。稳住，我对自己说。想想该怎么办？我看见我想从伊迪那儿讨还的东西像购物清单似的列在我脑子里：

记得要：

一个解释

钱

向妈妈表明我很抱歉

我听到玛妮的声音打断我，对我说，多米尼克，找到那些钱也不会让你妈起死回生，你知道的，是吗？

是的，我知道。但还有我更想和更需要的——那些语言无法说清楚，在清单底下空着的东西，用白墨水写在白纸上的混乱字句。我知道有些事情不到我走近伊迪，我还是看不见。同时，我决定走路去她住的那一带，监视她的房子，等着那些白字显形。

我穿上衣服，正要出门，电话响了。吓我一跳，这个月来电话很少响，有人打电话来，我从来不接，任它响，也没人按门铃。我也没有听到或看到罗莎琳。

我数着，响了五、六、七声。

如果是爸爸在电话那头呢？我想象他站在我那间被毁的卧室里，虽然那儿没有电话。他像头公牛般直喘气，鼻子里喷着热气，胸口起伏不已。我那被撞翻的录音机和月球环形山的墙壁成了背景幕。那张道别纸条平摊在他手里，正等着折成纸飞机飞上天呢。

八、九、十。

寂静。电话铃不响了。我扣上大衣，抓起舅舅的黑色俄罗斯帽戴上，这帽子有耳扇，让我觉得自己像聋子。装扮一下不会有坏处，如果我还没准备好在伊迪面前露面，不想给她发现的话，帽子可以帮点忙。我打开门，电话又响起来。

一、二、三。

我知道我不该这样，可我抬起帽子上的耳扇，抓起听筒。"你好，"可听起来像个问题，"你好？"

"请问唐纳德·比阿多吉安诺在家吗？"一个男人问道。

"请问是谁找他？"我说，爸爸的形象慢慢消逝。

"我是《新闻周刊》的约书亚·富勒。"

"不，谢谢，"我告诉他，"我们不订杂志。"

他乐了。"听到这个，我很遗憾。可实际上我打电话是为了我写的报道。请问比阿多吉安诺先生在家吗？"

我把听筒捂住，想着这一定与他的发明有关，见他的鬼去，我说："他想知道是什么报道。"

"关于他妹妹的，听说她最近去世了，我很难过。"

《新闻周刊》要写一篇关于唐纳德妹妹、也就是我妈妈的报道。"等等，我问问他。"我用手捂住电话，慌慌张张想找点东西说，好知道更多。"他想知道这报道是关于什么的。"

"我将她最近的死与伯单案连起来，我刚发现她在马萨诸塞州的小儿子也失踪了。我想跟比阿多吉安诺先生聊聊，问几个问题。我这周一直在找他。"

我在舅舅《圣经》里发现的那个新闻标题又闪现在我脑子里。

第三天：男孩依然失踪

到目前为止，我并不觉得我是失踪，但对我爸爸和玛妮来说，我就是。我想杜鲁门是不是也这样，是不是像我一样消失了。也许我舅舅《圣经》里的那个新闻标题是关于他的。"伯单案是怎么回事？"我说，跳过了"等等我问问他去"的花招，"这跟我……跟他妹妹有什么关系？"

电话那头的男人沉默了一会儿，我听到电话里沉闷的说话声，我估计他是在编辑部里，人们七嘴八舌说个不停。"我能问问你是谁吗？"

我吸了口气，手围在听筒上，平静地说："我是特莉·平德的儿子，多米尼克。"

"嗯，"他说，"我以为你上了失踪人员名单呢？"

"我的事你怎么全知道？"我问。

"你成了新闻人物了，孩子，"他告诉我，"许多人都知道你，至少在马萨诸塞州。"

我的俄罗斯帽子戴在头上很重，我穿着大衣开始冒汗了，不知道接下来说什么好。最后约书亚·富勒问道："你愿意见个面吗？也许我可以跟你聊聊，而不是跟你舅舅。"

《新闻周刊》想见面，我又想起那个标题，这次它在我面前一闪一闪——第29天：迷童未返。如果他告诉爸爸我在哪儿怎么办？如果我被迫回霍利多怎么办？

我的思绪随着这些问题转啊转，直到我在脑里听到一个声音，是我早上在厨房里听到的那个声音，是我看到那些孕妇走进医院时听到的声音，是我发现名单上的名字时听到的声音，是妈妈的声音。现在它比以往任何时候都要强烈，她小声说，约书亚·富勒会告诉你你想知道的事情。他会领你找到哥哥。

"我愿意见你，"我说，用舌头把妈妈的口香糖在嘴里绕来绕去，"但你不能告诉任何人我在这儿。"

约书亚·富勒想都没想，也没讨价还价就同意了。我们定好：明天早上9点，大学街，离华盛顿广场不远。

我放下电话，站在舅舅安静的公寓里，等着听那声音告诉我接下来该如何，可是静悄悄的，只有冰箱在"嗡嗡嗡"，楼道里有人上楼的"吱嘎"声。我等了好久，好像穿着大衣戴着帽子给定在了原地，出着汗、听着。终于，我放弃了，往门口走去，下了楼，直奔伊迪家。

我一路上都在想约书亚·富勒的话。

关于他妹妹的，听说她最近去世了，我很难过。

伯单案。

许多人都知道你。

我本来可以招手叫辆出租车，或者搭公共汽车的，但我脑子里一直重放着这场谈话，我便朝第八大道走去了。我不断试着把脑海里的各点连接起来，然而还是一片混沌。最后我又开始想妈妈的好。脸上刺骨的严寒让我想起跟她一起在家里的最后几周，我想当她伸手把暖气关上时，有没有想过会有多冷，我想起她的尸体停放在太平间那冰冷、黑暗的容器里，等着大地解冻。没人告诉我她的尸体会怎样保存，但有天晚上我在电视里看过一部电影，有个跟踪场景里一名侦探藏在停尸间里，他溜进一个空空的钢铁抽屉，尸体都是放在那里面的，就像袜子放在抽屉里一样。人体冰棍，我想妈妈就是这样子：在黑暗中僵硬笔直。有些东西只要一伸手就能拖回来，有些东西却永远挽回不了。

我到了地狱厨房，我尽量甩掉关于妈妈以及我和约书亚·富勒的谈话，提防着上次我来这儿时跟踪我的那群家伙，我没有看到他们，不过我觉得他们的眼睛在那些破窗帘后盯着我。

他来了，我想到他们在说，这次我们去抓他。

远处什么地方警笛在鸣叫，我从口袋里掏出伊迪家的地址，又走过几条街，一个个对着门牌号码，388、402、410、412，伊迪家是416，那是幢五层楼的镇屋，跟格林威治村的那些房子差不多，砖房，水泥铺的台阶，两边都有宽宽的窗户，不过这里比格林威治村的房子要破些，有些窗户用木板给钉上了。砖上的油漆剥落了——真的剥落了——就像伊迪在霍利多的家一样。只不过这里的油漆不是那种柠檬黄，而是红粉色，像给太阳灼伤了。警笛声小下去，对纽约来说，小区里——如果你这样叫的话——似乎安静得有点怪异。街区那头，有群老头穿着笨重的大衣在街角上闲谈，也不管天气有多冷。有个人推了另外一个人一把，我看不出他们是好玩，还是当真，不管是哪样，他们忙于自己的事，没有发现我，所以我上了楼。

伊迪的名字没有在对讲机上，2F罗德里格斯、2B克兰西，然后下面全是空白，我望着那个空白槽，似乎又瞥到我想从她这里索回的那片空白，我还是说不出到底是什么，可我知道那里有东西，为了某个原因我千里迢迢来到这里，等我看到她时，我就会知道那个原因到底是什么。

公寓里的门牌号不是F就是B，我想一定是前面和后面的意思，既然伊迪是B，我走下楼梯，又来到街上，查出有条小道通往这座楼的后面。一条塞满东西的小巷，垃圾桶、被拆散架的奥兹莫比尔牌汽车。我走进暗影中，从那辆车的骨架间挤过去，一只黑白毛的猫坐在后座上，对我视若无睹，舔着它的毛。车的后尾箱打开来，全是锈迹斑斑的管道，扭曲着像肠子。我从围栏的裂缝中穿过去，找到一个绝佳的地方，可以看到那两间一楼的公寓窗户。

一间用木板钉着，没人住。

另一间亮着灯，虽然现在是下午两点钟。薄薄的锈铁条围着没有窗帘的窗户，窗户开了一两寸。窗玻璃污渍斑斑，跟图书馆管理员的眼镜一样，或者像洗碗池里的一只杯子。我从那些铁条和污渍间望过去，看到卧室里。伊迪不在里面，不过我立即认出了她粉红色的床。虽然她把天篷扔掉了，枕头和被子还是她在霍利多用过的。

在我看到那张床之前，我还不太相信我居然找到她了。那扇窗开了条小缝，我想起她总是需要点新鲜空气。一阵冲动向我袭来：首先是"找到你了"的感觉，接着是愤怒，然后是持续良久的不安。我脑子里再次浮现出我想从她这里要回的东西。

一个解释

钱

向妈妈表明我很抱歉

然后是底下的那些白字。

它们是什么？我还是不知道，但我看到有三个字，而且我知道无论它们拼出来是什么，那便是我来这里的真正目的。

我身后有个金属玩意，看起来像一颗掉落的巨大钮扣，从里往外喷着热气，承蒙第九大道上那家波多黎各人杂货店的好意，整个小巷里全是股油腻的味道、不满意的顾客留下的残羹剩饭。我站在腐臭的后院有两个多小时，等着伊迪的卧室里有点生命迹象，可是什么也没有。还好想起《新闻周刊》的那个电话，才没让我发疯或冻僵。有个声音告诉我约书亚·富勒会领我找到杜鲁门。我想象自己是霍利多镇上过完节后还悬挂着的圣诞装饰，或者是天主教堂里的那些宽边红帽，等啊等啊等，等着最终的坠落，等着解脱。

像在那里待了一辈子，我由紧张变成饥饿，那股油腻的味道也开始变得好闻起来，我胃里发出很大的"咕噜"声，听起来像有人发动了那辆老奥兹莫比尔车。我离开岗哨，走到第九大道，在那儿胡乱买了一个三明治——我以前从未吃过的猪肉奶酪味的——还从杂货店里买了瓶可乐。我把妈妈的口香糖推到嘴巴后面，就在街上狼吞虎咽起来，还没回到后面的小巷我已吃掉了一半。等我挤过那辆老奥兹、它的住户猫、还有那些管道，再穿过围栏裂缝，我没了胃口。

伊迪出现在窗户里。

与从前的她相比，她现在黯然失色，像经历海难后给冲到岸上，惊吓过多，精疲力竭，然而还活着，可是又跟以前不一样。她油腻的头发在脑后挽成一个髻，眼睛下方有黑眼圈，白白的脸颊肿起来，一点也不像我妈去世前那些天的样子。伊迪怀里抱着孩子，孩子用块黄色毛毯裹着。我尽量往脏窗户前凑近，不让她看到我、听到动静。

"你是我最亲爱的孩子，"她用宝宝口吻说，隔着玻璃听上去声音有点颤抖，"你是我最甜的小宝贝，你是我最完美的小天使，你是我的生命。"

我把没吃完的三明治扔在地上，那只猫立刻夺了去。我想再多听点伊迪对她的宝宝——我的妹妹，如果她真是我爸爸的孩子的话——说些什么，可是窗户下的暖气"咔嗒"直响，往外"嘶嘶"冒着热气，把伊迪的话吞没了。两个粉红色的气球系在暖气片上，它们在热风里挣扎，"砰砰"敲着窗户玻璃。我尽量不去想妈妈去世的那个月里沉默的暖气，可是暖气一直"嘶嘶"响，嘲弄我。我从窗户里看着伊迪，像看没有声音的电视。

她抱着孩子。

她满脸钟爱地看着孩子。

她看起来疲惫、不安的样子，像昨晚《檀岛骑警》里的持枪妓女，那个女人准备好，想打爆所有男人的头。

听不清她说什么也没有关系，因为我知道她在说什么。你是我的甜心小宝贝，你是我最可爱的小姑娘，你是我的生命。可是对这个孩子来说，这是种什么样的生命？如果伊迪用我妈的钱付清了所有债务，那她为什么住在这里？

在我等着那些白色的字最后显现时，两个男人进了屋，一个高瘦，黑皮肤很光滑，好像喝醉了。另一个矮壮些，黑黑的光头像利昂有时候给他卧室灯拧上的那种黑灯泡。两人都穿着喇叭牛仔裤和紧身衬衣——一个暗红，一个蓝色，金项链挂在胸前，让我想起电视里俗气的毒品贩子，还有他们花言巧语的样子。我猜公寓可能是他们谁的，所以她的名字没列在411上。他们过于殷勤地逗逗孩子，手指在孩子面前捻弄着，由于毛毯裹着，我看不太清。没多久，那个高个子把孩子从伊迪手中抱过来，他一只手抱着苏菲，另一只手搂着伊迪。我看到她在吻他，就像以前她在门口吻我一样，不在脸颊上，可也没吻在嘴唇上，就在两者之间。

我只觉得喉咙深处一股酸味泛上来，手握成拳塞进嘴里，她给我的每个吻都是谎言。我本来对此已麻木了，可是看到她——嘴唇贴着那个毒贩或不管他是什么人——让我恶心。我怀疑也许他是苏菲的爸爸，整个我爸让她怀孕的故事都是个谎话，毫无疑问，这两个人中有一个就是那天晚上我听到她跟他打电话的那人。她一定早就计划着要搬到这儿来，根本没管这地方适不适合孩子。

伊迪把孩子从他手上抱回来，把她的甜心小宝贝、她最亲爱的小姑娘、她的生命放回窗旁的摇篮里。摇篮是个白色的柳条篮，是那种伊迪可以把它漂在河里，像装着摩西或耶稣或不管什么《圣经》婴儿漂在水里的那种篮子。

那一刻我知道我不能杀她，我根本不能做任何事。看到她和她的孩子以及那两个男人，我满腔的愤怒变成了悲伤和虚空。不知不觉中，我跌坐在水泥地上，哭起来，这次我没法掩饰我的情感。我找到了伊迪，但我真的想怎么样？我以为脑子里的那些白字会指导我，可是它们仍看不见，我想从她那里拿回无法言明的东西。伊迪在那间看似舒服的卧室里开始了她的新生活，而我的生活还在这条阴暗的小巷里。头脑里那些白色的字还是那样：一片空白，我只想让一切好起来，但却不可能。我不禁想起以前我的生活有多简单：跟着妈妈和玛妮开车四处转悠，把爸爸从酒吧里拖出来，可惜我那时没意识到。

现在看来实在没什么坏处。

我最后总算控制住自己，站了起来，用那顶可笑的俄罗斯帽的耳扇擦干眼泪，走前我最后看了一眼伊迪的公寓，可是她走了，那两人也不见了。我猜，苏菲睡在那柳条篮里。我一路出了小巷，招手叫了第一辆出租车，回舅舅家。

进了门，我打开电视，让自己听着所有涉及到死亡的东西。四个小时里，我数了有20条之多。我没有不停地换台，也不要再想着妈妈的最后那晚，我强迫自己集中注意力看电视。我想习惯于人们谈论死亡，而不要总把自己沉浸在对妈妈的思念和我该为她做点什么的混乱思绪中。这时我碰巧看到美国公共广播公司的讨论节目，一群老家伙围着桌子坐着，争辩着，通常看到这类节目，我会立即换台，可是这期的主题跟我密切相关。

堕胎。

节目中的一个女人留着短发，双唇紧闭，她用学校老师很熟知自己的上课内容的口吻说道："我发现大部分女人都被这个运动所吸引，因为这与她们有关。"她说："她们找不到地方堕胎，就像找不到她们想要的工作一样。"她继续说，她认为堕胎应该合法化，这样的话，在某种情形下，妇女们能选择生还是不生这个孩子。可是讨论中有位牧师，毫不奇怪，他不同意。堕胎是杀死孩子，他说，所以不能堕胎。然而那个女人紧追不放，那么强奸导致的不想要的怀孕怎么办？她问，成千上万不想生的孩子生下来得不到适当的父母养育怎么办？每年那么多妇女死于厨房餐桌上的堕胎又怎么办？

对这每一个问题，牧师只是重复："这是上帝的意志。"

并不是我不信上帝，相反，我相信，但我觉得牧师应该有更好的辩词才是。我是说，如果情况是这样，那么为什么我们还要尽量帮助病人，不如干脆让他们死掉算了？或者当人们摔断手脚时，我们为什么不袖手旁观，任其手脚摔断，还给他们上什么石膏呢？牧师说得越多，我越想着上帝在天空中的白云里睁着银色大眼睛，看着下面的女人们因他的意志而受苦，却拒绝停止这一切。

我听了好久，他们的讨论说来说去就那些东西，没有进展。他们都相信自己想要的东西，谁也改变不了自己的立场。最后，我关了电视，爬到沙发上，外面的街灯在墙上投下些方块的黑影。我看着那些影子，数着还有几个小时就到了明天早上同约书亚·富勒见面的时间。虽然一天的活动让我觉得好累，可我很难真正睡着。我在沙发上迷糊了几个小时，醒来想着伊迪抱着孩子，在孩子耳边小声说话的样子，再醒来又想着我是她的孩子，她在小声对我说话。

你是我的生命，她颤抖的声音一遍又一遍小声地说，你是我的生命。

当微弱的曙光令黑影消失后，我起床，洗了个澡，穿着昨天穿过的那条牛仔裤和运动衫，我坐在窗口边看着街上，等着，等到八点半，我穿上外套，一头冲出去见约书亚·富勒。

他说的餐车式饭馆根本不是餐车式饭馆，至少不是霍利多的那种式样。这地方有木板墙，有桌子，而不是个摊子，没有迷你投币点唱机可玩，领我坐下的女招待穿着牛仔裤，而不是那种邋遢的制服。她把我桌上底朝天的杯子翻过来，问我想不想要咖啡。我不知道为什么我最近一直在喝这玩意，虽然我不怎么喜欢那味道，可我还是把妈妈的口香糖推到最后面，给她放行让她给我倒咖啡。菜单是常见的餐车餐馆菜——汉堡、煎蛋卷、火鸡三明治——以及奇怪的波兰菜——干酪煎饺、罗宋汤、甜菜沙拉。他们也有些中国菜、意大利菜。我扫了一遍整个菜单，等着约书亚·富勒露面。电话中，他描述自己身高六尺，褐色卷发，戴眼镜。每次门开时，我抬起头等着看见符合这个描述的人。刚9点，他走进门，他跟自己的描述很接近，不过头发有点灰白而非褐色、眼睛上有块紫色胎记，看来好像他把眼罩抬到额头上，好暂时看一眼。套头衫和黑西装给人一种圆滑聪明的感觉，就像百龄坛威士忌广告里的家伙，转着他的杯子，淡然自若。

这就是他了，我想，这是要告诉我关于哥哥情况的人。

"多米尼克？"他说着走到桌前。他带着一个光滑的皮包，里面装得鼓鼓的，细长的手拎着包好像很沉的样子。"是你吧，对吗？"

"是我。"他上前来，我握了握他的手，这让我看起来成熟点。我也是个喝威士忌、老于世故的人。

"很高兴认识你。"他边说边坐下来。

女招待端着咖啡来了，她把他的杯子翻过来，倒咖啡，把我的杯子续满。她走后，我们有点尴尬。

"你知道，"他说，打破了这尴尬局面，"我们挂上电话后，我意识到如果不让别人知道你在哪儿的话，我会有麻烦。我是说，你才15岁，是个未成年人。"

"你想再回去跟我讨价还价吗？"我问，想着如果万一出现意外，我就夺路而逃。

"不是，"他告诉我，"我认为如果你待在你舅舅家的话，你不算是真的失踪。你爸爸只要像我那样打个电话就行了。"

也许他不想那么做，我想，喝着咖啡，对我来说那就行了。

"所以我想问你几个问题。"约书亚说。他从那只黑色皮包里拿出磁带录音机，把它放在桌上。

我打起精神等他问我问题，然后想着还不如把我的问题先说，那更明智些。"如果我先问你几个问题怎么样？"

"听起来比较公平，"他说，悬在"录音"键上方的手指停下来，没有按下去。"你想知道什么？"

别再浪费时间了。"伯单案，那是怎么回事？"

我看到他浓密的眉毛拧在一起，那道紫色的胎记像坏茄子上的皮，"让我先搞清楚，你一点也不知道你妈妈第一个儿子的事情？"

"只知道她嫁给了那个叫皮特的男人，他们有个儿子叫杜鲁门，是我哥哥。"

"那好，是这样的。"他停下来，似乎想了会儿，也许在想他为了采访把妈妈的秘密抖出来到底对不对。我尽量装出一副他说不说无所谓的神气。最后，他呼了口气，说："你妈妈第一位丈夫叫皮特·特尼，还在她怀着孩子的时候，他死于一次意外事故，五个月后，她生下孩子。"

我再往前靠了靠，但又觉得我不能太急切，所以我又回靠了点。

"皮特·特尼没给她留一分钱，没有保险，所以她找了份女招待的活儿来养活你哥哥，但她自己还太年轻，钱永远都入不敷出，而她也没从皮特的死中恢复过来。"

我在这儿打断他："你怎么知道这些的？"

约书亚手伸进他的包里，掏出一个牛皮纸文件夹，递给我，里面全是剪报和杂志上的报道。我浏览着那些标题：生母想要回孩子。伯单家在法庭上反对此案。特莉·特尼专访。

我正要仔细读这些文章——不是文字，而是妈妈和哥哥的照片，我估计那肯定是我哥哥——可是约书亚又开始说了。"你妈妈的医生不断催她放弃孩子，交给私人收养。他说他认识一个家庭，会给孩子很好的生活，比她这样一个没有钱的单身妈妈要好得多。最后，她决定听他的。"

这就是那个秘密：哥哥被人收养了。可是，为什么妈妈总是说来纽约看杜鲁门呢？

"根据她在那些采访中说的话，你妈妈从失去丈夫的悲伤中缓过劲来后，像走出迷雾一般，她不相信自己会这样做，她想念自己的儿子，想把他要回来。与此同时，你舅舅挣了些钱，他帮她请了个律师，打官司，声称特莉在丈夫死后那段悲伤的日子里，是在人胁迫下做出领养决定的。他们首先找到那个医生，发现他因帮那个家庭找到这个孩子从中赚了一大笔钱。法庭下令解除收养协议。"

我的好奇心释然了，我开始翻看那些文章，找杜鲁门的相片，我没有找到一张他的，可是看到几张一对很有派头的夫妇，秃头西装佬，肩膀平平的女人，戴着珍珠项链，链条眼镜，是伯单夫妇。"那么这对伯单夫妇就是我哥哥的养父母 ？"

"是的，"他说，"他们很有钱，你的亲生哥哥现在是个富家子了。你也该知道，他现在不叫杜鲁门，他叫鲁道夫。"

我手里紧攥着那些报道，脑子里尽量想着他说的话。我哥哥很有钱，可他不再是我哥哥了，他是某个名叫鲁道夫·伯单的人，我脑海里闪现出在城市里瞎逛的那些下午，上周我在上东区路过一所学校，一群穿着蓝色制服的男学生从学校大门里鱼贯而出，他们两边分的头发、光洁的面容，让我觉得他们完美无瑕。对我而言，尤为如此，一群似乎不可能被伤害的富家子弟。我坐在那里听着约书亚说话，脑子里却把杜鲁门放进那情形中，他是那些完美无瑕的孩子中的一员。

"你妈妈对那个家庭律师不抱希望，"约书亚说，"法庭终审判决为收养有效，不过到那时这已成为全国新闻了，当时我为所工作的报社报道这桩官司，伯单家庭对这件事情被公之于众很不高兴，当你妈妈想申请探视权时，他们连这也否诀了。"

"故事结束了？"

"不完全是，判决一年后，鲁道夫·伯单失踪了。"

那么我舅舅《圣经》里的新闻通栏标题说的便是杜鲁门……鲁道夫了。"有人找到他了吗？"

"五天后他出现在游乐场上，星期六早上，就他一个人，推着一架空秋千。当然，伯单家怀疑是你妈带走了他，但是她有不在现场的证明，没人能证明什么。"

我试着把妈妈想象成一个绑架犯，可出现在我脑子里的只是她穿着黑色羊毛大衣、嘴唇干裂脱皮、哭着捅我们堵住的抽水马桶的样子。她把我哥哥带走不会只为了把他扔在游乐场的。"那现在他在哪儿？我是说，他肯定有18岁了。"

"实际上20了。哥伦比亚大学二年级学生，他的名字叫做兰德，又不叫鲁道夫了。"

女招待又来了，手里拿着小本。"你们要点什么？"

我没有一点胃口，告诉她我只要咖啡就好，约书亚也一样，所以她给我们续满杯子。

"我妈以前来纽约，总跟我说她去看他，"等女招待走后，我说，"她是吗？我是说，他们还有联系吗？因为他都没来参加她的葬礼。"

"我很怀疑你妈是不是去看他。伯单家将她拒之门外，兰德也是，他不想跟她有任何关系，他们觉得她只想要钱。"

我又翻了翻那些文章，没有我哥哥的照片，可是我看见许多妈妈的照片，都是记者采访她时拍的。面对着那么多麦克风，她看起来有点哆嗦，很紧张的样子。我敢说，她讨厌引人注目。我回想过去她说起哥哥时的样子，叫他杜鲁门，虽然他已不再叫这名字。为什么她就不能放手呢？

"好了，现在我全都告诉你。"约书亚说，拿出笔记本，小心地按下录音键。"我想问你几个问题，我想拿你妈的生活做个典型，报道妇女们在不想要的怀孕前所面临的抉择。她都试过了——送人领养和非法堕胎——两者都不是答案。我以为我可以开始写她尝试新生活了，可1月份一切全乱了套。"

答案是：伊迪和我。

我妈被骗走了她的大儿子和她最小的孩子，中间那个把她的命给骗走了。同时，我还是个在逃犯，而伊迪却在地狱厨房里快乐地活着。

我脑子里想到了什么。

如果你把手放在铁轨上面，能感觉到它令人紧张的"嗡嗡"声，告诉你火车已在拐弯处，即将到来。我盯着我想从伊迪讨还东西的那张清单下面的空白处，随着"嗡嗡"声越来越响、越来越吵，它变得越来越大，越来越白，三个字终于变成蓝色，然后成了黑色的，它们并不是三个字，而是个名字：

苏菲·多米尼克·克拉姆。

这就是我想从伊迪那里要的东西。我从来没有过兄弟姐妹，一个在我出生前就被送给了别人家，一个还没出生就死在了汽车旅馆。我不能让妈妈再回来，我哥哥现在成了陌路人，可是如果这孩子是我妹妹，那我就要她。无论伊迪准备给她什么样的生活，我打算从这种生活里把孩子救出来；我打算一步步拿走伊迪的东西，就像她从我这儿拿走东西一样。

约书亚·富勒还在说。"我下周跟你妈妈最好的朋友，玛妮·盖勃尼约好了，采访她。"

我从桌边站起来，抓过那个文件夹，妈妈这一生所有的故事、她可悲的决定都在那里头。"玛妮会告诉你想知道的一切的，我得走了。"

"但我们说好了的，"他从笔记本上猛地抬起头来说，脸色突然很难看，百龄坛威士忌男人发脾气了，"你不能走。"

我不理他，径直走到餐车饭店的门口。

"我们说好了的！"他叫着。

我走出来，来到街上，打算横穿这个市。我的计划是先在舅舅家停留一下，把我留在那里的钱拿上，然后想法子带走那个孩子。我经过排队等着看电影的人们，电影名叫《中间人》，我从来没听说过。我经过一个电话亭，有个头发乱蓬蓬的女人一只手拿着电话站在电话亭外，另一只手垂在红莓色裤子前。妓女？瘾君子？也许两者都是。"我得去睡一会，"她对着黑色电话听筒说，"我只要睡一会，伙计。"她乱蓬蓬的头发和画过的眼睛有点让我想起伊迪。我想象着伊迪以后变成她这副模样，我不能让她牵着我妹妹的手站在街头。

我来到舅舅的公寓楼时，楼前正停着一辆黑色小车，司机正从后尾箱里往外搬旅行箱，舅舅正掏口袋找钥匙。

欢迎回他妈的家。

"我来开门。"我对舅舅说，我知道他看见我肯定吓了一跳。

"多米尼克，"他吃惊地说，"你在这儿干什么？"

"我离开霍利多了，在你这儿住了一段时间，可是别担心，我拿点东西就走。"

"你爸爸知道你在哪儿吗？"

"他才不管呢。"我说着走上前一步，为我俩打开门。

舅舅跟司机磨蹭了半天，写收条、给小费，然后才进来。我大步上楼，走在前面，他在后头跟着，一路拎着手提箱，吐出不连贯的句子："可你——我想——你怎么——"

我随他唠叨去，进了房间，等他脱下大衣，倒在电视旁的扶手椅上后，我告诉他我知道的伯单案、哥哥的事情，我全知道了，同时还想让他在我离开前把故事说完。

"那你现在都知道了。"他说，比我预料的要平静些，他的声音有点变，完全迷惑不解，也许还有点伤感。这时，我第一次把他当成普通人，而不是我舅舅，像世人一样看待他。一个埋头工作的寂寞男人，我猜他妹妹的悲惨生活让他承受了很多东西，他想帮她，却不知道怎么帮。他送给她的支票只是邦迪创可贴，包住杜鲁门这个伤口。"你妈没告诉你真相，是因为她想有个全新的开始，"他说，"她想你知道你有个哥哥，以免万一你哥哥的事情解决了，但她又不想让你知道她过去的一切。如果你问我，多米尼克，我想她宁愿相信他在这里跟我生活在一起，这是她的某种幻想，是她第一个儿子留给她的唯一东西。"

我有很多问题，可脱口而出的却是："那些礼物是给谁的？"我小时候的嫉妒最后一次冒了出来，那些礼物我一直希望是给我的。

"什么礼物？"唐纳德问。

"我小时候，她上车来这里时带的那些礼物。"

"哦，她以前总是把那些东西放在伯单家门口，写几个字给他们，求他们。可是后来门房不收了，那些礼物就堆在那里。"

"难道你没试试跟她理智地谈谈？"

"试过。我告诉她，放手让他去算了，只要知道他受到很好的照顾、得到她无法给到他的机会就很开心了，而她有一阵子确实放手了，她遇到你爸爸，她生了你，她很快乐，可我估计她总是觉得少了点什么。"

"再告诉我一件事，"我问，伸手到我藏钱的抽屉里，"她带走过哥哥吗？他失踪那五天是不是跟她有关？"

舅舅叹了口气。"我从没告诉过任何人这件事。不过，是的，是她带走了你哥哥。"

"为什么她又把他送回去呢？"

"你妈以前总是在公园里看着那个保姆和你哥哥，她只能在那里看到他。一天早上，你妈妈坐在那里看着，可能还在哭，她在那附近走着，趁保姆忙着和别人闲聊时，她把孩子抱出了沙坑，她径直走出公园，一天后在新墨西哥给我打电话。"

舅舅继续说着，我的脑子里描画出他讲的这个故事，整个场景展现在我面前：我美丽的妈妈不顾一切，做出不可思议之事，在飞往阿尔伯克基①的飞机上，她把杜鲁门放在身边，跟他玩躲猫猫的游戏，跟别的母子一样，她很快就发现他认识的字了，她不停地让他说它们。"什么汪汪汪？"她问。"小狗汪汪汪。"他自豪地回答。"什么喵喵喵？""小猫喵喵喵。"他说着，"咯咯"直笑。他也会说 "爸爸"这个词，这让她心碎，因为皮特不在了，但孩

---

① 阿尔伯克基：著名疗养胜地，位于新墨西哥州中部。

子从不说"妈妈"。她想，这说明他知道真相，在他幼小的心里，他感觉到那个有钱的女人，那个出钱给医生得到他的人不是他妈妈。当飞机穿过云层，纵穿全国，降落在某个安全的地方时，特莉试着让他叫她妈妈。"你会说吗？"她不停地问。"妈妈。你会说吗？"到飞机降落时，他还是没有叫她妈妈，但没关系，她对自己说，因为总有一天他会叫的。

"我立即飞到那儿去见她，"舅舅说，"她在圣塔菲和杜鲁门一道住在一间小旅馆里，我是说，和兰德。我立即告诉她，她不能这样做。她必须把孩子还回去。"

他继续说着，故事更清楚地展现在我面前，鲜明清晰，仿佛我也在那儿。当妈妈一看见她哥哥下了飞机，她就后悔自己的决定，后悔让他知道了这件事。"你不能留下他。"他告诉她。他们钻进一辆租来的车里，在空旷、蔚蓝的新墨西哥天空下开着。他的话令她心情沉重，她告诉他，孩子是她的，她被医生和伯单家给骗了，她不想把孩子还给他们，不能只因为他们有钱，有个厉害的律师就毁了她的生活。然而舅舅还是劝她，他问她今后到底想过什么样的生活，是永远藏起来做个逃犯吗；他问她如果他们找到她，送她去坐牢，她会有何感觉。"那时候你们俩会在哪儿？"他继续问。"杜鲁门在纽约会有美好的生活，你当时送走他时，你不就是这样想的吗？你现在也得这样想。"

"真不容易，但是，最后我总算说服了她，"舅舅对我说，"我们定了个计划：杜鲁门和我飞纽约，一大早，还没一个人时我就带他去游乐场，给警察打电话，告诉他们他在哪儿。我一直在远处看着，确保警察找到他。你妈妈同意了，可是她先求我一件事。"

"什么事？"我说。

"她想最后和孩子待一天，我同意了。第二天我们天没亮就起床，开车到南边一个叫伊斯坦西亚的小镇，在那里吃早饭，我们一天都在——"

"拉古诺德佩罗。"我说。

舅舅看着我，片刻间有点迷惑，然后接着说："是的，我们沿着小道走，在湖里游泳，杜鲁门那时候只有三岁。"

我回想起妈妈跟我说过的那些新墨西哥故事，现在我想象着她抱着杜鲁门，舅舅走在她身边，一起走在那干燥开阔的地方。妈妈牢牢记住了那天的所有细节，那段回忆就伴着她余生。

"我这儿有张杜鲁门和我在湖边的合影，不知放哪儿去了。"他告诉我。

我想我见过了，"那后来呢？"

"后来我把孩子带回纽约，第二天一大早，我就按我们说好的办。我给他买了个气球和冰淇淋，然后带他去公园。你妈妈在圣塔菲多待了一天。当事情公开后，以防有人想证明是她带走了他，她就有不在现场的证明。"

"那我妈从没在新墨西哥住过？"

"从没有。"他说，然后又告诉我，她一直说她多希望她能够在那里生活。我妈跟她儿子过了最美好的一天，伯单家重新得到了孩子。一次峡谷漫步，一顿早餐，一天而已，已成了她跟杜鲁门在一起的一生。她拥有的他就只有这么多。

我不想再听了，我只想离开这鬼地方，去找苏菲，我可能的妹妹，一个用我的名字作中间名字的孩子。我体会到妈妈从沙坑里把孩子抱起来时那种理所当然的感觉。

"你要去哪？"我朝门口走去时，唐纳德问。

"我得去办点事。"

"现在？"他说，"你有什么事要办的？"

我没理他，径直出门下楼。我知道我要做什么，而且我必须为妈妈这么做。

一辆出租车经过，我挥手叫停，告诉司机送我去四十七街和第九大道的拐弯处。五分钟后，我站在伊迪家楼前。我挤过那条小巷，穿过那辆露出肠子，等死的奥兹莫比尔车。我像那只黑白猫一样轻悄悄，用手摸着钻过那道篱笆时尽量没发出一点声音。小杂货店的电扇在吹着，我能闻到别人家早餐的油烟味，鸡蛋、咸肉、串串香肠。一只老鼠在我脚下钻过——正在我两腿间——仿佛我是死人，对它从我脚下穿过去找食物毫无威胁，要不就是绿色毒鼠药，让它口吐白沫；或是坚固的木头捕鼠器，待它正要吃时夹住它的脖子。我甚至也没给吓着，单是看着它灰色的身体飞快地移到奥兹车后，朝小杂货店而去。

我转过身，隔着铁条和污渍又看到伊迪，还是那副疲惫模样，抱着孩子。对我而言，这不仅是个孩子，而是我妈无法拥有的那个，她堕胎打掉的那个。

暖气片关掉了，我又听见她说话的声音。

"你是我的生命。"她一直用卡通片里公主的那种尖声说着，听上去没有前一天那么疲倦。"你是我的生命。"

将近漫长、焦急的半小时后，我看到她把她的生命放在了那只小船般的柳条篮里。我又一次想到《圣经》里孩子漂流在水面上的样子。伊迪弯腰吻了吻孩子，然后出了房间。我走到窗前，往里看，我知道如果她回来就会看见我。我想象着她嘴张成O形的吃惊模样，她用手拍着胸口，吓坏了。我的脸离那被洗碗水弄脏的窗户很近，我听到冲凉的声音，还有伊迪的哼唱声。我没听过那首歌，可那曲调忽高忽低，像坐过山车，她高高低低地哼着，同时还伴有花洒的水声。

我从开着的窗户缝隙里伸过手，推开窗户，我本以为这东西像看上去那么牢固，可是窗户框一推就上去了，木头叠在木头上发出很大的"吱扭"声，吓得我不敢动。等着伊迪有没有听到动静，可她还在哼着歌，水还在洒着。这下我能清楚地看到卧室了，但是由于那些铁条，我没法进去。这时我突然想出个主意：从那辆车的后尾箱里抓起一条弯曲的管子，把柳条篮的罩子钩住，拖到窗边，然后从铁条里伸过手抱起我妹妹。

很困难，但不是不可能。

可我时间不多，伊迪很快就会洗完澡。我正要将脑子里的计划付诸行动，这时我看到窗户上那些铁条边，原来它们是合页装上的，我用力拉另一头，随着生锈的"咯吱"声，它们打开了。没有锁，即使有的话，也早就锈死了，或者像这幢快塌的房子里所有其他东西一样被拆走了。这说明我注定会进去的。

我一只手把粉红气球推开让它别碍事，我的腿先进去，然后是身体，然后我就站在卧室里了，正站在伊迪亲吻那个男人的地方。我仿佛走进电视机里，走进一间我看了多年的房间，房间比我在外面看时更小些，更明亮点。

苏菲轻声哼了一下，我小心翼翼地抱起她。她那么轻，有点像只风筝般飘在空中，没有重量似的。我觉得如果我放手，她就会飘到天花板上去，而不是掉到地下。她看起来不像个孩子，而像个外星人，还是个胚胎，太不成形状，太脆弱了，不该从子宫里出来。她粉红的小脸圆圆的，皮肤白皙，绝对是我妹妹。她不舒服地小声哼唧了一下，如此而已。我的胳膊很不错，她肯定觉得比柳条篮要舒服，因为她又睡着了。

我拿起她的瓶子，她的毯子。

悄悄地把所有孩子用的东西扫到一个挂在门把手上的袋子里。

伊迪还在哼着歌曲，花洒还在洒着水。

我走到窗户边，然后又想到更好的办法。

前门很容易打开，我没有理由要藏起来。

我拿走的是我的东西。

甚至是我爸爸的。

不一会儿，我便走在街上了。苏菲开始哭，长长的、喘不过气来的尖声哭闹划过冰冷的纽约市下午，让我哆嗦。我走到四十七街尽头，然后转向第九大道。我的心在狂跳，伊迪走出冲凉房也会这样，当她走进卧室，发现柳条篮空了的时候，她的湿脚会在地板上留下暂时的脚印。虽然，她暂时哼着歌，可能还抬头看看花洒喷头，像只巨大的银色眼睛，热水从那里涌出来，蒸气弥漫像云朵，我将那想象成上帝的眼睛，他已经知道什么样的痛苦在等着下面这个女人，但他听之任之。

这便是他的意志：

这个女人哼着歌。

而我手里抱着她的生命从她身边走了。

七

　　我沿着肮脏的灰色人行道走着，苏菲尖细的哭声越来越大，从她粉红色小嘴里发出凄厉的叫声，听上去她好像给呛到，嗓子眼哽住了一般，拼命挣扎着要空气。她的喉咙像一条黑色隧道，里面只有黏液，没什么让她这样的新生婴儿呼吸的。她像水池或下水道堵住了般呛着，她会在我怀里死去，一只扎破的气球，瘪了，不可能再补。

　　我觉得我带走她可能错了，这种纯粹的恐惧让我的心跳得好快。我试着摇摇苏菲，让她别哭。她的头耷拉下来，软软的，能流动一般，仿佛会从身体上脱落，真吓死我了。我想起爸爸那帮酒友，他们喝醉时头便那样耷拉着、摇晃着，松垮得像他们嘴里酩酊大醉的舌头。在我记忆深处，我听到玛妮的声音说，她的头还没拧紧。可是她说的是医院里某个昏头昏脑的护士，而不是婴儿。我知道，只是种措辞罢了，然而我还是想起来。我担心是不是苏菲哪里不舒服，也许是我意识不到的什么东西，我从窗户外看她时根本无法知道的东西。也许所有婴儿的头都是这样耷拉着的，直到他们的脊柱长得像树杆那样结实后，才能支撑得住头的重量？才能永久拧紧？我不知道，但我不想冒险让她的头滚落到人行道上——一颗肉保龄球撞向光天化日下的三个妓女尖刺一般的高跟鞋鞋跟——所以我用手掌托着她的后脑勺，把她的身体紧紧贴在我胸前，在她的哭声下继续走着。

一个无家可归的人抬头看着我，眨着一只呆滞无神的眼睛，就在那一秒，我纳闷他盯着我看时会是什么想法，一个抱着他妹妹的男孩？一个年轻的爸爸带着他的孩子？他观察力全失，消沉而精神错乱地靠着城市建筑坚硬的米色砖墙上，一只脏手上拎着一个麦考密伏特加空酒瓶，什么都有可能。

我在他的凝视下走过去，继续想着苏菲。她在毯子里如此脆弱，我担心她的小手指会冻成冰棍。为防万一，我决定尽快离开这冰冷的户外，可是看不到一辆空出租车，我只好走过一个街区，来到四十四街和第八大道，觉得那些曾跟踪过我的坏小子的眼睛在盯着我，从我头上阴暗的窗户里看着，在街角上，我招手叫了一辆捷客出租车，小心翼翼地钻进车里。

"去哪儿？"我刚抱着苏菲坐下，司机透过哭声问道，他是个头发灰白的意大利人，戴着厚厚的眼镜，一支没点火的烟卷叼在嘴上。

"我们能不能就开车兜兜？"我问他。我不知道要去哪，我得让孩子先安静下来，但不知道该怎么办。

"我需要个目的地，"他说，"这样我才能向老板汇报。"

偏偏我碰上个遵守规矩的纽约出租司机。"那送我去自由女神像那儿吧。"我说，这是我想到的第一个地址。

他拿起登记簿，开始写，我低头看着苏菲，我抱着她摇着，不知道出于何种原因——她决定不哭了。我看着她，默默感谢老天爷，她头顶上，就在茸毛下，有个奇怪的V形凹口，令我再次觉得她像个外星人，而不是个孩子。我数着她的手指头，刚当妈的人总这么做，只为了确信自己的孩子正常。她被裹在那些柔软的婴儿包被里，脚给盖住了，不然的话，我还会数她的脚趾头。我把手放在毯子下面，握着她的脚。她是我见过的最小的婴儿，有着最小的脚。我脑海里闪现出那晚美国公共广播公司节目，只那么一刹那，我发现自己站在牧师那边。我无法想象出生前就把这么可怜的小生命给扔掉。

可是八个月前的苏菲是现在的苏菲吗？

我不知道。

"你是说去自由岛码头？"司机说，还拿着那块登记簿。

"啊？"我说，眼睛还是盯着孩子。我在她小脸上努力找着我们相像之处。说真的，她太小了，还没成形，没法比较这样的东西，可我还在搜寻。

"自由女神在岛上，"司机告诉我，"如果你想去那儿，你得搭轮渡，你想不想去那里？"

不，我不想。我提到那儿只是拖延一下时间，这么大冷的天，带着个婴儿去那里似乎不是什么好主意。实际上，整个纽约城都不再是个好主意——特别是，从发现苏菲不见那一刻开始，伊迪，毫无疑问，还有警察会到处找苏菲。我径直望着前方车玻璃外，梳理着我的思路，想找个去处。回舅舅那里绝对是死路一条，但还有什么地方可去呢？这时我想到两个街区之外的汽车站。

"你想让我送你去哪儿？"司机说，"要不我们就这样在这里坐上一天，沉思？"

我瞟了一眼苏菲，她睁开了眼睛，水汪汪的蓝眼睛闪烁着，她不是在看我，而是穿过我的眼睛，看到我心里去了，我说不清楚是怎么搞的，它们让我想起玛妮家咖啡桌上光滑的黑色神奇8号球里水汪汪的窗口，在我看来，苏菲的眼睛就像那些水下信息。

它绝对如此……

毫无疑问……

前景不错……

我觉得这就是我的征兆：汽车站是我要去的地方。"送我们去港务局。"我对司机说。

"天啊，"他说，"大城市里的又一个精神病，想想吧，我该有多吃惊！"

一分钟后，我和苏菲在港务局门前下了车。我紧紧地把她抱在胸前，往里走。抱孩子是个危险活儿，我走路时，小心地看着脚下，害怕摔倒。

这地方跟我上次一来一回相比，冷清多了。人们朝各自的登车口匆匆奔去，空洞的扬声器里有个声音报着即将出发的汽车："芝加哥，19号门……巴尔的摩，11号门……华盛顿特区，24号门……"念完后，扬声器里传出五度空间①的歌声，"向上，向上，坐着我美丽的气球离开……"一个清洁工在拖地，有人把草莓奶昔洒在地上了。我站在那里，看着他晃动着拖布把粉红、黏糊的东西甩得到处都是，然后拖把上灰色的布条又把它们全吞进去，我在想带着苏菲去哪儿。售票亭上的告示牌上写着接下来几个小时内要出发的车次。我本来想搭一辆车去芝加哥，或者巴尔的摩、华盛顿，甚至是迈阿密，但这些地方都太过随意，且没有用处。5点钟有班横穿全国去圣塔菲的车，有一会儿，我想搭上那班车，去跟妈妈作最后一次道别。我试着想想自己和苏菲身处仙人掌中间，吃着妈妈常说的那些新墨西哥早餐，只觉得空虚孤独，再说那地方对苏

---

① 一个乐队名称。

菲也不太好，我决定不去那里。

清洁工拖完地，拖把一路"滴滴答答"地滴着，在他身后洒下了一道粉红的斑点路。我闭上眼，又去倾听那声音，希望它告诉我我该做什么。然而我只听到扬声器里还在放着气球歌，向上，向上，直到气球爆炸。音乐陡然停下，一个含混的声音宣布道："前往波士顿的33号汽车十分钟后将从17号门出发，汽车沿途停靠布里奇波特、哈特福德和霍利多。搭乘本班车旅行的乘客请在车站东北入口的柜台购票。"这个消息又重复了一遍，报完后，我低头看着苏菲。她眼睛又睁开了，水汪汪，蓝湛湛，不知看向何处，我想我是不是该接受那个消息，把她睁开眼当作另一个征兆。这之前，我从没想过回家，但此时，回家似乎也说得通。至少在霍利多，我能找到帮手，如果不找玛妮，利昂也绝对能帮忙，我能让他帮我找个地方跟孩子待下来，然后再想下一步该怎么办。

就是霍利多了，我决定。

我带着属于我的东西，回家。

还剩九分钟，我沿着那条粉红小点路，在柜台上买了张票，朝登车门走去时，我在书报摊边停了一会儿。我扫了一圈，想找点苏菲用得着的东西，在平装书和报纸旁边，我看到一叠儿童书，可能是父母用来在车上打发孩子的。苏菲有点太小，欣赏不了这些故事，但我不管，还是抓起一两本书买给她——《冒烟的小火车》和《奇幻森林历险记》——我想起以前在伊迪家床头柜上翻过的那沓书。

付完钱，我登上去17号门的扶手电梯，上了车。我在汽车中间找到两个座位，坐在靠窗口的位置上。我把包放在旁边的座位上，这样别人不会把他们的屁股挪到这里。我低头望着苏菲那不成形的脸，偶尔也望望窗外漆黑的汽车站，闻着柴油机汽车的味道，还有后面洗手间里飘出来的臭味，尽量让自己平静下来。窗外黑暗中，各种不知名的声音在对我说。

现在你做到了。
现在你真的做了。
你救了那孩子。
你让孩子很危险。
你已向死去的妈妈证明了你的心。
你从伊迪那儿拿走东西，就像她从你那儿拿走东西一样。
你就要毁了你的一生。

我一阵哆嗦，看着苏菲，她似乎又平静下来，在我的臂弯里很舒服，我已经知道她哭起来时是个什么定时炸弹了。这是我妹妹，我在心里说，不知道这是不是某种祈祷，抑或只是尽量说服自己，但我一直在想：抱在手里的是我妹妹。

"对不起，"一个柔和的声音说，"这里有人坐吗？"

我抬起头，看到我总是碰上的那个纤瘦女孩，那个在警察局前抗议、我妈妈去世那天我在去纽约的车上碰到过的女孩。她笨重的黑吉他盒子挎在背后，像一道黑影。汽车保险杆贴纸样的东西上写着：妇女解放运动，同工同酬，要求支持堕胎。我想我爸爸知道这样的女孩和她的看法后，会说：这车上这么多位置，这个女同性恋非得坐我旁边。

"对不起，"我说，"这个座位是给孩子的。"

"可是孩子在你手上。"她歪着头，张开嘴，很生气地说。

"为什么你不找个别的座位？"我对她说，才不管我听上去有多粗鲁，"很明显我需要多些空间。"

她把吉他盒子换了个位子，不小心撞到另一个乘客的光头了。

"看着点！"他说。

"对不起，"她对那人说，然后褐色的眼睛朝我扑闪着，"你四周看看，给我指个空座位来，我很高兴去坐。"

我伸长脖子，发现座位全坐满了。我太专注地想着孩子和那些声音，没留意所有人都上车了。"坐吧。"我说，把装孩子东西的袋子挪了挪。

"啊，谢谢你。"她说，把她庞然大物的吉他盒子紧挨着我和苏菲，"你这样说可真好。"

我转身靠着窗户，这样她不会再来烦我们。我感到衬衣下约书亚·富勒的牛皮纸文件夹硌着我的肚子，苏菲在我怀里，我没法拿出那些报道，所以我决定等等，再说，我多少知道那上面说些什么。我握着苏菲的小手——跟妈妈葬礼上被拔下来的花瓣差不多大——我得想想等会到了霍利多后我怎么做。给利昂打电话，让他发誓保密；请他帮我找个地方待着。然后再怎么办？我其实很清楚我应该现在下车，把孩子送回去，别再干下去了。但是抱着这个小宝宝，只要看着她的小脸，那软软的小肉鼻子，知道她可能——很可能——是我妹妹，我就觉得我在从妈妈的悲剧中拯救什么。带走苏菲，是以一种怪异的方法来弥补她，把这个宝宝带走就像她想带走杜鲁门一样。

我不能回头。

再说，也太迟了。

汽车正在发动。

车轮在走。

大吉他小姐把她的包倒空了，我把苏菲紧紧抱在胸前，小心地抱在怀内。我望着窗玻璃里她的影子，她拿出一块三明治，看起来像是用从地里刚摘出来的什么东西做的，一丝丝瘦长的褐色、绿色东西，我看不到肉。

素食女同性恋，我听到爸爸说，最糟糕的那种。

她小口小口地吃完后，拿出一瓶母老虎牌香水，标牌上写着："你够狂野吗？"我猜答案是"是的"，因为她喷了一点在她纤细的手腕上，把我们周围的整个空气都搞臭了。接下来，她掏出一只银色香烟盒，如果她点烟，很可能又会让苏菲大嚎一场，那可正是我需要的！可是当她"啪"地弹开香烟盒，那里什么都没有，只有几块排成一线的彩色吉他拨片，像女人的彩色指甲。这女孩把一个粉红的拨片放回原位后，莫名其妙地不停地打开关上，打开关上，也许她喜欢听那声音，也许她只想讥笑我。

苏菲本来很安静的，可她现在突然又大嚎起来，"哇哇哇！哇哇哇！哇哇哇！"开始我想是香水和烟盒的开关声打扰到她，可是当香味淡下去，没有了，开关声也停了后，她还在哭个不停，我担心我是不是伤到她哪里了。我把她在怀里这边动一下，那边挪一下，可是她的头一直那样怪异地垂着，不断地嚎哭，尖利的调子让我惊慌失措，如果她真的哪里不舒服怎么办？我根本不知道如何应付。她越哭，我越紧张。我觉得她可能是饿了，所以我抓起她的奶瓶，想把它塞进她张开的小嘴，但似乎只让她更生气，她尖叫声比刚才还大，粉红的脸变得通红，柔软的金色茸毛和皱巴巴的头顶皮肤下，细小的血管都暴了出来。

被吉他撞了一下的那人怒冲冲地望着我，"太好了，"他对坐在他旁边的女人说，虽然他看着的是我，"我想得出这趟车会是什么样子了。"

"嘘，"我对苏菲说，求她不要把自己哭死，"好了，嘘，嘘。"

"我能给你一个建议吗？"素食女同性恋母老虎说。

开始我没想到她是在跟我说话，但她重复了一遍后，我看着她，此时我最不想听的就是这女孩的话。"什么？"我隔着苏菲的尖叫声说。

"'婴儿照料指南101法'。你抱他抱错了，别那么紧地把他挤在你胸口，只用手托着宝宝的头，让他躺在你另一只手的臂弯里就好了。轻轻晃晃，我打赌他就不哭了。"

"是她。"我说，很生气。如果苏菲不是那么大声地尖叫，我会让这个素食女同性恋母老虎知道就是她的香水和开关声惹出这通爆发的，可是苏菲的脸那么红，我实在怕她会在我怀里炸掉，所以只好听她的建议，把手按她说的动了一下——瞧！——管用了。苏菲安静下来，慢慢地，她的红脸褪成了粉红色。她总算又活过来了。"谢谢。"我不由自主地说。

"不客气，"她说，又扑闪着她的褐色眼睛，"如果你不介意再听一个建议的话，我告诉你一个秘密。"

"我不介意。"我说，又妒嫉又感激。

"第二课。当你想让她喝奶时，不要把奶瓶往她嘴里一塞，而是用奶嘴在她唇边轻轻碰碰，如果她想喝，她就会吸起来。"

"好。"我又看着她，仿佛是第一次见面似的，在脑海里尽量把爸爸关于她的推测压下去。没错，她很漂亮，但是按利昂给女孩打的10分制标准看，她只能得个7.5分，刚好在他的8分线以下。她失分是因为扁平的胸部，骨瘦如柴的身体，暗灰色的头发，但其他地方她能得全分，光滑干净的皮肤、蜜糖色的眼睛，高高的鼻梁，宽宽的鼻子，她的嘴唇让我想起了她留在纸上的唇印，当然，如果她擦口红的话。她的眉毛弯弯地笼住了眼睛，一副很吃惊或忍着不笑的表情。至于她的衣服，我不知道是该加分，还是减分，还是不算分，因为她的头从一条针织披肩中钻出来，这条披肩缀满了方块补丁，蓝色、黄色、粉红、绿色。我猜利昂会为此勾掉一个点，可我无所谓。我现在想起来，评分系统貌似有点无聊。"你多大了？"我问道，其实也就是随口一问。

"16。"她把香烟盒放进包里，拿出一包M&M花生糖豆和尼可糖的混合包，多得足够全车人吃了。"你多大了？"

"跟你一样，"我对她说，"再过几天。"我简直不信自己就要过生日了，而我居然差点忘了。每年妈妈会给我烤一个巧克力蛋糕，把利昂、玛妮还有爸爸叫到一起，唱着极度跑调的"祝你生日快乐"。利昂和爸爸总是故意把"你多大了？"那一句拖得很长，搞些噱头，说出一长串我长得像、闻起来像的动物园动物，这一套结束在利昂胳肢窝发出的一阵怪声中。

那一套惯例到此为止。

"想来点吗？"她举着那袋糖问我。

"不，谢谢了。"我对她说，把妈妈的没有味道的口香糖在嘴里绕来绕去。我一整天没吃东西了，胃里空空的，但是没有关系，我压根儿没想过饿。

"我要更多，"她说着，吞下一把M&M糖豆，"这么说我们都要到'洞'里去了。"

"洞？"

她指着我的票，我一手里还捏着车票，大拇指和食指紧紧地捏着，因为我没法把它放进口袋，那样做苏菲可能会掉在地上。巴士司机把票撕成两半后，霍利多三个字只剩下个"洞"①字，多么准确。

"我发现他们撕票时总这样，又一件奇怪的事情。"她又抓起一把M&M糖豆，把它们扔进嘴里。

"我猜你喜欢吃甜食。"我说。

---

① "霍利多"的英文为Holedo，司机撕票时撕掉后面两个字母，只剩下Hole，意为"洞"。

"我想当个素食者，可我总也吃不饱，所以我吃完后还要吃点垃圾食品。昨晚，我吃了一大盘蒸蔬菜，然后吞了半个蛋糕和三罐健怡沙士。我比以前吃肉时更健康。"

"你为什么要吃素？"我问她。她那么瘦，完全没必要为减肥操心。

"我替动物难过。"她对我说，说话时，手里挥着颗红色M&M糖豆。她的指甲剪得短短的，没有涂指甲油，跟她的吉他拨片不同。"这样想吧：如果你看见田里有头牛，你绝对不会走上前，从它身上咬下一块肉来，可实际上你每次吃汉堡包时都在这样做。"

"我做了吗？"

"差不多，"她嘟起嘴，有点思考起她的逻辑来，"我在素食手册的什么地方读到过。你吃肉吗？"

"是的。"我说，觉得是种罪恶。我想起星期六的晚上，妈妈从冰箱里头拿出一块冰冻烤猪肉，这样我们晚上可以就着煮开了的红萝卜和土豆泥吃。我想象着一头牛鼓着眼睛，站在草地里，但我无法把它站在那里"哞哞"直叫的形象和我的盘中餐联系在一起。苏菲"哼唧"了一下，我把奶瓶轻轻地在她唇边摩挲了几下，她开始吸起来。

"你学得真快。"女孩说。

我脑子里飞快地闪过那晚在坎比商场里看到她的样子：她站在我对面，抱着一个很小的小孩，同时在想法控制糖果柜台前的两个男孩。那时候，我一门心思只想着伊迪，几乎没注意她。"那天晚上我在商场里看见你时，你是在照看小孩吗？"

"哦，那么你承认你看见我了。"她说。

"什么意思？"

"霍利多人有这怪毛病，他们彼此看见了对方，却总假装没有看见。我总是搞不懂。"

我想起上个月我从霍利多坐克劳德的巴士去纽约，她朝我笑时，我是怎么转过身去的。我想我明白她的意思，可她还没回答我的问题。"你是在照料孩子吗？"

"我有五个弟弟。照看孩子是我的工作。"

"嗯，我能问你个问题吗？"

"当然。"她说。

"你觉得这孩子还行吗？"

"这是什么意思？"

"她的大小，我是说她这么小，还有，我动她时，她的头耷拉着。"

她低头看了看苏菲的小脸，然后对着我说："我的专业意见是，她百分百正常。婴儿比他们看上去要坚强，他们这么小时，看上去总怪怪的，过几个月后她就很可爱了，不用担心。"

好，她是斯博克医生①，她的分析让我的呼吸轻松了些。松垮的脖子也是正常的。苏菲小，因为她是个婴儿，那就行了。这时，苏菲把奶瓶吐出来，又开始像刚才那样大声地哭起来。

"这又是怎么回事？"我说。

她伸过手来摸了摸苏菲的屁股。"你上次给她换尿不湿是什么时候？"

从没换过，我想说。

我脸上的茫然表情肯定让她明白了一切。"难道你没带尿不湿？"

---

① 斯博克医生：美国20世纪四十年代著名的儿童医生和儿童心理学家，著有《斯博克育儿宝典》。

我一只手抱着苏菲，另一只手伸到我从伊迪那儿带来的包里掏起来，只有一块尿不湿。我不知道我需要多少块，小孩们每小时换一块，还是每十小时换一块？我骂自己上车前买两本没用的故事书，而没有去买包帮宝适。我在袋子里还找到安抚奶嘴，一管白色黏稠的东西，一个容器里装着写着婴儿复方维生素滴剂的东西。我把尿不湿拿出来，好像自己知道怎么做似的，把苏菲放在大腿上，努力搞清楚怎么把她身上的衣服脱下来。苏菲失控地尖叫起来。

"我来帮你一下吧，不然我的耳朵要给吵聋了，"女孩说，"但你最好还是看着，学着点。"

我很高兴她愿意替我干这活儿，可同时我又想跟苏菲一起哭。我看着她很内行地解开孩子脚上的钮扣，把旧的尿不湿抽出来，把她擦干净，换上新的，我边看边想我对带孩子一窍不通，怎么会想到把苏菲带回霍利多的呢？利昂愿意帮我，我提醒自己，也许还有玛妮。

女孩换好尿不湿后，苏菲安静下来，她把苏菲重新放回我怀里。"这样就好多了。"她说。

"谢谢。"我说着，如释重负地叹口气，苏菲偎依在我胸口。我知道这时候我应该想想到了霍利多——"洞"——后该怎么办，但不觉间跟这女孩聊起来，她身上有什么——她柔和的声音、她的"照相前"头发、她不施脂粉漂亮的脸庞——让我觉得舒服。"这是我妹妹苏菲，"我做了个介绍。大声说"我妹妹"很好玩，我打算不再去想伊迪有没有撒谎、到底是不是爸爸让她怀孕的。我想要苏菲做我妹妹，而且没有另行通知以前，我就打算这样认为了。

"很高兴认识你。"女孩用小孩的腔调说，却跟伊迪跟宝宝说话的语调不同，她握着苏菲的小手。"我叫珍妮。"

"我叫多米尼克。"当她抬起头来时，我告诉她。

我觉得我在她眼睛里看到了什么东西，她似乎想起了什么似的，她的眉毛拧起来，然后又舒展开来，"平德？"她说。

我说对。"是啊，你怎么知道？"我脑子里听到约书亚·富勒在对我说我成了马萨诸塞州的新闻人物，我估计她跟霍利多其他人一样，在报纸上看过有关妈妈死亡的报道，不过我不知道她有没有读过关于我的事情。

"我们以前是同学，"珍妮说，没提报纸上我妈或我的事情，"我叫盖维，"她欲言又止，她只说了句"珍妮·盖维"。

"我以为你上的是天主教会学校。"

"嗯，我们以前是同学，小学时，现在我在圣巴斯霍罗缪学校读书，如果我去上学的话，上的就是这所学校。"

"为什么你不上学？"我问她。

"我经常在纽约。"她说。

"而你父母竟让你旷课？我是说，只要你愿意，你就可以逃学去纽约？"

珍妮望着走廊那边的窗外，然后又看回我。"直说吧，我妈跟大多数妈妈不太一样，她几年前就不管事了。"

"你是说她离开你们了？"我问。

"精神上吧，不是真的不管事，她只是太关心弟弟们，她只管让他们吃饱穿暖，她没时间管我做什么。"珍妮笑笑，虽然她说的并不好笑。"我觉得，在她看来，我完全长大了，不再需要母爱了。"

既然她没有提到她爸爸，我也不想主动问起他，也许他也不管事了。"嗯，你去纽约干什么？"

"试唱，"她说，"抗议。"

我在霍利多认识的女孩似乎没有谁在意我们小镇之外发生的事情，她们的目标跟利昂的目标正好相配。男孩们想要喝醉，找人做爱，等他们一拿到驾照，赶紧搞辆车开。女孩们想的是找个男朋友，妆化得再完美些，舞会时有人邀请她们。没人会去试唱或抗议，那是电影里或报纸上的事情。"你想得到什么？"我问她，"你想摆脱什么？"

"我正在努力，我想成为乐队伴奏，而且我参加要求妇女同工同酬的抗议活动。"

我听到爸爸的声音在说什么女同性恋，可我把他的声音压了下去。"你唱歌吗？"我问，因为那比抗议更让我感兴趣。

"是啊，"她说，"我也会唱优特尔①。"

"优特尔？"

"是的，"她说，"想听听吗？"

我以为她不会真在车上放开嗓子唱的，所以我点点头。谁知她深深吸口气，停了片刻，唱了起来："优特尔优特尔咿咿咿咿咿咿咿优特尔嚯嚯嚯嚯嚯嚯嚯嚯嚯！"

全车人都伸长脖子，看看这声音是从哪里传来的，珍妮只管继续唱："优特尔优特尔优特尔咿咿嚯嚯嚯嚯嚯嚯嚯嚯！"

"小声点，海蒂②！"有人叫道。

这句话让她的优特尔中途打住了，我们俩都放声大笑起来。"你怎么学会这个的？"我问。

"当你在深山里长大，无所事事时，这个是最值得做的事。"

我不太相信她的话，但又不知道再说什么，最后，我说："我以为你是在霍利多长大的。"

---

① 优特尔（Yodel）：德国、奥地利边境、阿尔卑斯山上的吟唱山歌。
② 海蒂（Heidi）：瑞士著名儿童文学作家约翰娜·斯比丽的代表作《海蒂》中的主人公，是个阿尔卑斯山少女。

"我开玩笑呢。"她说，用胳膊肘捅捅我的腰，约书亚·富勒的文件夹挤痛了我，那些关于妈妈的报道让我抱着我的婴儿妹妹上了这辆车。"你太严肃了，平德先生，我们要让你放松点。"

我知道她说得没错，但我衬衫下的文件夹提醒我，我的生活已是一团乱麻，像她说的那种放松，现在似乎不太可能，就像我们不能让我妈起死回生一样。"嗯，说真的，你怎么学会优特尔的？"我问，跳过多米尼克·平德多重人格缺陷的问题。

"我还小时，我爸带我去纽约无线电音乐城看了场演出。有各种类型的歌手和舞蹈，有点像大杂烩。不管怎样，有个优特尔歌手，她是那么妙不可言，她走上舞台，等灯光一打在她身上，她就入神地唱起来。从那以后，我便迷恋上优特尔，我学了大约一年多，基本自学的。"

"那么你是去参加优特尔的试唱了？"

"不是，"她说，"我去那儿唱的是很普通的那种，我只为我在巴士上遇到的可爱男生唱优特尔。"

我觉得嗓子眼里给堵住了，我是她在车上遇到的可爱男生，她为我唱优特尔，为了我把自己弄得像个傻瓜却不脸红。可能利昂觉得她只有7.5分，但是对我而言，她比那要好。然而，我扫了一眼怀中的苏菲，告诉自己，现在不是勾搭女孩的时候，我有个宝宝要照顾。尽管我想告诉她我觉得她很漂亮，可我没吭声，任沉默在我们中间蔓延，仿佛在说我不吃这一套。这沉默一定令她觉得自己很傻，因为她冲我笑笑，眼里笑意盈盈，然后转过头去。

"别紧张，"她说，"我生活中有很多男孩。"

"你是说你弟弟们？"我问。

"也许。"她对我说。

"还有你爸爸？"

"不，"她说，"他不在了。"

我问她是不是父母离婚了，她告诉我说不是，她爸爸两年前死了，他在暴风雪中掉下铁轨，荒唐的事故。"从那之后，我妈就不管事了。"她说。

我研究着她的脸，确信这次她没有逗我，她一定知道我在想什么，因为她说："这次可不是开玩笑。"

如果我张开嘴，告诉她我妈的事，那便是我第一次向陌生人解释她的死亡。她肯定看过报纸，知道的，但我不知道怎么去解释发生的那些细节，我只好说："很抱歉，那肯定很糟。"

"确实很糟，"她说，"现在还很糟。现在进行时。"

她仿佛等着我再说点什么，而我挣扎着想找个方法说出来，告诉她我明白她的心情。实际上，我的嘴已经张开了，我搜索着词句，可是什么也没有，我只好又闭上嘴，牙齿咬着妈妈的口香糖。

之后，我们有段路什么也没说。最后，珍妮打了个大大的呵欠，她脱下披肩，用它像块毛毯似的把自己裹起来。"我累了，请原谅我得打个盹。"

我希望她别睡，这样我可以跟她一起开开心心走完剩下的旅程，不然我又得开始思考我的这团乱麻。不过她闭上眼后，我可以看着她，打量她的脸，以后我一个人的时候，能在脑海里回想她的模样。我妈在新墨西哥时肯定这样做过，记下她无法过上的生活的所有细节。珍妮头摆向过道那边，脖子歪着斜靠在座位上，努力让自己找个舒服的姿势睡觉，还是不管用，她又把头往前倾，下巴碰着前胸。

我知道利昂和我爸爸会如何处理这种情况，他们会伸过手去搂着她，一声不吭就把她搂在怀里，可我不行。"如果你愿意的话，"我说，紧张地吸了口气说，"你可以把头靠在我肩上，我是说，如果你愿意。"

珍妮没有回答，她眼睛还是闭着，靠向我，把头搁在我肩膀上，仿佛已这样多少年了似的。她打了几个呵欠，然后就睡着了。

余下的旅程，我就轮流看看苏菲，又看看珍妮。苏菲舒服地睡在她的毛毯里，只露出她的小脸，那张脸与其说是个刚出生的婴儿脸，还不如说是个老太太的脸。我还发现，她鼻子周围有些白色的小包，像粟粒疹，不过她太小了，还不可能长青春痘，那谁知道这是什么东西？每隔一会，她嘴里就冒出个口水泡泡，一线口水流湿了我的运动衫，可我不在乎。珍妮呢，这时，她微微张开嘴，好像她虽然在睡觉，但又随时准备开口说话，或者唱优特尔。长长的睫毛没有薇琪·斯普林的那样浓密，她的睫毛是柔软的黑刷，扫过她眼睛下的皮肤。

我周围的两个人都在睡觉，我感到自己像个有老婆孩子的男人，不是我爸那种男人，而是会照顾身边人的男人，对妻子忠诚，爱自己的孩子们。我不知道伯单先生是不是这种男人；不知道在我哥小时候，他会不会每天晚上回家，等着拥抱、亲吻那个他不愿还给我妈的孩子；也不知道我会不会有个我深爱的孩子。

当汽车驶进霍利多时，苏菲又开始不安静了，我们刚进汽车站，她便开始哭起来，她尖利的哭声把我又带回到现实中来。

我带着个孩子。

我没地方可去。

"如果你愿意的话，我帮你把她抱下汽车，让她安静下来。"珍妮说，她伸了个懒腰，站起来。"只是你要帮我拎吉他。"

我把苏菲递给她，拿起珍妮的吉他盒子。我回头看看有没有落卜什么东西，看到珍妮的几颗M&M糖落在我们座位的夹缝中间。我想起那个满脸雀斑的女孩，就是妈妈死的那晚，我回霍利多的车上的那个女孩，我救了它们的命，她悄声对我说，照顾好它们。这次我把糖果留在座位上，跟着珍妮和苏菲下了车。

天空是薄暮时分冰冷的蓝，没有下雪，偶尔从空中飘落下几片雪花，从汽车站屋顶上吹落下来，一片雪花落在珍妮鼻子上，她把它吹走。"我用吉他换你的宝宝。"她笑着说。

"滚一边去。"我对她说。

我们交换苏菲和吉他时很费了阵工夫，我们的手缠在一起好一会儿。

"抱好她了？"

"抱好了。"

当我又抱回苏菲，她拿好她的吉他时，我们站在那里没有说话。珍妮用她的黑靴子踢着雪中轧硬了的轮胎轨迹，停车场那边，一辆利昂最想要的宝蓝色梭鱼车在没有铲过雪的地里打滑了，车轮像甜甜圈一样旋转着，引擎在不停加速。

"好了，我猜我还会再见你的。"我说，虽然很可能不会了。

"再见。"她说，又一片雪花落在她鼻子上，这次，她让它融化，没有用戴着超大连指手套的手去拂她的脸。

我有股冲动想靠近她，把我的嘴压在她嘴上，然而，苏菲在我怀里，我想我做不到。有许多问题我想问，可是我的舌头发软，没有勇气说出来。"我很高兴我们认识了。"我说。

"我也是。"她对我说。

我们还站在那里。"好了，"我说，"我真的得找个地方让苏菲暖和点。"

"行，"她说，"再见，苏菲；再见，多米尼克。"

说完，她转身费力地走过停车场，吉他盒子在她背后"砰砰"响。我想记住这个场景、记住我可能过的另一种生活，我看着她从我身边走开去，然后，我还没反应过来，珍妮转个弯，不见了。

为止住我内心可笑的感情，我望着怀里的苏菲，摇摇她。"好了，"我说，尽量让自己的声音听上去有信心，"我们去找个地方待下来。"

我朝付费电话走去，拨了利昂家的号码。迪塞尔太太接的电话，她抽着香烟的声音从电话里吼过来，电话里还听得到"廉价把戏"乐队的歌声。"利昂在家吗？"我压低声音，含糊地问，希望她不会听出是我。

"他开着新车外面快活去了。"她对我说。

"什么新车？"我说，把苏菲从一只手换到另一只手，摇着她。

"上周他拿到了驾照，现在买了辆车。"她解释道。

我眯缝着眼看了一眼停车场那边做甜甜圈的梭鱼车司机，是利昂，就在我面前，鬼知道他从哪里搞来这辆车？

"是多米尼克吗？"莱拉透过吉他即兴演奏的声音问道。

"我是埃德。"说完我挂了电话。我手里抱着孩子，走过停车场，利昂开着车在绕圈子，我站在雪堆后面看着他。雪喷洒开来，在他的梦幻车周围像瀑布一样落下。终于，他停下车，我大声喊他。

"哦，这不是多米尼克·平德吗？"他说，从车里出来。他穿着件深红色滑雪服，戴着一副我爸那种飞行员墨镜，全身新。"你这个月上了报纸，你爸爸报告说你失踪了。"

"你从哪里弄来的这辆车？"我问，没理他的唠叨。

他双手抱在胸前，靠在车上，看看引擎盖，又看看我。"直说吧，埃德和我想到了个挣钱的法子。"

"你怎么突然跟埃德混得像老朋友似的？"

他摘下开车用的皮手套，我猜他以为自己是在霍格威赛车道上开车呢。"怎么啦，你嫉妒是不是？"

"不可能，"我说，"只不过他是那么一个没用的混混。"

"你有权说出你的看法，"利昂说，"这个小屁孩是怎么回事？哦，等等，先别说，我知道了，你让伊迪怀孕了。你知道，一开始我还很嫉妒，可是后来我想，不管怎样，她对我来说太老了。恭喜啊，伙计，你当爸爸了。谁想到你居然抢在我前面了。"

我站在那儿望着他，思考着我怎么跟他说出这一切。苏菲又开始哭了，我摇摇她，她安静下来。我慢慢发现她最喜欢动，我一停下摇晃，她又不安起来。

"你和你的小屁孩想不想坐我的车？"利昂问。

"这只是个开头，"我说，"我需要的不只是坐坐车。"

"上车吧，"他说，打开乘客座位的车门，伸出手做了个车夫的手势，"我们再说。"

我小心地上了车，把宝宝放在我大腿上。车内座位闻上去还有股新车味道，是那种游泳池衬里和新地毯的混合味。仪表板上，利昂贴了好多大胸脯女人的裸照，通常这类图片只会出现在十八轮大货车的挡泥板上。"绒毛骰子①呢？"

"你以为我是什么，平德？这么没品位吗？"

"没话可说，"我说。

利昂打开音响，推到八声道。达特雷②唱起来："给我间房，关上门，你的男孩就不再是男孩了。"他挂上挡，我们慢慢晃着出了没有铲过雪的停车场。

"放松点，"我说，"这不是赛车比赛。我们还有个婴儿在车上。"

---

① 美国长途货车司机车上常有的东西之一。
② 罗杰·达特雷："谁人"乐队的主唱。

"我听到了，爸爸，你担心你的孩子，我理解。"

"她不是我的孩子。"我对他说。

"那是谁的？"他说。

我眨眨眼，吞了一口气，低头看着苏菲粉红的小脸，她紧紧闭着的眼帘。我知道她喜欢我们下面的车轮一直在动。"她是伊迪的孩子，可我不是她爸爸。"

我们把车开上主街，朝小镇中心开去。很奇怪，利昂在路上开起来时，真的很小心，像个新司机。他甚至一直没有张口说话，直到我们上了汉诺威街，他才问"那谁是爸爸？"

我们经过马龙尼酒吧、露珠酒馆。我想起去年夏天那个晚上，我和妈妈还有玛妮去伊迪家前，一起巡视过这一带。难道不是我首先提议去那儿的吗？毫不奇怪，打一开始就该怪我。"她是我爸爸的孩子，"我说，"伊迪不知道我带走了她。"

"哇，哇，哇，"利昂说，"你刚才说她不知道你带走了孩子？"

"完全正确，"我说，"得十分。"

"我懂了，既然你爸爸报告你失踪了，所以他也不知道。"

"再得十分。"我说。

我们在镇中心的红绿灯前停下，一辆卡车停在我们旁边，我望过去，突然间很惊慌，要是爸爸坐在上面怎么办。谢天谢地，不是他。我尽量把苏菲在膝盖上放低，不想让任何人奇怪为什么两个十来岁的家伙带着婴儿在兜风，可苏菲好像不喜欢这样，因为她又来了声不高兴的尖叫。当交通灯变绿后，我又把她抱在我胸前，再次起步时，我能感到引擎的颠簸。

"换句话说，你是个绑匪。"利昂说。

"你可以那样说，"我告诉他，"可是既然这孩子是我爸爸的，既然她是我妹妹，那她也属于我，在伊迪那样对我妈妈后，我绝对有权带走她。"

提到我妈妈，利昂不说话了。我的脑子里闪现出我在妈妈葬礼上把他轰走的样子。关于那封信，你朋友给你的信，他说，而我让他留着它，要他别再跟我提什么伊迪。而现在，我又把这堆垃圾倒给他。"还记得我妈的葬礼上，你说你想告诉我什么跟伊迪有关的事吗？是什么事？"

利昂耸耸肩，踩下油门。"谁知道？我猜我打算问你，你想不想要回她的那封信。"

"烧了它。"我对他说。

我们一路开下去，转了好多弯，利昂突然又回到专心开车的状态中去了。当我们再次开上直路，他说："好了，你够幸运的，没有悬赏金捉拿你。否则我就把车开到警察局，告发你。"

"谢谢，"我说，"我知道我能相信你。"

利昂一只手伸到后座上，拿出一份《霍利多先驱报》，我的照片登在头版，那是我七年级时年级毕业册上的相片，现在看起来像另外一个人。一个小孩，皱巴巴的衣领，尴尬地笑着，头发中分，卷曲的刘海耷拉在前额上，相片下面是个和杜鲁门失踪一样的标题：男孩依然失踪。

文章说得很详细：多米尼克·平德，15岁，父亲：罗伊·平德，42岁，母亲：特莉莎·平德，38岁，家住德怀特路88号。在其母死后几周内，其父报称其失踪。

"你觉得人们会抓住我们住在德怀特路88号这个要点吗？"我对利昂说，觉得《霍利多先驱报》为了得什么新闻普利策奖可真是不惜一切，"我是说，有点含糊。"

"啊？"他说，没注意我在说什么。

"算了。"我说，只想车继续开。

而我们正是这样，我们开啊开，利昂喋喋不休地说着这辆车，他说车时用的是"她"，她有双重排气系统；她有四速挡位；她有4-10德纳后轴；她从零到60码只需5.8秒。他一直说啊说，我望着窗外，月光下的霍利多——"洞"，珍妮曾这样叫它。我发现自己在想经过的这么多所房子中哪一幢是她家，她怎么从车站走回去的。我想象她就在我们呼啸而过的哪扇窗户里，梦想着她的歌唱事业，或她的下一次抗议。我想象——更像是希望——她也在想我。

我们开过"狗舍"。

我们开过新警察局。

我们开过旧警察局，还是关着的，等着维托·马勒第装修。

等利昂说完他的新车后，我告诉他整个伊迪的故事，我跟她的亲吻、那笔钱、这个孩子，我详详细细告诉他一切，直说到刚才在汽车站的停车场我大声叫他为止。

他开始什么也没说，仿佛在思考。在安静了一会、脑子活动了一番后，他说："哇，伙计，这可是很有料，你现在打算怎么办？"

"我得找个地方待下来，直到我想清楚该怎么办。有什么建议？"

"我愿意让你住在我家，可是我妈会对这个小屁孩说三道四。她讨厌孩子。她最快乐的时候就是我满16岁时。"

"也行，"我说，"只是离我家有点近。"

"埃德的爷爷奶奶在波科诺斯有座小木屋。"

"算了吧，"我说，"我不想他卷进我的生活中来。"我发现一旦我认真考虑这件事，玛妮也出局了。她无法应付我带着孩子这事，我有种绝望的卜沉感。我看着窗外，我们正经过霍利多汽车旅馆，黄色的警戒线不见了，停车场里还是没有车。"床位已满"的招牌还挂在外面。这地方空了，我望着汽车旅馆两边的水泥楼梯，还有那排窗户上歪歪斜斜的百叶窗。当我看到5B房时，我下沉得更厉害了。"为什么这旅馆关了？"我问。

"出了你妈那事之后，弗勒老头吓坏了，当天晚上他便钻进车里，开到佛罗里达过冬去了。警察清洗干净一切，你走后几天，他们撤下黄色警戒线。我听说那家伙可能会把这地方给卖掉。"

"我能跟苏菲待在那儿。"这想法一下钻到我脑子里，我脱口而出，既奇怪又合适。

利昂把车慢下来，来了个180度掉头，我们回到汽车旅馆，开到这幢楼房的后面，这样从街上就没人能看到我们了。当利昂熄掉引擎，苏菲又开始不安乱动了。我搂在怀里轻轻摇晃。"我怎么才能进去。"

"让专家来干。"利昂说。

他下车，打开后尾箱，拿出根撬棍，朝办公室的后窗走去。我突然想到撬棍可能和他与埃德的挣钱方法有关。破门而入，入室抢劫。不过我有自己的犯罪生活要操心，所以我决定管好自己的事就行了。利昂在检查窗户，我猜他是想找个地方把窗户撬开，可他后退一步，像根棒球棒似的挥起撬棍，一秒钟后，他抡动铁棍，砸碎玻璃。玻璃碎落一地，跟那晚我用花盆砸碎伊迪家厨房玻璃一样。"哗啦啦"，然后又是一片寂静。

"开门办公了！"利昂宣布道，笑着回到我这儿。

"天啊，利昂，难道你就不会用铁撬撬开锁什么的吗？"

"我听到的是抱怨吗？我这样做可是担心你和你的小屁孩在外面会冻僵。"

"我只是说——算了。我没有抱怨。"

"那好，"利昂说，"我喜欢满意的顾客。"他从后尾箱里拿了条毛毯，搭在破玻璃窗沿上，爬了进去，一会儿后，他打开后门，走出来。"欢迎来到霍利多汽车旅馆。"他说。

我抱着苏菲走进门，想着妈妈在这里办入住手续。妈妈死后，报上登载弗勒的话说，他当时在桌后上班："一个女人走进来，说她需要间房，当时我没发觉她有什么不对劲的地方。"

除了她就要死了之外，没有不对劲的地方。

办公室里又冷又黑。墙壁上贴着赛车照片，还有有关金鱼的画，像是拼图。桌上有个肉团三明治，三个变成褐色的肉团上浇着红红的汁，已经干了，有一个被咬了一口。看来利昂说那晚妈妈的死吓得弗勒匆忙离开并非夸张。我想象着他吃到一半站了起来，走到外面，上了车，径直往南开，甚至连只行李箱也没带。利昂"啪"地打开台灯，观察着这间办公室。每间房的钥匙挂在桌边的钥匙架上，按房间号有顺序地挂着：10A、10B、9A、9B、8A、8B，等等。"你和你妹妹愿意要一套海景套房吗，先生？"利昂说，"要不就是俯看粪坑的经济房。"

"我想住5B房，"我告诉他，"我妈的那间房。"

利昂停了片刻，然后扫过架子，抓起我找的那把。"你当真？"

我知道这是个怪异的请求，可我走得太远了，现在我想离妈妈近点，只有待在这间房里才能够。她在这里咽下最后一口气，也许她成了——幽灵、鬼魂——在等着我带孩子回来，也许是她一路领我来的。"我当真。"

"那好。"他说，低头看着桌旁像电话总机，就是老式接线员用的那种，拔出插头又插进洞里，把世界上的人们连接在一起。利昂瞎捣鼓了一通电话，又打开墙板上的开关。"我相信你的电话现在接通了，先生，但每分钟要另收五块。"

"谢谢。"我说，朝他挤出个笑容。我们打开办公室前门，偷偷往窗外看了看，看看有没有车经过，趁着没车时，我们一路上楼到了5B房，利昂一打开门，一切全回来了：玛妮那种难以辨认的呻吟声，警察围在楼梯周围，我冲进门，把自己反锁在里面，却发现是妈妈躺在地上，那晚我还以为房间里的人是伊迪。不知道在我认出那是妈妈之前的那一瞬间，我有没有庆幸地板上的不是伊迪。

这想法让我头晕脑涨。

我抱着苏菲坐在床上，四周看看，一铺金色的床罩，两边的床头柜上各有一盏米色台灯，灯上都有白色罩子遮光。窗户上的窗帘也是米色，利昂把窗帘拉严实，还从窗帘杆上搭下两床毛毯，这样外面的人看不出房间里的灯光。一辆在霍格威赛道上的红色赛车拧在木板墙上，黄色的数字5刷在司机门上。

典型的汽车旅馆房间。

谁也猜不出床边地上曾经发生的事。血全冲刷干净了，有污渍的地毯给拿走了，一块简单的米色地毯放在原处。不知为什么，我发现自己想象着第二次事故会有更多的鲜血把那块地毯弄脏。我几乎看到就在那里，圆圆的、红色的、令人恐怖。甚至比上一次更持久，那画面让我心里一哆嗦。

实际上我晃了晃。

"你没事吧？"利昂问。

"没事，只是这儿太冷。"

"说得没错。"他说，随后在后窗户处发现了通风调节装置，他转动刻度盘，热气从通风口里冒出来了。

"我今天在车上遇到个女孩。"我告诉他，把脑袋里那幅血腥画面关上。我们开着车围着小镇兜圈子跟他说我的这段日子时，我没提到珍妮。

"她是谁？"他问。

"她叫珍妮。我觉得跟她似曾相识一般，虽然以前不认识，但与身边的这帮女孩相比，我更喜欢她。"

"大乳头？"他说。

"闭嘴。"我对他说，不想用他愚蠢的评分标准给珍妮打分。"为什么你和——"我停下来没说出"我爸"，也没说出那些把女人当作汽车一样品评大小的男人的名字，我以前总觉得那才是男人。"为什么你总是这样？"

"我是个热血美国男人，那就是为什么。"

"我也是，但我不想这样说那个女孩。"

"听上去像爱情，"利昂说，"你有她的电话号码吗？"

我想起她走时，我的舌头重得说不出那些话。"没有。不过没关系，我不想把她卷进我的麻烦中来。"

利昂观察着这间屋子，推开洗手间的门，弹开开关。我坐在床上可以看到洗手间里的粉色瓷砖。他把门半掩上，我听到他撒尿时马桶里的泼溅声。"你知道，"利昂大声说，"如果伊迪这娘儿们跟纽约毒品犯在一起的话，你可能就很危险了。"

我没有说话，我才不担心这些，可利昂还在说。"我是说，他们可能跟踪你，"他边尿尿边大声说，这是我有幸见过的最长的尿了，"他们可能会在这儿找到你、杀了你，割破你的喉咙什么的。"

"行了！行了！"我冲他喊道，"我知道了。"

我从运动衫下抽出约书亚的文件夹，放在床头柜上，等利昂走了再看，再看看苏菲的奶瓶，差不多空了。我把那个美赞臣奶粉罐从包里拿出来，读着上面的文字，这是婴儿食品，几乎也空了。

"听着，"我说，提高嗓门，利昂能听得到我，"我想请你再帮我个忙，你能出去买点婴儿食品和尿布吗？再帮我买点吃的。"

其实我并不觉得饿，但我知道我早晚会饿的。房间角落里有个小号冰箱，我也可以把东西放在窗台上，那里一样冷。

利昂冲完马桶，走出洗手间，还在拉他的拉链。"什么样的婴儿食品？"

我举起那个奶粉桶给他看。"买这种，美赞臣，就去卖婴儿用品的那儿排看看就行了，我想。"

"我去逛一下商场，马上回来。"利昂说，有个借口可以走，他似乎很开心。

我想把苏菲放在床上，可她不高兴，我只好又把她抱起来。"我给你点钱。"

"算了，"利昂对我说，"我请客。"

"谢谢。"我说，想着趁他的慷慨劲还热乎着，我还是领他的情吧。"但要去布福德的食品店，我不想让这里哪个人看见你买婴儿用品，他们会起疑心的。"

"是，先生！"他说，中指上套着钥匙转着。

待利昂一出门，我立马锁上门，还闩上门链。我把窗帘和毛毯拉开一点，从窗口看着他的车呼啸着出了停车场，上了公路。他走后，我走到暖气开关处，利昂把温度调到中挡，因为房间里还是冷，我把它调到最高。然后，我拔下一盏台灯电线，用空着的那只手把它从床头柜上拿起来，离前窗远点，我把它放到房间角落里、插好、用灯罩罩着，让光线更暗点。虽然利昂把毛毯挂在窗户上，我还是不想冒任何险让外面的人发现屋里有灯光。

"好了，小外星人，"我对苏菲说，"我来把你放好。"

我重新把床上的四个薄枕头摆了摆，想做个屏障，我把她放在床上时，她不会滚下来。但她太小了，也许还不会滚？婴儿是平躺着睡还是趴着睡？关于照料孩子，我好多事都不知道。她那么小，那么容易受伤。珍妮乐观的预言在我脑子里淡化了，我觉得很害怕，如果我放下她时方法不对，可能会伤到她。

小心点，我不断对自己说。

为苏菲做个床的努力全白费了，因为只要我放下她，她就开始嚎。我只好把她抱在怀里摇着，开始觉得像锻炼。不幸的是，我想尿尿，也许能撑到利昂回来，因为我实在没把握能应付这个。苏菲在我手上越来越重，我在房间里走来走去，偷看窗外，望着洗手间和壁橱。五斗柜的抽屉里有一本电话簿和一本《圣经》，跟我舅舅的黑色《圣经》一样。我翻开《圣经》，看到这一段：

> 将要带他进营楼，保罗对千夫长说："我对你说句话，可以不可以。"
>
> "你懂得希利尼话么？"他说。
>
> "你莫非是从前作乱，带领四千凶徒、往旷野里去的那个埃及人么？"
>
> 保罗说："我本是犹太人，生在基利家的大数，并不是无名小城的人，求你准我对百姓说话。"

我不知道美国广播公司的牧师和他的信徒们怎样在圣经里找到他们的世界观的，因为每次我"噼里啪啦"翻开圣经时，看到刚才读的这种文字总让我呵欠连天，它似乎更像历史书而非教义。我把《圣经》放回抽屉，坐在床边，拿起电话。电话里传来持续长音，我想到妈妈最后给玛妮打电话，想到她吓得要命，想到她一个人在房间里。我想象她那时的样子：打开洗手间的门，紧张地拿出毛巾，把毛巾放在身旁，罗吉特带来医生朋友给他的器械。

一把长而光滑的钢铁，罗吉特用它害得她大出血。

想到罗吉特弃她而去，把她一个人扔在这里，我简直难过得要死。我最大的希望便是为妈妈抓到他，总有一天会的，我对自己许诺。

我放下电话，试着想点别的，不管什么别的事都好。我闭上眼，想珍妮。雪花落在她鼻子上，吉他盒子在她背后"哐啷哐啷"，她转身离去。我打开抽屉，拿出电话簿。想到利昂问我是不是有珍妮的号码。我翻到G那一页，霍利多只有一个盖维，住在利托街。那可真是条小街，离和平比萨店后面的公共汽车站不过几个街区。那些像市中心一样的房子你挨我挤的，像密集的牙齿，没人开车去那里，爸爸以前把那儿叫做嬉皮街，可我去那儿的几次里从没见过嬉皮士，所以我不知道为什么他这么叫。

苏菲无缘无故哭起来，我又拿起电话，拨了盖维家的号码。这次我不是听从任何指示或声音，我打给珍妮，只因为我想这样。苏菲在哭，我用一只手把她搂在怀里，纵使周围的环境让我觉得不舒服，像同龄人一样的另一个自我，拨了他喜欢的女孩家的电话。

"喂？"她妈妈睡意未消的声音接了电话，从电话里我听得到电视机的声音、孩子玩耍的声音。

挂掉电话，我想。

别挂。

"珍妮在家吗？"趁自己还没打退堂鼓，我赶紧问。苏菲的哭声越来越大，我心想她哭得还真是时候。

电话"咔嗒"响，有人在另一个分机上讲话。我听到了，"喂。"

珍妮。

"嗨，是多米尼克。我——"

"等等，"她对我说，然后又对她妈妈说，"我接到了，"等另一个分机"咔嗒"挂上后，珍妮说，"见鬼，你还好吧？好久不见。"

苏菲又开始大哭起来，我心里"怦怦"跳着，带孩子这种事难得超乎我的想象。我让珍妮等等，然后我摇摇苏菲，尽量让她安静点，但没成功。"我好些了。"当我到电话前，我说。

"孩子很麻烦？"

"嗯，是的。"我想告诉她我为什么打电话，是这样的："我在想也许——"我停下来，我想什么呢？我觉得追到珍妮的机会很小，就像一条小路，狭窄得如同她家前的那条小街，只能绕过，然后继续往前走。然而，我还是想象自己踩下刹车、打灯、转动方向盘，车灯照着她家，虽然我知道我去那儿太自私了。"我在想你愿不愿意见个面？"我突然脱口而出。那不是我想问她的，可也差不多。至少那些话出自我口。

"我很愿意，"珍妮说，"你想什么时候？我的社交日程表很忙哦。"

"现在——"我知道我该后退，从她家的小街上开走，开上利托街，但我情不自禁，我想要她跟我一起，我的声音就像在按喇叭，示意她来我身边。"现在怎么样？"

电话那头沉默了，我等着珍妮的拒绝：我刚从纽约回来，我得练习唱歌。我有个抗议计划。然而，她说："现在？我的日程表上刚好空闲，所以听上去不错。你想在哪见面？"

我压低嗓门："答应我，你去哪谁也不告诉？"

珍妮顿了顿说："我答应。"

我紧紧握着电话的黑色手柄，正是我妈向玛妮求救的那部电话。"我在霍利多汽车旅馆，"我低声说，"你多久能到？"

八

　　珍妮和我定了个方案，她从汽车站坐出租车，在坎比商场下，然后走路来汽车旅馆，这样没人会怀疑她去哪儿。20分钟她就能到，最多30分钟。挂上电话后，我开始忙着让苏菲安静下来，她不想喝奶，所以我从包里拿出一个安抚奶嘴，她也不想要。我抱着她在房间里走来走去，从挂两条毛毯的前窗走到搭着两条毛巾的后窗，我把毛巾搭在上面是想挡住灯光。她只是一个劲儿地哭，我不知道还能做什么，只好拿出一本故事书，我在汽车站买的，她在尖声哭闹，我抱着她走来走去，一边大声朗读：

　　"汉斯和格列塔走进森林……"我读着，想起那些晚上我在伊迪家床上翻的那些故事书，那些快乐的结局真让人惊讶。虽然苏菲听不懂这些话，我疲惫的声音总算让她安静下来。我读完故事结尾，又翻回第一页，再读起来。第二遍，当我读到格列塔建议他们把面包屑扔在身后，这样就能找到来时的路时，我决定去看看有关妈妈的那些文章。我大声地读着每一篇报道，直到把苏菲哄睡。我读到皮特在捕虾船上找到一份活儿，他失足从甲板上掉下来，淹死了；我读到伯单家付钱给我妈的医生——名叫哈瓦斯的医生——两万美元，为他们买个孩子；我读到法庭上，当法官宣布判决时，妈妈崩溃了，她只得由人搀扶着出了法庭；最后，我没有读了，我迷失在那些照片里，没有我哥哥的照片，除了一张远照，那是伯单太太抱着还在襁褓里的他，走下一座漂亮建筑的楼梯。我看着那张照片好长时间，我脑袋里奇怪地一片空白，然后我翻出妈妈在法庭前接受采访的照片，她看上去无望而疲惫，焦虑，突然愤怒起来。如果我是个陌生人，偶尔打开报纸看到那张照片，我可能以为她会突然开骂、用牙齿咬你、赤手空拳打你，但是我太熟悉她脸上那副受惊、迷失的神情了，虽然我很想控制自己的情绪，我的眼泪还是掉了下来。

多米尼克，我太累了，在家的最后那一晚，我去洗澡前，她对我说。这个世界该对我好一点。

结果她死了。

趁我还没完全迷失在自己的情感大山里，趁我的情绪下跌到最低点之前，我提醒自己，珍妮随时就要到了，我得坚强点，掌控好正在发生的一切。我把剪报塞进床头柜的抽屉里，把苏菲轻轻放在床上，这样我才能冲进洗手间，撒个尿。我一放下苏菲，她就睁开眼睛，看着我，"给我一秒钟，小姑娘。"我说，求她不要哭。如果她又开始哭，我觉得我也要哭了。

这一次她没哭，我走进洗手间，粉红色长方形瓷砖和淡绿色洗手池给这房间一种虚假的快乐，像玛妮在冬天穿着色彩太过鲜艳的衣服。地板闻上去有股阿甲克斯消毒水的味道，盖住了霉味。消过毒、公用的洗手间，浴帘上有一群金鱼，我才想到弗勒一定很喜欢金鱼。抽水马桶上方的墙上挂着一幅画，树林里的圆木木屋，远处是青烟缭绕的高山，木屋前一片鸡冠红树叶。撒尿时，我一直盯着那幅画，觉得我还是该跟利昂谈谈埃德爷爷家的木屋。带苏菲离开这里，找个那样的地方藏起来。

我撒完尿，打开水，站在镜子前，不知妈妈到了这家旅馆后是不是也在这里洗过手。

这时我的呼吸停止了。

就在那儿，在镜子里面，我想——与其说想象，不如说是看见——妈妈在镜子里盯着我。她看起来是从那幅画中的湿地上一路拖过来的，纠结的头发上沾满树枝、树叶，灰暗的皮肤上还有刮痕和血迹，她的乳房青紫，奶水滴落到瘪平的肚子上。她的眼睛空洞无物，充满悲伤。我不想看她，却觉得自己像圣帕特里克天主教堂里，悬挂在圣坛上方的红衣主教的宽边红帽，像系在孩子的手腕上以防飞走的红气球般无法动弹。妈妈皲裂的嘴唇开始小声说着什么，我听不清。

孩子。

也许。

马槽。

也。

孩子。

也许。

马槽。

也。

"什么？"我大声说。

就在这时，有人敲门。我听到珍妮的声音在说："多米尼克？"妈妈消失了。

镜子里是我的脸，头发长过耳朵，有一缕搭在前额上。我的眼睛睁得大大的，刚才看见的或我以为看见的把我吓坏了。我关上水，这印象强烈地冲击着我，反而让我脑中想到的什么东西溜走了。也许发生的这些事让我脑子不怎么好使了，害我在洗手间看见鬼影、在床边地毯上看见血迹，也许我看到的又是一个信号，是妈妈在给我征兆，我应当听从，要是我能明白其意就好了。

珍妮还在敲门，"多米尼克？"

我在一条白色旧毛巾上擦干手，走到门口，打开门，珍妮背着吉他盒站在那里，手里托着一块比萨。"如果我午夜不回家，我就会变成个南瓜。"

"午夜。"我重复道，并没真的听进去，因为我脑子里还有那副镜中影像，我听到那个声音。

孩子。

也许。

马槽。

也。

如果你不明白它的意思，那这个征兆有什么用？

"你没事吧？"珍妮说，"你好像吓坏了。"

"没事。"我告诉她，揉揉眼睛，想让自己集中精神谈话。"我只是有点饿了，比萨闻起来真香。进来吧。"

她走进房间，把比萨盒放在五斗柜上，脱下大衣和披肩，几层衣服之下，她穿着条黑色灯芯绒裤，喇叭裤，腥红的毛衣胸前有三片雪花，她的胸很小，从它们在毛衣下的样子看得出来——宽松平坦——我能感觉得到她没有戴胸罩。我看着它们时，嘴有点发干。"放纵"一词从我脑子里冒出来，我仿佛看到珍妮把一件蕾丝白色东西扔在火里烧掉了，把它举在棍子上好像举着一块棉花糖。我知道爸爸会怎样评论不戴胸罩的女人，可我不再想它。

"坦白说，"珍妮说，四周看看，"我从没像这样约会过。"

她的胸和妈妈的形象让我心里好乱，我说："我约会过。"

珍妮看着我有点好笑，我发现自己说错了。

"我是说，我也没有过。"我摇摇头，让自己头脑清醒一下。

在车上跟她说话很轻松，而现在的我舌头像打了结。我觉得这次见面实在是个坏主意，也许我们在车上合得来，可我该见好就收。珍妮在汽车旅馆里让我很紧张，她不停地四处打量也让我不安，我再次觉得她肯定知道我妈在这间房里发生过什么，可如果真是那样，她为什么还来？

"我们的小天使怎么样了？"珍妮说，低头看着宝宝。

"我想她看见你很高兴，"我说，试着让一切重新顺起来，消除所有的紧张，"跟我一样高兴。"

珍妮正要说话，可苏菲打断了她，一定是在床上躺着有点烦了，她又开始吵起来，珍妮马上把她抱在怀里。"好了，小豌豆，"她说，"你今天过得肯定不好，我知道。"

她抱着孩子"扑通"一声坐在床上，我拿着比萨也坐在那里。她哄着苏菲，我想找点话说，可脑子里一团糨糊，想不出什么好说的。房间里安静得不自然，我脑子里又浮现出妈妈在镜子里的模样，我把那影像推到一边，想起下午珍妮曾把头枕在我肩膀上，真希望我们能蜷缩在一起睡去，但那几乎不可能。我低头扫了一眼比萨盒盖，那上面的胖脸厨师正在吮他的手指头，在他那顶鼓鼓的白帽子上方，写着几个字"你试过别的，现在试试最好的"。多有创意，我边想着边打开盒盖，里面的比萨一半是素的，一半上面盖着厚片辣味香肠，一块块香肠和肉丸，胖胖的咸肉。我看看珍妮，想着她的蔬菜减肥餐和我们正要吞下去的农场动物。

"那一边归你，"她朝我傻笑着说，"食肉动物。"

"我说过我吃肉，但我没有说我是野人。"

珍妮笑了，我觉得开始放松下来。"好吧，我吃了一小块，我觉得想吃一两块那边的，我不想再吃素了。"

"真的吗？"我说。

"真的。"

"欢迎回到食肉动物的野蛮世界。"我对她说，就在这时候我彻底把拘谨抛掉了。我往前靠了靠，吻她一下，短短的，简单的吻。

一、二、三。

她的嘴唇柔软，略有点湿，在我脑海里，我听到伊迪的声音说，让我给你一个真正的吻，这是我感谢你的礼物。

谢谢你帮助我抢劫我妈。

谢谢你让我毁了你的生活。

我又吻了一下珍妮，这次更温柔更长久，我想起伊迪把嘴唇紧紧贴在我嘴上，想起我的手指抚过她的肚子，感觉到她的孩子——苏菲——在肚子里。一切似乎都很奇怪且伤风败俗；现在回想起来，我纳闷自己怎么就不知道伊迪一直以来都没干过好事呢。

当我们分开后，我说："我去弄点喝的，好吃这美味。"说完我马上意识到要弄点水，就必须去洗手间，又得站在镜子跟前，可是既已开口，我只好强迫自己两条腿往那儿走。我走进洗手间，在洗手池上掏出两个玻璃杯里的纸，我没有立即往杯子里接水，而是盯着那小木屋的画看，拖延着不想面对那面镜子。不知道这画是谁画的，木屋窗户里透出柔和的色彩，不是你以为的那种黄色，而是紫色光芒，看上去那里很温暖，很安全。我想到从外面看这间屋的黑暗窗户，全都遮起来，它们透不出一点光。

"快点，"珍妮叫道，"比萨很快就凉了。"

我打开水龙头，慢慢把眼睛看回到镜子。再一次，我的呼吸停止、心在"怦怦"直跳，妈妈在那儿，又从镜子里看着我。这次她的脖子似乎松了，耷拉着，跟苏菲的一样。她的头发披在前面，干海草一般干枯易碎，而她的信息似乎变了，也许我上次误解了。她悄声说：

孩子。

也许。

陌生人。

也。

孩子。

也许。

陌生人。

也。

"你在说什么？"我问。

"我说比萨快要凉了。"珍妮对我喊着。

听到这声音，妈妈再次消失在镜中。

镜子里的是我，水从第二个杯子中漫出来，我关上水龙头。

控制住，我对自己说，他妈的回到现实中来。

珍妮跟我在一起，我不想把她吓跑。

"你淹死在马桶里了吗？"她叫道。

我吸了口气，指尖伸到一个杯子里蘸了点水，洒在我脸上。洗礼。

"两杯最好的香槟来啰。"我说着，端着杯子回到床边，尽量把妈妈张嘴悄声说话的形象赶走，她受伤、无助的身体真恐怖。

"啊，谢谢你，先生。"珍妮说，空着的手接过水杯，把它放在床头柜上。苏菲在她的臂弯里很快睡着了。

我好不容易才有点胃口，又被刚才镜中的形象一扫而空，但不管怎样我还是强迫自己吃点东西。我把咸肉挑掉不吃，即使对我来说，它的杀伤力也太大了。我把妈妈的口香糖推到牙齿后头，吃起来。

"你吃完了吗？"珍妮说，第二块我吃到一半时停下了。

"我为那些农场动物觉得难过。"我逗她说。

珍妮也要吃完了——一块素的，一块肉的——她低头看着苏菲。"嗨，小可爱。"她用宝宝的腔调小声说。

"她什么时候能吃真正的食物？"我问，尽量忘掉镜子中的妈妈，把自己放到跟珍妮、苏菲在一起的这间房中来。

"听到了可别害怕，"她说，"得要一段时间。"

我摸摸苏菲缩成拳的小手，她的小手一直这么握着。我希望她能说点什么，希望她能告诉我，她对我们的这次冒险有何感觉，她喜不喜欢跟她的大哥和大哥的新朋友……女朋友一起。"她要多久才能说话？"我问。

"等她一岁时，她就会说'妈妈'和'大大'，"珍妮说，"但要等蛮长一段时间她才能讨论政治问题。"

"她现在会做点什么？"

"会把尿布弄脏，此外，会大哭。"

"你是说她只会拉屎和哭？"

"还有睡觉。她还是个婴儿，她的工作就是这些。"

珍妮在苏菲额头上啄了一下，然后对我说，等孩子开始走路和说话后，我会怀念这段日子的。她说她弟弟们还是婴儿时可爱，他们哭时她总是知道他们想要什么，奶瓶、尿布、婴儿床。他们就需要这些东西。

我想起我妈妈——不是镜子里那个妈妈，而是在第一位丈夫死后刚生下杜鲁门的年轻女人，那时的她一定觉得无助、觉得头昏脑涨，就那样同意将自己的孩子送走。我想起那天在飞机上她一定幸福得昏了头。幸福而恐惧，就像我现在这样。

"我能告诉你点事吗？"珍妮说。

我点点头，还沉浸在妈妈和哥哥的思绪中。我还想为了她，找到杜鲁门——兰德，即使他现在大了，我再次把他想象成从上东区中学校门里走出来的那些完美无瑕的富家子弟。我要告诉他我们的妈妈对她的做法有多后悔，不管他想不想听，我想告诉他她有多想他，到死都想他。

"我知道你妈妈的事。"珍妮说。

她的话给我兜头浇了一瓢凉水，猛然间引起了我的注意。她知道，我猜的没错，我有太多东西想说，解释我为什么在这儿，可我说出口的只有"怎么知道的？"

"报纸。"

"哦。"我说，又一次觉得尴尬起来。我第一次发现珍妮的下巴上有一道细细的伤疤。我仿佛看到她还是个扎着马尾辫的小姑娘，从自行车上摔下来，重重地摔在地上弹起来，出血了，哭了。"那你还来？我是说，你难道不怕？"

珍妮把手放在下巴上，遮住那道伤疤，遮住那个她还是小女孩的形象，她告诉我自她爸爸去世后，她妈妈经常带着她和弟弟们，开车去铁轨。"我们坐在那儿好几个小时，哭啊、看啊、想啊。也许这是靠近他的方法，我猜你也是这样吧。"

她把这说得这般正常、这般简单。

"你在这儿觉得怪异吗？"她问。

我看了一圈这间房，床两边的床头柜，稍远处靠墙的长长五斗柜，全都是用复合板做的，真正的木头，同时又不是真正的木头。"它看上去跟别的房间没什么不同，可我知道这里发生过什么。"我没说妈妈出现在镜子里的事，因为说出来她肯定会觉得我疯了。

然后珍妮又问："苏菲真的是你妹妹吗？"

又一瓢凉水，这次更冰凉更令我震惊。

我好久没说话，我想向她全盘说出发生的一切，但又害怕不知道她会说什么。沉默中，我想最好对她说没错，然后让她走。这是最简单的。

"因为报纸文章上没有提到她，"珍妮说，"要是的话，他们会提到的。还有你在车上的举动，仿佛你以前从没见过这孩子，再加上你妈妈死了……"她停下不说了，她一定从我脸上猜出来这一系列问题让我觉得很不自在。

我喝了一口水，用袖子擦擦嘴，如果她打算留在这里，她有权知道真相。我正要解释一切时，有人敲门。声音把珍妮惊得跳起来，而珍妮这一跳又把苏菲吓哭了。

"送牛奶的。"利昂在外面说。

"没事，"我对珍妮说，"我正等着有人送东西来。"

我把门打开，利昂站在外面，手里拎着一辈子也用不完的帮宝适。他身后，特别生埃德拎着四袋杂货。

"他来这儿干什么？"我对利昂说，"我告诉过你别让任何人知道这个。"

利昂不理我，他和埃德走进门，把盒子袋子放下。"利昂·迪塞尔，"他说，把手伸向珍妮。"我打赌你就是汽车上的那个女孩，多米尼克全跟我说了。"

烦死了。珍妮跟他握握手，说声你好，可我觉得她对他俩怀有戒心。也许我该提醒她利昂会过来，我有太多东西要提醒她了。"认识你很高兴。"这并非她的真心话。

"我可以问你她问的同样问题。"利昂对我说，松开她的手。

"这是我的房间，我决定谁来谁走。"

"放松点，"利昂说，"别发火。我看见埃德在路上瞎逛，所以我搭上他，他还帮我一起买东西，为了你我们把婴儿区的东西都买光了。"

"好像那不会惹人怀疑似的。你和埃德买的尿布够整个格里菲斯医院今后十年的护理了。"

"你知道，平德，你听上去没一点感谢的意思。"

我没吭声，因为再吵也没用，我只是伸手到口袋里，掏出些钱要给他。

"我告诉过你，不要钱。"利昂抬起手说。

"收下吧。"

"这是我送你的礼物。钱自己留着买点大麻吧，你会放松些的。"

我把钱放回口袋，走到窗前，从窗帘和毛毯后偷看外面，前面停车场里空空的，利昂把车停在了后面，至少他做对了一件事。

"你们俩想不想吃块比萨？"珍妮问。

"不，谢谢，"利昂说，"我们还有很多事要办。"

"我要拿一块路上吃。"埃德说着伸手到盒子里抓了一块比萨，还把我之前挑出来的咸肉全捡起来，送到嘴里去了。

"我新车的第一条规矩是什么？"利昂问他。

埃德咬了一口比萨，想着这个问题。"不许在车上吃东西。"他满嘴食物地说。

"错。第一条规矩是不许放屁。第二条规矩是不许吃东西。"

我瞟了一眼珍妮，她似乎没理会他们的马戏表演，忙着打开一盒帮宝适，给宝宝换尿不湿。如果利昂和埃德这两个白痴活宝也没让她发笑，那没什么能让她笑了。

"还没出门，我就把它吃光了。"埃德说，这话倒是真的，他四口就把它全吃下去了。

"我明天再过来，看看你需要什么。"利昂说。

我眯着眼，怒冲冲地看着他，那意思是，要来你自己来，别带埃德。

"别担心，"他说，明白我的意思，"我会一个人来的。"他朝珍妮挥挥手，对她说稍后见，说完他们出了门。

"那家伙是卖东西的吗？"门一关上，珍妮问。

"卖车的？"我说，从窗口看着他们，故意装傻，我也不知道为什么。

"贩毒的。"她说。

苏菲又开始哭起来，我看了看珍妮。她把苏菲放在床上躺着，打开黄色包被，准备给她换尿不湿。"我知道，亲爱的小东西，"她哄着苏菲，"这个世界不公平。一分钟就好，你又可以睡觉了。"

我又看着窗外，看着利昂的车开到前面，"你为什么说他是个毒品贩子？"我问，心想她说得可能没错。

"那辆车、那身衣服、这些东西不要钱，用不着侦察就知道。"

珍妮说话时，我一直看着利昂的梭鱼车，他没把车开上街，而是停在前面，打开车内灯，我看到他伸手到仪表板上的小柜里，把什么东西递给了他的新伙伴，也不知道是什么东西，埃德接过来，下了车，朝我们房间的楼梯走来。

"就好了，就好了，"珍妮对苏菲说，苏菲正放声大哭了一嗓子，"我们就好了。"

我觉得她说得对，利昂肯定在贩毒，不奇怪。然而，我又觉得有点好笑，因为我还记得他第一次买到一小袋大麻时有多紧张，现在他自己是个毒品贩子了。我了解他，他肯定是派埃德回来送大麻的。

埃德正要敲门，我打开门。

"还有件事。"埃德说，从大衣里掏出一包东西，塞进我手中。根本不是毒品，而是一把小小的银色手枪，包在麦当劳的餐巾纸里。还有一盒子弹，藏在麦当劳纸巾下面。我仿佛听到利昂在说：

他们可能追踪你。

他们可能找到你并杀了你。

割破你的喉咙。

"保护自己，"埃德对我说，"利昂说你该拿着它以防万一。"

我以前拿过一次枪，手中这把枪的分量让我想起过去。有一天爸爸回家带着把史密斯威森手枪，是他打牌赢的。我当时只有九、十岁，他带我去垃圾场，我可以在那里开火。跟那次一样，我拿着这东西很紧张。我担心这金属家伙不听使唤，随时会意想不到地发疯。也许我自己会失控，会发疯，一冲动随时扣动扳机。你只要拿稳它，瞄准，爸爸那天一直说。我按他说的做，可我的目标是——一张没有抽屉的破烂五斗柜、一张变了形的床架、不知道是什么、闪闪发光的一堆垃圾——全都完好无损。我每次都没打中。因为你害怕，爸爸说。没关系，你会学会的。只是他以后再没拿出来过，妈妈讨厌看到那东西。我也从没学会过。

"利昂怎么会有这东西？"我问埃德。

"没收了他妈妈的新男朋友的。我们在采石场打过几次。哦，他让我还给你一样东西保护自己。"埃德伸手到口袋里掏出另一包放在我另一只手上。特洛伊避孕套，有螺纹的、润滑的。"利昂让我告诉你，我们家里孩子够多了。"

我身后，珍妮正忙着苏菲。我把盒子塞进运动衫口袋里，但愿她没看见。我拿着手枪和子弹的手僵硬了。"告诉利昂，我很感激他的关心。"我说着，朝咧嘴笑着的埃德"砰"地摔上门。

"回见。"埃德在外面说，然后"咚咚咚"下了楼梯。

"我讨厌枪，"当我转过身来，珍妮说，"我只想告诉你，我讨厌枪。"

"我也是，"我对她说，不知道她有没有看见避孕套，她没提到它们，"别担心，我会扔掉它的。"

我在房间里四下看看，拿着这把死沉的东西，觉得我的身体也绷紧了。我想把它从抽水马桶里冲走，像一条死掉的金鱼；我想把它扔到窗外去，可是枪走火了怎么办？我走到壁橱那儿，想把它放在橱柜顶上，明天再还给利昂，要不永远扔掉。这时我突然发现壁橱后面有扇门，我转动门把手，一推，门开了，我走进漆黑的隔壁房间。从壁橱里透出的微弱光下，我看得出这间房跟5B房几乎一模一样，除了那幅小木屋画挂在床上，而且这画和地毯都不是新的以外。

"多米尼克？"珍妮叫道，听着比实际的她要遥远。

"这儿有扇门，"我叫道，"它是开的，通到隔壁。我在这边。"

我走到后窗那儿，往外看，外面是后停车场，就在下面有个大大的垃圾桶。从我站的地方，我很容易就能打开窗户，把手枪和子弹扔到里面。然而，尽管我拿着枪很不舒服，我还是觉得，应该留下它。这不是我妈的声音或什么征兆，而是我自己的直觉。毕竟，谁知道会发生什么，谁知道我什么时候用得上？以防万一，就像利昂说的。

我走到五斗柜那里，拉出最上面的抽屉。里面又是一本电话簿和一本《圣经》。我随便翻开《圣经》，把手枪和子弹藏到里面。

"以防万一。"我大声说。

《圣经》无法再完全合拢，可我还是把它放回抽屉，然后从壁橱里走回我的房间，在我身后把门关上。

"你扔掉它了？"珍妮问。她给苏菲换完尿不湿了，又抱着她。

"扔掉了，"我说，不想让她着急，"我打开隔壁房间的窗，下面就是垃圾桶。"

"扔了最好。"她说。

我看了一眼手表。10∶30。我想起开门时珍妮说的：如果我午夜还没回家，我就会变成个南瓜。一想到她要走，我顿时觉得好孤单。我真不愿今晚只有我和苏菲睡在这里，真不愿想到妈妈的鬼影在呼唤我。

趁着珍妮转过身打开吉他盒时，我把避孕套塞到床下。并非我不想跟她做爱，我是说，在我看来，她越来越漂亮了，而她那两个软软的乳房一直吸引着我的视线。只要跟她在一起，就能让我忘记——哪怕只有一小会儿——我的生活乱成什么样了。但是一想到在妈妈去世的房间里做爱就觉得太过怪异，如果我打算跟珍妮做爱，我想那一定得完美无瑕。我不想像那晚跟伊迪在一起，让自己早泄在裤子里，胃里还翻江倒海般难受。再说——倒不是要跟利昂和我爸爸那帮家伙有所不同——我们下午才真的认识。尽管她很开放，我不知道珍妮想不想这样，或者有没有一点点这种想法，跟我做爱。

"你上哪儿都带着这东西吗？"当珍妮把吉他拿出来，我问她。吉他弦下，是张着大口的琴肚，一个黑洞对着我。喔喔喔喔喔喔喔喔，我想象着它不停歇地呜咽着，喔喔喔喔喔喔喔喔。

"事实上，我是的，"她说，"它是我最好的朋友。"

我问她是不是打算为我演奏一曲，她说她今天在车上已经为我表演过一次了。"跟我约下次吧，我只是想把枕头放在这里，用我的盒子给苏菲做个小摇篮。我们可以把它放在暖气边上，她会暖和些。"

我正希望这样：如果苏菲睡着了，珍妮可能会把她的吉他盒留在这儿，明天回来取。也许她可能就此留下来。

"你是专家。无论你想什么都是最好的。"我等着她接着问利昂和埃德来之前的那些问题，可她沉默着只字不提。我们用隔壁房间里的毛巾当毯子，为苏菲做了个小床，把她放在下面睡。当苏菲不再闹了后，珍妮进了洗手间。我想她会看镜子，如果她看到我所看到的东西，听到那些奇怪的话，会有何反应。

一会儿后，她出来了，头发梳到脑后，这样子让我想再亲她，想抚摸她的皮肤。她坐在床上，坐在我旁边，我们的头靠着床头板上的枕头上。我望着白色天花板，数着那上头的斑点，努力让自己思绪平静下来。

"那你准备告诉我苏菲的事了吗？"珍妮终于问。

我早就准备好了。我吸口气，开始从头说起来。"去年夏天我妈和我到处找我爸，我们在汉诺威他平时喝酒的地方找不到他后，我说服妈妈开车去谷仓路他女朋友家……"

我说的时候，珍妮安静地听着，但她跟利昂不同，她不时打断我，问问题。"你一点都不知道你妈妈怀孕了？……伊迪提到过搬到纽约去吗？……你觉得你爸爸真的打了她？"

不。

不。

我不知道。

我尽可能地回答每一个问题。等我说完这个故事，我发现自己哭了。该死的罗吉特，他走出这里，扔下我妈在这里等死，却不受谴责。我想抓住他，我对珍妮说，可我不知道该怎么做。我越是努力地向自己保证要埋葬这份感情，它越是喷涌而出。在她面前我那般崩溃简直不如杀了我，我一塌糊涂、脆弱的样子她全看到了。

然而珍妮似乎不这么想，她让我把头枕在她肩上，抚摸着我的头发。"没事的，"她说，就像对苏菲那样，"一切会好的。"

我们就那样待了一会儿，她安慰着我，我听到她毛衣下有节奏的心跳声。房间里安静极了，屋外偶尔有车开过的声音。我又累又伤心，就那样跟她躺在一起好久。我觉得自己裤子里又变硬了，不是平时的那种冲动，我们躺在那里，它来得缓慢却强烈。可笑的是它居然与其他情绪一起来了，我的头离她柔软的乳房那么近，我无法平静，然而我对自己说忍住，这间房里不适合这样做。所以我只是让自己飘浮在那种离她很近的感觉之中。

她的手抚摸着我的头发，碰到我的额头。

我的手搭在她的肚子上，随意地玩着她毛衣的袖口。

慢慢地我思绪飘浮，快睡着了，珍妮在昏暗的灯光中静静地说："多米尼克，你得把苏菲送回去。"

我头猛地一摆，看着她，突然醒了。"你在说什么？我以为你站在我这边的。"

"我是的，"她小声地说，不吵醒苏菲，"可是，多米尼克，那孩子才只有一个月大，她需要妈妈，她需要看医生，她需要很多你无法给她的东西。"

"我会给她找医生，我会把一切弄妥的。"

珍妮坐起来，两臂抱在胸前，盖住了乳房上的雪花。

"难道你不明白我在说什么吗？伊迪利用了我。她骗我偷那些钱，我可怜的妈妈被骗走了她的第一个孩子，然后我又欺骗了她，而她的第三个孩子……好了，我们知道发生了什么。再说，伊迪住在那种毒贩窝里，苏菲应该过得比那好。"

"过得好就是住在这样一个废弃的汽车旅馆里吗？这儿是特殊招待，从这儿她能去读寄宿学校，是吗？"

"这只是暂时的。"我对她说，想象着树林里埃德爷爷家的小木屋里射出同样紫色的光芒，我第一次想到我是不是能从伯单家弄到钱，用它开始新生活。"我有计划，我们在这里只是停一下，然后就走。"

珍妮的脸色变了，一丝吃惊、一丝失望，她声音更小了，问我："你去哪儿？"

"我不能告诉你，因为你又不能跟我们一起。"

"那你就打算抱着孩子远走高飞，"她很生气，"那真的能解决你的问题吗？"

"我没有说我把问题全解决了，但我知道我只能这样做，这样是为了补偿我妈，为了从伊迪手中把这孩子救出来。"

珍妮望着变成摇篮的吉他盒，鼓鼓的那块是苏菲。街上一辆卡车呼啸而过，一切重又安静下来后，我听到孩子轻声的呼吸，也许我不该把一切告诉珍妮，事情太多了，谁也不理解。我能指望什么呢？

我看看表，12点差一刻，再过15分钟，珍妮就要变成南瓜了。我想起汉斯和格列塔，他们把面包屑扔在身后当标记，当他们消失在森林深处后，一只深色的鸟扑扇着翅膀，俯冲下来把面包屑全吃掉了。"听着，我很抱歉把你卷进来。"我对珍妮说，我们俩同时看着苏菲，我恨她不站在我这一边，可是我又需要她。只要想到我一个人在这间房里，没有她，我就觉得很孤单。我咽口口水后说："如果你现在想走，就走吧，忘了我，我能理解。我不该把你拖进这件事里来，但如果你今晚想留下来和我在一起，我……我很愿意。"

看来珍妮真的在脑子里考虑这种可能性，她眼睛一眨不眨地盯着苏菲。我不知道她是否把整个处境当成另一次正义运动，另一场为之斗争的运动。我仿佛看到她的抗议标牌上写着：把苏菲归还给她合法的主人……让宝宝回家……她看苏菲看了好久，最后总算看着我说："只要你答应我这个，我就留下来：你要考虑一下把她送回去，只要考虑考虑。就这些。"

"你妈妈怎么办？"我问。

珍妮笑了，像在汽车上她告诉我她妈妈的情况时一样，她提到她妈妈时，就像悲伤之中有可笑之事一般，我不太懂。"也许我不在家还能让她注意到我，她会发现，虽然爸爸去世了，可我没有。而且，现在放寒假，我没课上，但你会不会想想我刚才说的话？"

我搂着她，把她拉近我，觉得我自己又硬了。她闻上去有一股汽车旅馆香皂味道，她刚才洗手来着。这么近，我又能看到她下巴上的伤疤。我脑子里再一次想到她还是个小姑娘时在游乐场上摔跤的样子。她说的有道理，就像我舅舅在新墨西哥露面时，对妈妈说的那番话一样有道理。可是我知道理性的选择未必是正确的选择。看看它是怎么伤害妈妈的，如果我把这孩子送回去，我会像妈妈一样后悔，悔恨终生。所以，不行，我不能考虑送她回去。"你得明白，我妈的死全是我的错，"我说，尽量让她站在我的角度看问题。

"这不是你的错。"珍妮说。

"那是谁的错？"我问她。

"你真的想听这个答案吗？"

"是的，"我告诉她，"我想。"

"我觉得是这个世界的错。"

"这个世界的错？"我说，觉得她根本不明白我刚才告诉她的事，"那可真有道理。"

"听我说。全是这个世界的错，因为它对妇女们做出这样的规定。你妈妈没有任何选择，所以她陷在很多困境中。如果她能离开你爸爸，找到一份体面的工作，她可能有机会。但实际上一个女人不可能带着孩子独自生活，尽管我很生我妈的气，气得要死，我明白没有我爸她过得有多难。女人薪水低，女人得不到同样的机会，如果堕胎合法，那你妈妈可以找个医生，或去诊所，就可以很安全地动手术了。"

"可孩子怎么办？"我问她，想起美国广播公司的那个牧师。

"你是说，'胎儿怎么办？'我不打算声称我知道生命从何开始，但我知道它从哪里结束。像你妈妈那样的女人，就因为她无法为自己的事情做主，生命因此结束。"

我什么也没说，珍妮似乎完全给鼓动起来，我想起她的标语牌和汽车贴纸。她向世界开战。我又想起妈妈和我在警察局拍卖会上第一次看见她的场景，我妈当时怎么说的来着？我喜欢一个女人为她的信仰而战，类似这样的话。

"别这么沉默，"珍妮对我说，"当我谈论这个世界时，男人们总这样。我是说，难道你们不读报的吗？难道你们不思考这些事情的吗？"

我想起刚认识伊迪的那会我是读报的，我想起所有那些遥远国度的新闻标题，这个世界如此巨大、难以预测、无法明白、无法思考。

"我想思考，"我对她说，"只是没有答案。"

"我也是。"她说着又转过脸对着我。

"99%的没有答案，对吗？"

"99.9%。"她笑着说，我们之间的气氛缓和下来。

我不知道再说什么，所以我靠过来，嘴贴在她嘴上。我们吻了很久。这次我想起伊迪告诉我的，我能提供一个吻，而它会让你下次交新女朋友时应付自如。我以为那一天永远不会来，伊迪是唯一令我有这种感觉的女人。珍妮太小、太柔嫩了，接吻时她没有那么急不可耐，我对她的感觉跟伊迪的既相同又不同。

当我们分开后，我在嘴里四处找妈妈的口香糖，刚才我忘了像我吃饭时那样把它推到一边。

"怎么啦？"珍妮问。

"我的口香糖，不见了。"

她伸手到嘴里，拿出那块口香糖，咧嘴笑说："你找的是这个吗？"

"是的。"我说。她不知道这块嚼得过多而无味的口香糖对我的意义。

"这是什么味的？用了一周的橡皮味？"

"我嚼了好久。"我说，因为我无法解释。

"那好，让我们把它放在床头柜上，"她说，把它粘在我的空玻璃杯上，"也许下次你的毒贩朋友路过时，你可以请他给你买点。"

没有了口香糖，我的嘴无聊又空虚，就好像我没了牙齿或没了舌头一样。我不能扔掉它，我对自己说，可是我决定暂时就把它放在珍妮放的地方。一天下来，我俩都太累了，只能静静地躺着不动，在床上互相搂着，很快就睡去了。我在想夏天住在汽车旅馆里的那些家庭，孩子们太兴奋睡不着，想的全是第二天要去赛道看比赛，想着赛车"嗖嗖"地呼啸而过，只有一团光影。

"你还没回答我。"珍妮在我耳边低声说道，我晕晕沉沉快要睡着了，想着那些赛车，我知道它们是用废旧车改装的，赛后被拆零重新做成更强大的东西。

"关于什么的答案？"我问。

"关于你是不是愿意考虑一下把苏菲送回去的事，你不是保证过至少考虑一下吗？"

"是。"我说。我想着我在森林里沿着一条黑暗的小路走下去，牵着珍妮的手，我们在骨头样的白桦林里这样走，那只童话里的黑鸟扑腾着大翅膀跟在我们身后，离我们不太远，啄着我们路上留下的痕迹。"我会想想的。"

"你保证？"她悄声说。

"我保证。"我是当真的，说完我睡着了。

九

在汽车旅馆过的第一夜，我梦见地上的鲜血，不是妈妈死后被冲干净的血迹，而是第二次事故后发着光的一摊血。红红的发着磷光，像我去找爸爸时，在酒吧里偷的那些把我的手和运动衫口袋染得鲜红的樱桃汁。血的形状一开始像红衣主教的帽子，和苏菲差不多大小，不久它扩散开来，变形成闪亮、腥红的灯，从天花板上闪着微光，把墙壁也给涂成了红色，就像我舅舅家的墙壁一样。

我醒过来，天还没亮，苏菲哭了。珍妮没动，所以我决定自己下床看看苏菲哪里不舒服。我记得珍妮说过，她的弟弟们刚到这个世界时需求有限，奶瓶、尿布、摇篮。我小心地抱起苏菲，给她换尿布我还不太在行，所以我试着把奶瓶给她。幸好，这似乎就是答案。她开始吸起来，我则撩起窗帘和毛毯一角，望着窗外。停车场上，以前罗吉特最喜欢停在那里逮超速者的地方，一根树枝掉在那里，风吹过老如枯干一般的枝桠。这时苏菲又开始闹起来。

"怎么啦，小外星人？"我悄悄地说，"不要哭，我抱着你的。"

这样哄着，她又开始吮着奶瓶了。我觉得自己对带小孩这事有点开窍了，要是我能习惯她的脆弱就好了，每次把她抱在怀里时，我身体僵硬，总害怕抱她的姿势不对，弄伤她。我知道珍妮曾告诉过我，孩子们比他们看上去要结实，可苏菲看上去就是一团皱巴巴的肉，我难以想象她会很结实。在我看来，她胸口中的心跳太微弱，她的肺不会比小猫的大，我把鼻子贴在她柔软的包被上，闻着她甜蜜而单纯的气息。

新皮肤，新骨头，新呼吸。

口水和眼泪。

配方奶粉和爽身粉。

我望着黑暗的屋子，这时珍妮睁开眼睛，看着我。我知道她一定在想：你得把孩子送回去。也许，我第一次承认，也许她是对的。我把苏菲再抱近点，如果我带着她，我能给她什么？我无法照顾她，无法养活她，无法做她的父母。可是只要想到把苏菲送还给伊迪，我便气得要命。

我只是受不了这个。

一定还有其他选择，我还没想到的其他选择。

"婴儿照料第三课，"珍妮说，打了个呵欠，"新生婴儿很少能睡个通宵。"

我走向她，坐在床上，苏菲还抱在怀里。她正全力吸着奶瓶，吮吸声让我想到玛妮的猫米尔基，它以前舔牛奶时就发出这种声音。如果不是玛妮那么固执，非给那只猫自由，它现在可能还活着。玛妮住得离高速公路那么近，给动物自由就像是死亡判决。

"你睡了会儿吗？"珍妮问我。

"是的，"我说，"但做了个噩梦。"

"关于什么的？"

我看着珍妮的眼睛，她正望着头顶巨大的虚空发呆，好像那里是外太空，是天堂，是地狱。一辆车经过，在我们头顶上织出一张光网，变化着形状，又逐渐消失。我心里牢牢记住要把毛毯和窗帘遮好再睡。"这个房间里好多血，"我告诉她，"开始是地上的一大块，然后血流到整个房间都是，还发着光。”

珍妮把手放在我肩膀上，我想她不知道说什么好。

我们沉默了一会，我听着苏菲吸着奶瓶，发出米尔基的声音，尽力想甩掉梦里的那片鲜红，甩掉镜中妈妈的影子。

孩子。

也许。

陌生人。

也。

“你相信预兆吗？”我问。

“什么意思？”珍妮说，翻过身对着我。

“比如你生活中有些东西——事件和兆头——好像在指引你去某个地方。”

“你是说，我相不相信事情的发生都是有原因的？”

我不是那么问的，不过我还是对她说是。我等着她的回答，同时看着苏菲在呼吸，她的身体像片面包，在炉子里热气的蒸腾下，吸气时升起，呼气时落下。

“我猜我觉得事情注定如此。这是命。”珍妮想了一会说。“还有些事情取决于机遇。谁知道那背后的因果？”

我想把上个月的生活拼凑起来——伊迪家院子里插着“出售”标牌，那些怀孕的妇女走进医院，《新闻周刊》记者打来电话，我一直相信这是妈妈在给我指路，相信我注定要跟随这些信号，然而我又想，如果只有我这么觉得呢，毕竟，如果妈妈在引导我，为什么她不在镜子里准确地告诉我她想说什么呢。

不知道珍妮会怎么来认定我过去一年的事情，是命中注定还是偶然？

接着我又想到在汽车上珍妮坐在我身边，我问她：“你觉得我们今天的认识也是注定的吗？"

珍妮沉默了片刻。

"我能理解成你不这样认为吗？"我说，觉得这样问很傻。

她笑了。"也不是，我只是得再想想，我还不知道。"

其实我也不知道，但我希望今后某个时候我们俩的答案都是"是的"。我没再说什么，默默用手轻轻摸着苏菲柔嫩光滑的皮肤。"我妈相信预兆，"过了一会，我在黑暗里说，"她有一次告诉我，如果我仔细观察，生活总是会在我面前留下一些预兆，告诉我该往哪里走。现在她不在了，我一直在找这些预兆。"

"我爸死后，我总那样想。我想他如果真的爱我，他会找个方法从另一个世界跟我联系。我想，好吧，如果你听得到我说话，让太阳从云后面出来吧，或让电话铃响起来吧，可什么都没发生。"

此刻我非常想告诉她我在镜子里看到的形象，但又害怕她觉得我脑子有问题。"你是不是说，你不再寻找他了？"我问。

珍妮伸手到床边，抓起她的包，掏出银色香烟盒，就是那个在汽车上她弹开来又合上的那个。"看见上边的字母了吗？"她说，指着盒盖上刻着的M和G。

我点点头。

她告诉我，这两个字母是她爸爸的姓名缩写。迈克尔·盖维。他以前用这个烟盒装香烟也放吉他弹片，现在珍妮不管去哪儿都带着它，当作对他的纪念。"我觉得我在他死后留下的东西、他教过我的东西上看到了他，而不用去云里找，放手让他走对我来说更好些。"

苏菲喝完奶，我站起来把她放回临时摇篮里。我想起妈妈，努力想让她走，但还是觉得她离我太近，她的灵魂还盘旋在我头上，像红衣主教的红帽子，要怎样它才能坠落到地上，她才能从这世界中解脱而去呢？我想，当我带走苏菲，当我向妈妈证明我错了、我不该偷那笔钱时，她才会解脱。也许她会永远悬在我头上，成为我背上看不见的沉重包袱，就像那帮在地狱厨房里跟踪我的孩子们愤怒的眼睛。

"等等。"我正要把苏菲放下，珍妮说。她把她爸爸的烟盒放在床头柜上，紧挨着放着我妈口香糖的玻璃杯。"你要先给她拍拍背，让她打嗝。"

珍妮告诉我怎么做，我轻轻地拍着苏菲，直到她打了好几个宝宝嗝，我们听到都笑了，苏菲在我肩上吐出一些奶泡，珍妮站起来，抓过一条毛巾，给我和苏菲都擦干净了。

"好了，"她说，"我的两个孩子都焕然一新了。"

我把苏菲放进珍妮的吉他盒摇篮里，回到床上躺在珍妮身边，搂着她。离她这么近，我闻到她毛衣上淡淡的香水味，还是她在汽车上擦的，除了那股味道之外，还有一种完全不同的味道，也许那是她家的味道，像手洗的衣服，没有吸过尘的地毯，特大号锅里炖着的供那么多张嘴吃一周的菜。不知道珍妮洒那种香水是不是想掩盖那些气味，让自己变成与利托街少女不同的人。这样想着我把她搂近了些，我满脑子里都是珍妮望着天空里的云朵，等着她爸爸让太阳从云朵里钻出来的样子，真让我心痛，因为我明白她的感受。"你爸爸长什么样？"我问她。

"你想知道什么？"

"什么都想知道，"我说，"跟我说说他吧。"

"那好。他是个了不起的音乐家，只要你说得出名字的乐器，他都会弹；他热爱各种艺术，音乐、油画、舞蹈；他还爱谈论时事。我爸总是要我大声说出我所相信的东西，我相信大部分女孩听不进去。他崇尚自由，我估计你会把他叫做嬉皮士。"

　　我想起爸爸把她住的那条街称之为嬉皮街，不知道他有没有在镇上遇见过盖维先生。"你说你妈在他走后变了，但对你来说，可有什么事情回到正常中来的，哪怕是接近正常的？"

　　"几乎没有。"她说。

　　"什么意思？"我想知道，因为我在乎这个。我需要知道，因为我无法想象我的生活再也回不到正常中去了。

　　"嗯，首先，他不会送我去圣巴斯霍罗缪。"

　　不是我期待中的答案，然而我也不太知道我在等什么。"那你为什么去那儿？"

　　"我读了几年小学后，爸妈决定在家里教我，可是爸爸死后，妈妈有太多的事情要做，她又想把我送回学校。只是老师不太喜欢——"她伸出食指和中指，把接下来几个字用引号括起来——在家读书这种"嬉痞疯癫"的念头。那家伙想让我留几级，最后我去了圣巴斯霍罗缪，我参加考试，实际上他们还让我跳了一级。妈妈告诉我别理那些宗教的东西，专心学其他的。不幸的是，那里除了宗教很少教其他东西，好在没有留级。

　　"至少你穿着校服挺可爱。"我说，想起那天在汽车上她穿着羊毛衣和格子裙上车的模样，她去洗手间换衣服，就像超人在电话亭里变形一样。

　　珍妮呻吟着说："哦，我恨那可笑的外套。"

　　"真的，"我说，逗她玩，"你穿着真合适。"

　　她好像真的受不了这想法，"如果你再说一遍，我没别的办法，只好把你的嘴封起来。"

　　"你穿着真合适。"我板着脸重复了一次。

　　"住嘴！"她说，抓过一个枕头，用力压在我脸上。

　　"好了！好了！我是开玩笑的！"我把她推开，用手指戳戳她的肋骨，"我们只是让你放松一下，盖维小姐，你太严肃了。"

"很好笑。"她说，转动着眼睛。

她的笑容让我又凑过去，再吻她一下。我们的嘴立即张开，我的舌头滑进她唇间，她的呼吸又暖又湿，我们亲吻时，我觉得我的身体在发热。

我紧紧地贴着她的胸口。

我们的腿在床上碰到一起。

我的手指滑过她光滑的头发，我们用力地吻着，无法缩回自己，我把手放到了她毛衣前面，手掌滑向她的乳房，比我想的要大，我用手指抚弄着她的乳头。我把她搂近时，她阻止了我。

"等等。"

我的手抬起来离她的身体一两寸远，像个被当场捉住的贼。"对不起。"

"不是的，没关系。可是……只是……我，你知道，我没有——"

"我也是。"我承认，立即又觉得这种事我不该承认，天知道利昂从来不会承认的。

"我喜欢你，多米尼克，"珍妮说，"但我们不该这么快。"

"我同意。我是说，不管你说什么，你都是对的。"

"我们可以再接吻，好吗？"

"听上去不错。"我说，重新把嘴贴近她的唇边，其实我也不知道我有没有做好再进一步的准备。尽管我挨着她很兴奋，可想到在妈妈死去的这间房里做爱，想到做爱这么真实，还是有点怪怪的。

我们这晚没有再睡了，好几个小时的接吻、说话。苏菲不时醒来，我们检查一下，再把她放进去安顿好，又继续我们的轻声细语、亲吻抚摸。我告诉珍妮我还记得去年在拍卖会上见到她，她说她也记得看见了我。我告诉她我妈想买警察局的打算，告诉她舅舅家那个可笑的清洁女工，我们都笑了，还笑我们的巴士司机克劳德。我们又谈起伊迪，我说以前躺在伊迪床上摸着她的肚子感受苏菲在里面动，谈到我偷听到她打电话时的震惊。而珍妮跟我说起她妈妈和弟弟们，她妈妈是怎样靠药维持麻木状态；自从她爸爸去世后，他们有多悲伤。她告诉我，她爸爸还活着时，常常带她——只带她一个——坐车去纽约看演出或逛博物馆。她太怀念那些时光了，我们就这样搂在一起说着话。我忘了把窗帘拉严实，阳光不久就从窗户里照进来，我们沐浴在光明中。

我们就那样过了三天。

接吻。

说话。

睡觉。

看电视。

照顾苏菲。

珍妮没有走。有一次，我在洗澡时，听到她给她妈妈打电话，她们在争吵。后来我问珍妮怎么回事，她只是耸耸肩，没有说，我也不再问，我不想让她为此想太多，最后决定回家。她知道她在做什么，而我有种感觉，留在这间汽车旅馆里，对她来说似乎又是一场抗议，她在抗议她妈妈两年前就离她而去，不再管她。

利昂每天晚上过来看看，带点我们要的东西来。他趁我爸不在家时，飞快地从我家拿了几件衣服出来，更多的比萨，还有中国快餐、苏打水、咸饼干、牙刷、牙膏。所有东西全免费。我再问他埃德的木屋，他说要看看，还说我如果想借埃德爷爷的木屋，我得对埃德好点。虽然我觉得我不会去那里，我还是保证了，倒不是因为我从妈妈那里看见了更多的信号，告诉我接下来怎么做，因为无论什么时候我再走进洗手间，只有我自己那张期待的脸从镜子里看着我，我开始相信那只是我的想象而已，想象听到她说话而已。

每天傍晚时，我和珍妮会轮流到外面走走，呼吸一下新鲜空气，留下一个待在房间里照看苏菲。散步是珍妮的主意，她觉得我们如果一直关在那间昏暗小屋的话，可能会疯掉。汽车旅馆的后面是片树林，窄窄的积雪小路通向一个池塘，池塘表面不像平滑的白色溜冰场，倒更像银河系里的地貌。风雪留下了些突起和凹坑。每当轮到我散步时，我总会沿着小路走到池塘那儿，走到冰面上。我脚下，黑色潭水死一般沉寂，在等着我，等着我们大家，甚至等着刚刚出生的苏菲。我总是穿着靴子在上面滑过，然后在池塘边的一棵树干上坐下来。太阳照过来，我呼出一团团热气，我想着发生的一切，想接下来该怎么办。

冰面下有十几条金鱼，大小跟鲑鱼差不多，这是冬天，它们还在冰冷的水里游来游去，真怪。然而它们就在那里——在冰面下明亮的橙黄色焕发出生命，从汽车旅馆的金鱼主题来看，它们一定是弗勒老头养的。我从没见过这么大的金鱼，我总是盯着它们看，脑子里想着那些问题，再慢慢走回房间。即使我没有想出什么办法，往回走时我却很开心，以我目前的处境看，我居然能很开心，真奇怪。但是只要我还能跟珍妮和苏菲再过一个晚上，我就很开心，像一个男人回到他爱的家人身边时那种感觉。我对自己说：妈妈跟杜鲁门度过了快乐的一天；我跟珍妮和苏菲过了三天。

三天，就这么多。

尽管我觉得快乐，可童话里那只讨厌的鸟在我们身后一点点啄食的感觉越来越强烈。我知道我多少意识到这种生活早晚总会结束的，伊迪在找她的孩子，我得马上做出决定，所以在最后一次的午后池塘之旅时，我终于想好该怎么做。

我跟珍妮差不多一整天都在笑，她想教我优特尔，但没成功，说我听上去像只快死的山羊。我们看电视《价格猜猜猜》，跟鲍勃·巴克尔和那帮观众一起猜。珍妮打我的屁股，顺手赢走了一台洗衣机、干衣机和一辆崭新的汽车。吃完利昂前一天给我们带来的三明治后，我们跟苏菲一起玩一会儿，如果你把手指放在她手里，她会轻轻地捏着它，有点紧。由于这是除了把我们耳膜吵破的哭声之外，她的第一个重要的生理壮举，珍妮和我印象深刻。当苏菲玩够后，我们把她放下睡一会儿，而我们则穿过壁橱，走进隔壁房，在那边的床上玩一会。后来我跟珍妮说，在这间房里，离我妈的悲剧远一点，才让我放松些。后来我俩都睡着了，醒来时，珍妮建议我先出去走走。

我朝结冰的池塘走去，坐在树干上，望着下面那些肉肉的金鱼，我又看到她。

妈妈在冰面下。

她脸朝上浮在那里，头发湿湿的纠结在一起，满身是水，在我身边漂浮着，说着我到她房间第一个晚上她在镜子里说的那些话，只是这一次，我没让恐惧分心，我盯着她的嘴一张一合。这次我终于听懂了。

她不是说：孩子也许陌生人也。

她在告诉我：

孩子。

也许。

危险。

和。

你。

一起。

这个信号我等了好久，但危险是什么？

我的心"怦怦"直跳，在冰面上跌跌撞撞一路追她，我滑倒，胳膊肘重重地撞在冰上，而妈妈却飘进池塘灰色泥淖中去了，我眼睁睁看着她蓝色的腿消失在一丛水草里。

"你没事吧？"一个声音说。

我一仰头，看见珍妮站在池塘旁，"苏菲在哪？"我气喘吁吁地问。

"她睡着呢，利昂来了，我让他跟苏菲待几分钟，我出来找你，到屋外透透气。"

"她还好吗？醒来怎么办？"

"我跟利昂说了，如果他需要我们，就把窗户打开。别担心，一切都好。"

"我们该回去了。"我说，想着妈妈说的话。

"放松点，如果她醒来，利昂会叫我们的，"珍妮说，"你在看下面的什么东西？"

我舒口气，尽量相信珍妮。我心里清楚不管妈妈说的危险是什么，肯定比苏菲醒后只有利昂在房间里更危险。我盯着冰面出神，不出所料，妈妈不见了。但那些鱼还在那里，一条红鱼——不是金色也不是橙色，而是火红色——一直在我下面。"我在看这条鱼，"我说，"我奇怪它们冬天里怎么还活着。"

珍妮走出来，上到冰面上，滑向我。她做出花样滑冰的姿势，旋转着，两手向前伸出。"我来看看。"说着屈膝跪在我身边。

"就在那儿，"我说，"看。"

我们看着那条红色的鱼，它的腮偶尔鼓动，用它奇怪的方式呼吸着。珍妮说："我猜它们会自我调节，可以忍受寒冷。"

我们看了一会，等着鱼动一动，或做点什么，可它就待在那儿一动不动，睡着了似的。

"我一直在想，"我们望着冰面，空白的镜子里没有我们的倒影，我对珍妮说，"你说要把苏菲送回去，也许是对的，也许她在这里不安全。"直到话已出口，我才发现我已做出决定，是妈妈说服了我。我要在出错前改正我所做的事，把苏菲还给伊迪似乎是唯一实际可行的事，哪怕我感觉失败。

我们站起来，珍妮双手搂着我的脖子，我放低手搂着她的腰，我们贴在一起。"我知道很难，"她在我耳后说，"但这样做是对的。"

本以为做出决定会让我觉得轻松不已，但是，不，实际上我觉得被无望压扁了。我发现把苏菲送回去也就意味着放走珍妮，我们在霍利多汽车旅馆的临时生活就此结束。我松开手，仔细看着她。她穿着我的牛仔裤，那是利昂带给我们的，裤子对她来说太大了，裤边长过鞋子，扫到冰上。她的脸颊给冬天的空气冻得通红。珍妮最让我觉得酷的一点是，她把自己全部展现在我面前。许多女孩似乎只展现她们的某种性格，然后就缩回去了。而珍妮不同，她真实、她诚实，她有什么说什么，即使人们——包括我——不喜欢。但她有自己的一套看法，也知道放松，享受生活。看着她，我对自己说，在我送回孩子——就像妈妈送回杜鲁门后——不管发生什么，我会永远记得和她在一起的这段时光。

"你想回去了吗？"珍妮问，"除非你是条金鱼，不然你肯定冻僵了。"

利昂并非玛丽·波平斯①，我想我们最好回去。我牵着珍妮的

---

① 玛丽·波平斯：著名童话《随风而来的玛丽阿姨》中的女主角，是拥有魔法的保姆。

手，我们走过冰面，小心往前挪，免得失去平衡而摔倒，我们看着脚下，快要离开冰面时，珍妮停下来，"看，"她说，指着天空，"开始下雪了。"

轻轻的雪花落下来，落到裸露的树枝上、树林里的地上，发出最轻微的声音。会不会有这样的时候，下雪不会再让我想起看到妈妈躺在地上的尸体？我们在结冰池塘的边上站了好久，听着下雪的声音，让湿湿的雪花落在我们脸上，融化在我们暖暖的皮肤上。于是我拖起珍妮的手，她跟着我穿过树林往回走。穿过树林时，我想起玛妮，她曾跟我说过，我可以住在她家，不知道这话还算不算数。实际上，奇怪得很，我有点想念宾果女王了。

我们在汽车旅馆的一角停下，确信没车经过时，再飞奔上楼。当我们到门口时，珍妮闪到一旁，要我开门。"为什么？"我问。

"开门，"她说，"你就知道了。"

我转动门把手，推门进去。一打气球飘在天花板上——粉红、白色、红色、蓝色、绿色，五斗柜上有一碗薯片和蘸汁，六罐装的胡椒博士，两个小礼物用褐色购物袋的纸包着，一个蝴蝶结扎在苏菲的吉他盒床上。

"生日快乐！"珍妮和利昂异口同声地说。

我的生日，可惜是明天。我想我没必要告诉他们搞错了日子，提早开派对也不错。珍妮抱起苏菲，把她交给我。苏菲的一个腿上也系着蝴蝶结，我把它摘下来，系到珍妮头上。我在苏菲柔嫩的小脸上吻了一下，我听到妈妈在对我说，苏菲跟我在一起有危险，尽管送她回家简直要我的命，我还是得送。

"给你，寿星。"珍妮从五斗柜上一把拿起礼物，递给我，又接过苏菲。"是我和豌豆送给你的，记住，这是个低预算生日，我没机会去布鲁明代尔商场。"

我撕开包装纸，里面是六盒十二个装的口香糖，不是黄箭牌，而是各种口味的芝兰口香糖，还有就是些苏菲、珍妮和我的小画像。珍妮自己画的，画中她穿着百褶裙和深色毛衣。气球对话框里的标题写着：世上最差外套！一个箭头指着苏菲的手，另一个气球对话框里写着：未来摔跤冠军！而我的头顶上则简单写着：生日快乐！

我笑起来，想着要把这些画框起来，像我舅舅把他和杜鲁门在拉古诺德佩罗湖边的照片框起来一样。这将是这三天一个看得见摸得着的记忆。一旦我想到前面延伸的生活之路，就如同看见一块空白黑板，一本空白笔记本。我只觉得沉重的悲伤，我猜失去妈妈这种感觉是无法抹去了。可今天是我的生日——就算是吧——我要尽量忘掉即将到来的时刻，勉强笑着。

珍妮用她没抱苏菲的手，拍着一只黄色气球。我把它拖下来，想到圣帕特里克教堂里的那些帽子。这是气球里还有小气球的那种，像我小时候，玛妮从格里菲斯医院小破礼品店里给我买的一样。那时候她下班后总是把没有卖完的东西拿回家，那些气球总是很快就沉到地上。我看着吹得鼓鼓的气球，看着自己变形的样子，还有我身后的房间，染上红色，就像我在梦里看见的，只是更令人迷失，因为倒影是圆的。我　放手，气球马上弹到房顶上，顶着白色天花板，面无表情地朝我摇摇摆摆。我看着它发呆，气球绳子是彩色缎带飘下来，整个看起来就像个头朝下的问号，在我面前卷曲着。我想它可能是在问：

你肯定要把孩子还给伊迪吗？

我脑子里还没回答，有只气球突然爆了，发出枪声一般的响声，把我们全吓了一跳。珍妮惊叫一声，苏菲张嘴想哭。红色碎片落到地上，我想到一位红衣主教解脱了，我想到妈妈。

"好了，"珍妮说，"别再玩那些气球了。让它们自由飘着吧。气球也有权利。"

珍妮忙着让苏菲平静下来，利昂则拿起五斗柜上的第二份礼物，递给我。我在耳边摇摇它，没有声音，轻得像里面什么也没有。"让我来猜猜，"我说，跟他开玩笑，"又一把枪，外加更多子弹。"

"打开它。"他说，看着我身后的门，而不是看着我。他一只手不停地拍着大腿，仿佛很烦躁，一点也不像他平时的样子。

我撕开包装纸，里面是个公事信封，开口处黄色胶水早就干了，我剥开封口，扭开长尾夹，里面装着一沓现金。我抽出钱来，顿时觉得手像充了电似的，就像拿枪时的感觉一样。我没数有多少钱，只对利昂说："我不能要这个。"

"它是你的。"他说。

"可太多了，我不能接受。"

"不，伙计。我是说，它是你的。"利昂看着蒙着的窗户，然后看回我，更烦躁了。"好了，不管如何，这是分期付款的第一笔。"

"分期付款？你是什么意思？"我迷惑不解。

接下来利昂说话时声音在颤抖。他两手在胸前伸出来，掌心朝上，仿佛手上有什么东西我应该看得见。"我不知道该怎么说好，所以我想我还是这样说吧。还记得你去纽约的那天，伊迪交给我一个信封吗？嗯，那里面有一沓钱，而我……嗯，我拿着它没给你。"

我脚下的地板仿佛在动，就像那晚发现妈妈躺在这里一样，就像池塘上的冰在破裂，我沉到冰冷的水里，我的靴子被吸到冰冷的泥淖里。

利昂还在说："我用它买了辆车，然后又跟埃德一起花掉了些钱，现在我打算还给你。"

我周围的一切似乎都缩小了，只有利昂的脸在我眼前越来越大。他的手还是伸出来的，空空地放在空气中，眼睛瞪得老大，一眨一眨。

珍妮送我的画掉在地上。

我扔掉钞票，它们散落一地。

"你他妈的拿了那钱！"我尖叫声那么大，我发誓我觉得喉咙后面有什么给撕裂了。我的皮肤着火般熔化了。

"我想告诉你的，"利昂结结巴巴地说，"可是你叫我别再提它。"

我把手握成拳，朝他挥过去，打在这个骗子的丑恶嘴脸上。

"多米尼克！"珍妮叫道。

可是她的声音、苏菲的哭声似乎离我很远，仿佛我在冰下，她们在冰上；仿佛从小镇另一头传来模糊的两声汽笛。我的拳头还在打着，他没有躲闪，而是抓着我的手，努力让我安静下来。可我太愤怒了，我挣脱出来，继续朝他打去，一、二、三，打了他好几拳，他才把我推开。我跌倒在地上，后脑勺磕在五斗柜的硬木头上，我躺在画和钞票中，抬头看着他，眼前金星直冒，黑色无形的魔鬼飘在空中，我头晕目眩，它们在嘲弄我：

伊迪把钱还给你了。

利昂拿了钱。

我又尖叫起来："你他妈的狗杂种！你怎么能一直拿着这笔钱，让我以为是伊迪骗了我？"

利昂的嘴唇在流血，他伸出手，碰了一下出血的地方，用手背擦掉了。"我说过，我会全还你的，你这个疯子。"

我正要再说让他在地狱中受火刑去什么的，可珍妮打断了我，"嘘——，"她说，"你们听到什么了吗？"

一片寂静。

利昂和我看着她，"什么？"

"应该是关车门的声音。"珍妮走到窗前，偷偷往外看，她把着苏菲，试着用奶瓶嘴在苏菲嘴边轻轻碰了碰。当她望着下面的停车场时，她脸上惊吓的表情，就像恐怖电影中的女孩终于遇上了魔鬼。"多米尼克，快来。"

我从地板上站起来，吃力地来到窗边，外面天色昏暗、下着雪，罗吉特正从他的巡逻车里钻出来，跟他一起的不是别人正是约书亚·富勒。一阵冰凉的恐惧笼罩住我，然而内心的勇敢油然生升，我让珍妮带着苏菲到壁橱里，让她安静下来，我才不管利昂往哪里藏。

"你们怎么办？"珍妮问。

"我不知道。"我告诉她，闩上门，把链条锁插好。我猜我只打算看着他们，看看他们要干什么，不让他们进来。

利昂悄悄地走到洗手间里去了。珍妮带着苏菲藏到壁橱门后，她让门开条缝，我看到她紧张地嘘着苏菲，让她安静。我从门上的猫眼里偷看着约书亚·富勒从包里拿出照相机，照了几张汽车旅馆。

咔嚓咔嚓咔嚓。

他们朝楼梯走来。

我等在门后面，心在"咚咚"直跳。看不见的爪子——可能是《汉斯和格列塔》里那只鸟的爪子——在挠着我的脸，抓着我的喉咙，让我大口大口地喘着气。他们越走越近，我听到罗吉特说："我跟你说过，老板去佛罗里达过冬去了。"

他的声音让那黑色魔鬼又出现在我眼前，我恨罗吉特对妈妈做下的事，他本该帮助她，救她的。我拼命忍住没打开门，没像刚才冲向利昂一样冲向他。我甩甩头，想摆脱那种诱惑、那些黑影、那些爪子，脖子很硬，我伸手摸了摸头上刚才碰在五斗柜上的地方，缩回手，看到手指上有血。

"而我跟你说过，"约书亚讥讽地说，"我跟他通过电话，我只想到了这里要看看这地方。"

有一会儿我什么也没听到，然后又听到他们的脚步声，他们就在门外了。那么近，近得我都听得见他们的呼吸声。呼、吸、呼、吸。从小孔中，我看到约书亚·富勒的紫色胎记，变形成圆圆的一块，像气球爆炸前的样子。我记得我在餐车餐馆里把他扔下，他在我身后叫我的样子。

我们说好了的！

我们说好了的！

我们说好了的！

"就是这间房？"他问。

"据报道是的，"罗吉特对他说，"我当时没在这儿。"

约书亚·富勒把手放在门把手上，扭了一下。我看着门把手朝一边动，然后又朝另一边动，我整个人惊呆了。"锁上了。"他说。

"你以为怎么样，老板走了，让这地方大敞着？"

"我只是他妈的试一试。你愿意送我去玛妮·盖博尼家吗？"

"当然。"罗吉特说。

我听到他们的脚步声走了，我正要长舒口气时，我听到约书亚叫罗吉特，罗吉特走在他前面，快下楼梯了。"隔壁房间是开着的。"

我马上意识到早些时候我从那里出去时忘了锁门了。实际上，这些天很可能从没锁过。我怎么这么粗心？我全身又开始哆嗦起来，我朝壁橱那边移去，紧紧蜷缩在珍妮身边，她的眼睛睁得大大的，还在摇着苏菲，苏菲正忙着喝奶粉，发出吮吸声。

求求你，上帝，我祈祷着，别让她哭。

"我不知道你想找些什么。"当隔壁门打开时，我听到罗吉特含混的声音。

"我没想着要找什么。我是个记者，记者喜欢东看西看，如此而已。难道警察不也该有好奇心吗？"

罗吉特没回答。

"床没叠，"约书亚说，"毛毯在窗户上。"

"我肯定能找出清洁女工的名字，然后为你把她给抓起来。"

"你真是个好玩的家伙。"约书亚·富勒说。

我和珍妮听着他们在房间里走来走去，重重的、参差的脚步声像两匹马在狭小的马厩里兜圈子。有人——我猜是约书亚·富勒——打开一只抽屉。我马上想到那本合不严实的《圣经》，里面放着利昂给我的那把枪。为什么我不把它扔掉呢？我没有时间担心他们会不会发现它了，因为更糟糕的事发生了。

我听到他们那边的壁橱门打开了。

"嘿，"约书亚·富勒说，"这个壁橱后有扇门，一定可以通到5B。"

太晚了，无法锁上它了，因为他会听到声音。我伸出手，放在门把手上，紧紧地握住。约书亚试着从他那边打开，而我用手指紧握着，使出全身力气。正在这时，苏菲把奶瓶吐出来，珍妮和我看着她，但愿她不要哭。

求求你，上帝。

求求你，上帝。

求求你，上帝。

她动了动嘴，但没哭。

"锁上了。"约书亚·富勒终于说，松开了手。

我还一直握着门把手，以防他们还会再试。

"哦，好了，"罗吉特对他说，"我还是不明白你指望发现什么？"

壁橱门给关上了，我听到更多脚步声。"后面停着辆车，"约书严说，"是店老板的吗？"

"不是的，"罗吉特对他说，"这块地上有个池塘，可能有些高中生到这里来玩冰球。听着，如果你不介意，我想送你去玛妮小姐家了，我还有事要办。"

"好，我这儿也没事了。"约书亚说。

我听到他们的脚步声走到门口，然后他们又到了门外。我的手还紧握着门把手，虽然我对自己说松手也没问题了。一会儿后，罗吉特的车在停车场上启动了，我松开僵硬的手指，走到窗边，看着他们开车走了，心还在"怦怦"跳。

利昂从洗手间里走出来，一张卫生纸还沾在他裂了的嘴唇上，像我爸爸刮胡子时划伤了一样。"我要走了。"他说。

"等等，"我对他说，"我要你现在开车送我去纽约，把孩子还回去。"

"现在？现在我不能开车去纽约。我怎么跟莱拉说？"

"你什么时候起这么关心你妈来，什么都要告诉你妈？再说，那车是我的，所以如果我想坐车，你就得听我的。"

"多米尼克，"珍妮说，"我们大家太激动了。现在外面天黑了，又下着雪，你知道我多希望你把孩子送回去，但是我们全都冷静下来，明天一大早再走，这样更明智点。我们可以好好想该怎么把孩子送还给伊迪。"

我知道珍妮说得对，但我不禁想到妈妈的话。如果苏菲跟我在这里有危险，哪怕只一夜也可能会发生天翻地覆的变化。

"多待一个晚上。"珍妮静静地说。

我从她的话音里听得出，尽管她支持"把孩子送还给她合法主人"的运动，她也痛恨结束我们在这里的生活，她跟我一样，也想我们一起再过一晚。我还想在我们的生活彻底改变之前，跟我妹妹再待上一会儿。"那好吧，"我对利昂说。"明天早上7点来接我们。别迟到，也别带那个笨蛋埃德来。"

利昂走到窗边，把窗帘、毛毯推到一边，我猜他是想看看他们到底走了没有。开门前，他转身面对着我。"我并不是故意抢劫你，"他说，声音还在颤抖，"伊迪把信封递给我时，她让我发誓我会把它交给你。我本来也打算这么做的，可是接着你妈妈出事了，你听都不想听——"

"我在葬礼上，利昂，你后来应该告诉我的。"

"好，可是你走了，那笔钱一直躺在我抽屉里看着我。"

"我才走了一个月。"

"可我不知道你要走多久。天啊，报纸上说得好像你死在阴沟里了什么的，那天你在汽车站露面，我带你来这儿，我发现自己把事情搞糟了。为什么我每天会像个圣诞老人似的来呢？"利昂停下来，又摸摸嘴唇，他叹了口气，"明早我开车送你去纽约，然后把车卖掉，我会把每一分钱都还给你的。"

"7点钟到这儿。"我又说一遍，还没准备原谅他。

等他走后，珍妮看着我的后脑勺，"你还好吗？"她问。

"还好。"

"多米尼克，不，你不好，你在流血。"她拿了块苏菲的尿布，压在我头上，然后拿到我面前，尿布中间一块红色，像池塘里的金鱼。"不是很大一道口。"她把血擦干后说。她拿起一罐冰冷的胡椒博士压在我脑袋后面，防止它肿起来。

"也算是生日派对。"我说着"扑通"坐在床上，头很重，痛得厉害。

我望着剩下的十一只气球——幸存者，珍妮是这样称呼它们的——我脑子里想的全是那天伊迪离开霍利多前的画面。我看到画面在我面前展开，就像我在看气球，而气球在看我一样。我想象着伊迪开着她白色的卡迪拉克停在我家门前，我不认识的那个男人坐在方向盘后，后尾箱里塞满了她的东西，她四处看看，很紧张的样子，确信爸爸的卡车不在附近，觉得他不在家才下了车。跟她一起的那个男人提出要陪她一起来我家门前，她拒绝了。

"我很快就回来。"她说。

她走上楼梯，手托着鼓起的肚子，敲门，咬着一度很漂亮的破指甲等着，一直观察确信爸爸不会出现。当然，没人应门。我在纽约，我妈妈跟罗吉特走了，爸爸还没从他的延期行程中回来。伊迪敲啊敲，最后转身朝她的车走去，就在这时，看到附近的利昂，也许就在楼梯底下。

"嘿，"她从我跟她说过的有关利昂的事中推断出他是谁，"你一定是多米尼克的朋友利昂，是吗？"

"是我。"利昂说，注意到她怀孕的肚子，纳闷伊迪·克拉姆怎么会敲我们家的门。

她走下楼梯，一只手扶着栏杆，另一只手放在肚子上。此刻，苏菲可能快要出生了，她在里面踢着、蠕动着，变换着姿势。伊迪那时可能也觉得肚子一阵阵绞痛。她说："我能请你帮我个大忙吗？"她别无选择。

利昂耸耸肩，"当然。"

"我要把这个信封交给多米尼克，这非常重要，可他不在家，而我又得走了。如果我把它交给你，你能保证等他回来后交给他么？"

"行。"利昂说。心里盘算等她一走，就撕开信封，除了和我开玩笑外，没有别的理由。只是他没想到他会发现什么，那个信封就像是鲍勃·巴克尔亲自送给他的大奖。洗衣机和干衣机、金光闪闪的帷幕徐徐拉开，露出炫目的蓝色跑车。价格猜中了！

我看着伊迪伸手把信封递给利昂，轻轻捏捏他的手指，利昂很喜欢这个，我也一样，即使她怀孕了。"保证送到啊，"伊迪走之前说，"它非常重要。"

伊迪开车朝纽约而去的画面在我脑子里模糊起来，我把胡椒博士从脑后拿下来，血止住了。

珍妮把苏菲放下，挨着我躺下来，这是我们在一起的最后一晚，我不想再去想什么伊迪或利昂，但是有点难，我竭尽全力，强迫自己把那堆垃圾从脑中赶走，这样我才能集中精神想着她，此刻我生命中最重要的人，我看着珍妮，她的眼睛因悲伤而沉重。

"怎么啦？"我问。

"没什么。"

"什么？"我说。

"我在想，你决定把苏菲送回去，我很高兴，但我会怀念我们在这儿的时光的。"

我把她拉得更近些，每次我挨着她时，身体就会有反应，浑身发热、胸口发紧，我不想吻她，可我的嘴离她的唇那么近，完全可以吻到。"我也是。"我对她说。

我们躺在那里，凝视着对方。我摸着她的手臂，往上摸到她怕痒的肋骨处，再到她柔嫩的皮肤。感触到她的身体，让我的头痛稍稍好了些。我回想起与珍妮在这家旅馆的第一个晚上，那时我觉得还没做好准备，可现在我知道我准备好了，我觉得珍妮也是。

于是我说："你想要吗？"

这一次珍妮很害羞，她只是点点头。

是的。

我握着她的手，我们站起来，走过那个壁橱，走到隔壁房间。不速之客带来的余震平息了，这里又成了我们的地方。

没有别人。

为了安全，我把前门锁上，再回床上躺在珍妮身边，我们躺在那儿好久，只是为了在一起。后来，我撩起珍妮的头发，吻她的后颈，用吻给她做了条看不见的项链。我用舌头舔她弯弯的耳垂，直吻到黑黑的耳洞内，品尝着有咸味的肌肤。我很感激伊迪那晚让我吻她，因为我发现我能掌控住自己，不会在我和珍妮享受前就放手。

我的身体放松地享受那一刻，我挺住了。

我把珍妮的衬衣从她肩头脱下，解开她宽松牛仔裤上的钮扣。她站在床头，衣服从身上滑落，我开始脱自己的衣服，可她想帮我脱。

慢慢地。

小心地。

与跟伊迪在一起的感觉不同，赤身露体没让我觉得难为情，我站在珍妮面前，完全放松，当我全脱光了后，她吻我赤裸的胸部，我的嘴巴觉得很干。

我让身体决定接下来怎么做。

珍妮凝视着我，我的手轻轻把她推回床上，我跪在床边，手掌抚在她胸上，我的嘴在它们之间移动，吻着她胸口硬硬的骨头。珍妮弓起身体，抬起她光滑的肚子，这样我的手能在她胸前移动，滑过她的肚脐，手指滑进她的身体，我发现自己呼吸急促起来，我想要更多的空气。珍妮的脸那么甜美、可爱，在我抚摸她时，她的眼睛一直胶着地望着我。直到最后我把手指抽出来，把我的唇和我的舌放在她两腿之间。吻她那儿，品尝她的味道。我停下来看她的脸，她的眼睛还在望着我，想要更多，所以我继续吻她，她发出轻柔的哼声。

呼息声高低起伏。

随后几秒内，她突然大声呻吟起来。

我爱这分分秒秒，我要珍妮也爱它。

她的手抚摸着我的头发，手有意避开五斗柜磕出的伤口，直到我移开嘴，重新和她并排躺在枕头上，我悄声说："我想我爱上你了。"

珍妮的嘴紧贴在我耳朵上，说："我想我爱上你了。"

像这样过了一会儿，我告诉她第一晚埃德给我的那包特洛伊避孕套，那是利昂的好意。"我还放在那间房里，"我说，对于做爱还是有点紧张，"可是我不想你以为我早有预谋。"

"我知道这事，"珍妮告诉我，笑了笑，"我想我永远忘不了他把它们放在你手上时你的表情。"

我们笑了，我吻她，又吻她。

我走进隔壁，那些气球彩带拂着我的肩膀，我跪在床边，从床下拖出那个盒子，穿过壁橱走回来。我用了一分钟才把那包装打开，而给自己套上一个时却没太麻烦。我们再吻，我伏在珍妮身上，她帮我进到她身体里。

"你还好吗？"我问她，她抬头看着我。

"是的，"珍妮说，"你呢？"

"也好。"由于我俩都是第一次，过了一会儿我们的身体才找到节奏，但不久就很自如了，而一旦我习惯了这动作后，感觉更美好了。真爽。我们动时，我尽量控制自己，可越来越难，珍妮的嘴在我耳朵上，手在我背上，我的舌头在她脖子处的肌肤上移动，终于我的身体释放了，我们都垮下来——躺在床上大汗淋漓，气喘吁吁。

片刻之间除了我们的呼吸什么也没有。

汗流如注。

再吻一下，这时，苏菲在隔壁不安静了，仿佛她一直礼貌地等着我们在这边完事。

"那孩子是世界上最讨厌的记时器。"我说。

"失陪一下，"珍妮说，用胳膊肘推了推我，"我能让她安静下来，而且比你快。对不起，没有冒犯的意思。"

"我不介意，"我说着从她身上滚下来，"可你最好快点回来。"

我讨厌被打断，可我很高兴有机会从后面看着珍妮的身体，看着她走进隔壁房间。她的头发披在一边肩膀上，背后的肌肤蛋壳般白皙，腰间有颗黑痣，双腿修长，我以前竟没发现，她跟我第一次在警察局看到的那个女孩完全不同。

她真美，我想。

她是我爱的女孩。

当珍妮抱着苏菲回到房间里来时，苏菲身上只包着块尿不湿。珍妮建议我们打开电视，看看天气预报，为明天的任务作好准备。

"我不是杀风景，"她说，"可我们最好想想明天的事情。"

我知道她说得没错，所以我打开电视，找到6点钟新闻。我们钻进被子里，苏菲在我们中间，我们握着她的小手看电视。这间房里的电视机声音有毛病，声音时大时小。新闻播音员一会儿像在吼着播报尼克松的新闻报道，一会儿又小到几乎听不到，有点烦人，可我和珍妮已经习惯了。

当我们躺在一起时——我们三人肌肤相亲，像某种自然造物，一家人似的——想想在这里的第一个晚上，珍妮让我很紧张，我还记得我们的所有谈话，一个还没回答的问题出现在脑海里："那你相信我们相遇相识是命中注定的吗？"我问她，耳边响着新闻主播抑扬顿挫的话语。

珍妮用她蜜糖色的眼睛看着我，"我想过它，而我相信——"她停下来，从开着的壁橱门望向隔壁房间，"多米尼克，那是什么？"

在那边地板上，我看得到红色的光，就跟我在梦中看见的一样，圆圆角的三角形，跟苏菲的头一样大小，我们看了一会，接着它开始动起来，就像我梦见的一样。我站起来，腰间围上一块毛毯，珍妮也是，抱着苏菲，我们走过壁橱，当我们站在房间里，珍妮说："是从窗外来的。"

我跟着光，她说得没错，之前利昂打开了窗帘，红色的光从窗外射进来，珍妮比我快一步，走到窗口，如果几个小时前，她看见罗吉特的车时，脸上浮现的是震惊之色，那现在完全就是恐惧。"哦，我的天。"她惊恐万分，小声说道。

我走到窗边，看外面。

下面停车场里的警车多得我数不过来，比妈妈死的那天还多。没有一辆车鸣警笛，但车顶警灯全都闪烁着。灯光笼罩着房间，珍妮、苏菲和我全都沐浴在我梦中的红光里。

那个梦也是个预兆。

孩子跟你一起在这儿不安全。

"我们怎么办？"珍妮问我，苏菲安静地躺在她怀中。

绝望、麻木中，我走向洗手间，望着镜子想寻找妈妈，寻求最后一个预兆。

那里没有。

我看见身后的两只尚未爆掉的气球，一只黄色，另一只红色。它们面无表情的脸在我肩头若隐若现。我没望镜子，也没望气球，又走回卧室，隔壁房间里，我听到新闻主持人还在说话，他的声音正处于高峰。"简要新闻之后，"他大声说，"我们将回顾曼森谋杀案，此外宾妮·哈特菲尔德将告诉我们这场席卷新英格兰的暴风雪造成的后果。"

我浑身颤抖，用手搂过珍妮和苏菲。"不能就这样完了，"我听见自己在说，一遍又一遍，"不能就这样完了，不能就这样完了，不能就这样完了。"

电话响起来，我们俩惊得跳起来。

"他们打电话来了，"我说，"别接。"

"多米尼克，"珍妮说，她的声音紧张得发紧，"我们只能放弃，把苏菲交出去。如果你说清楚为什么你要带走她，他们可能不会太为难你。"

"他们会把我关进监狱，"我说，声音沙哑，去年夏天它终于变声了，眼泪从我脸颊上滚落下来，我又说了一遍，"他们会把我关进监狱的。"

"不管怎样，外面全是警察。如果我们不接电话，他们就要来敲门了，"她透过电话铃声说，电话一直在响，"我们接这个电话，好不好？"

我点头同意，眼泪流得更多。

"我爱你，"珍妮也哭了，"不管怎样，会没事的。"

她走过房间，拿起电话。"喂。"

她等了一下，然后说："孩子很好。是的，等等。"

珍妮拿着电话听筒递给我。"多米尼克，找你的，但不是警察。"

"谁找来的？"我问。

  "接吧，"她说，"接了你就知道了。"

  我接过电话，举到耳边，小声说道："喂。"

  "多米尼克，"我听到干巴巴、冷冰冰的声音，"我是伊迪，我想要回我的孩子。"

十

我妈和玛妮以前总是讨论人是用心思考还是用脑思考，但她们从没提到过用灵魂思考。那天晚上，当霍利多的警车和马萨诸塞州的巡逻队包围了汽车旅馆后，我就是用灵魂思考的。我握着黑色的电话听筒，窗外雪花纷飞，腥红的警车车灯射进我们的房间，我做了一个改变终生的决定：做最后的努力，补偿妈妈，好让她的灵魂得到解脱。

但是我首先想到的是即将过的日子，肮脏的灰色泥坑里倒映出我最凄惨的未来。我会被逮捕、送上法庭、被判决，然后关进监狱好多年。奇怪的是，一旦我脑子里想好那些场景，最初的惊恐竟已释然——手铐、法庭、监狱——听上去没什么不公平的，甚至也没有我刚才想的那么可怕，我毁了那么多人的生活，接受惩罚理所当然。

但这是我脑子里和心里想的。

而下面才是我的灵魂想的。

我站在那里，没说话，伊迪急了："多米尼克？多米尼克？我知道你在听，我请警察给你个机会自己走出来，只要挂上电话，走出门，把我的孩子还给我……"这时，我脑子里满是妈妈可怜、悲惨的一生，就像气球里充满着氯气一般。一个奇怪而看不见的东西让我飘起来，我的意识、我的灵魂，被吹回时间遂道，然后再回去，然后向前、再向前。我听到"噼啪"的响声，发现这是很多天之前的那个晚上妈妈在摸索电话，在暴风雪中给玛妮打电话，我听到她的声音，几乎全是喘息声、风的呼啸声，还有恐惧之声：

有麻烦了，她说。

我在出血，她说。

然后是一片电子白光闪烁，就像看电视换台时，屏幕上出现的光斑一样模糊起来，接着我看见妈妈站在一间迷人的纽约大宅的门厅前，看见她那张脆弱、易碎的脸，看见她手中闪亮的银色礼物。几十个绿色玩具士兵挤在一个小盒子里。硬而尖的身体，皮肤永远连着武器，它们在黑暗中你推我挤，做好准备等待战争。只是那些士兵得永远等在那里，没有空气，也永远不会被打开来。

又一片白光和静电光斑后，我感觉自己被推回漫长的时间隧道，推回到她两腿之间，刚刚进入这明亮的世界，我皮肤上还有新生婴儿的黏液，周围是医院金属器械发出的小声音，妈妈把我的小身体抱在胸口，哭了。我是她的希望，她全新的开始。我对她来说是崭新的。看看他，她对护士和医生说。哦，看看他。

最后是白色模糊的热浪和移动，我回到我开始的地方，那里是妈妈结束生命的地方。我看见她的身体摊开躺在我身下的地上。一把细长的窥视镜像蛇一样在她体内蜿蜒前进。一条河、一面湖，一片血的海洋。罗吉特站在那里，他保证。他撒谎。

马上回来。

马上回来。

马上回来。

他走后，只有她的呼吸，只有流血。她是个女人——就像许多妇女——她没多少可选择的。她面前的通道越来越窄，越来越暗。

然后，经过好长时间，她才积聚起一点力气，她的手伸向电话，我又听到"噼啪"声、"咔嗒"声，她在拨玛妮的号码。我又听到妈妈的声音，像一股长而孤单的风穿过最干枯的沙漠。

他说他会马上回来。

可我知道他不会再回来了。

你多快能到？

听到这些话后，我体内好似炸开来，我觉得自己掉回到当下这个世界，掉到汽车旅馆里，越来越无能为力。我的灵魂被掏空，像个南瓜灯被掏空了里面的瓜瓤，只有白色蜡烛炽热的灯光。那光芒是气愤、是狂怒、是憎恨，是我生命即将毁灭之前唯一剩下的东西。我看见两只睁开的眼睛慢慢合上，嘴唇腐烂、笑容扭曲，腐烂的南瓜头扔进树林，被人遗忘。

我。

我的生活。

这时我听到我体内的声音——不是我的脑子或我的心在说话，而是来自我的深处，那是我的灵魂在说话——回响着：

你妈受过这么多苦，唯一养大的儿子又将被关起来，由抛下她、害她死去的男人将他亲手送进监狱，而这个男人却毫发无伤。她生活中、故事中又一悲惨事件。你无法阻止。

那种感觉或信号或前兆或不管什么让我体内的火越来越旺，我的决心摇摆不定，烧得发烫、发亮，然后像一团愤怒之火席卷了我。

为了你妈妈，

你要吸引他们的注意。

用它来证明罗吉特的罪行。

"孩子还好吗？"伊迪在问，她的声音不再平静，变得脆弱颤抖。"求求你告诉我她还好。"

"宝宝很好。"我听见自己对她说，声音干巴巴的，我听到伊迪在电话那头哭泣。如释重负、惊慌、愤怒，这一切让她崩溃，我用她的软弱来烧旺我的愤怒之火，让我对自己要做的事更强硬，更坚定。珍妮手里抱着苏菲，睁大眼睛看着我，我背过身去，"你在哪里？"我问。

"在下面的办公室里。多米尼克，请你走出来。"

问题。我有那么多问题要问，它们乱七八糟地从我嘴里喷涌而出："你纽约公寓里的那些男人是谁？为什么你要离开霍利多？谁是苏菲的爸爸？"

伊迪吸着鼻子，喘了口气。"你在说什么？你爸爸就是苏菲的爸爸，我跟你说过了。"

"你为什么要走？"我问，我不得到想要的答案不放松。

"你爸爸不断恐吓我，我跟你说过不止一次。"伊迪给激怒了，变得不耐烦、歇斯底里起来。我仿佛看到她脸气得通红，说话时用手扯着头发，揪着、拉着。"他有一次狠命揍我，我怕他，我怕他还会对我做出什么别的来。让你卷进来已经不好，何况卷得这么深，对你不公平，所以我不能告诉你我要走，我只能把钱留给你再走。"

我脑海里出现了去年秋天伊迪被打伤的脸，眼睛下面一块青紫的瘀伤。我记起离开家的那晚，爸爸冲我抢起拳头，他咆哮、砸我房间的墙壁，"砰、砰、砰"。我不怕他，但伊迪怕，怕得让她离开这个小镇，还不敢告诉我她要去哪里，因为她不想我也受伤害。

"我留给你的那封信里我道歉了，"伊迪说，"可我不明白为什么你要这样做。为什么你要带走我的孩子？为什么？为什么？"

这个问题的答案在我嘴里，就像猫咪粉红色小嘴里缠绕的湿发团，我永远无法说出口。解释我做过什么的那些话听上去很复杂很迷惑，把我上个月的生活连接起来也无法画出一幅清晰的图画让她明白。我脑子里，响起那天我在舅舅家里打电话回去时，利昂向我读伊迪的那封信。

多米尼克：

　　我不知道你昨晚为什么不辞而别，但我想要你知道，如果接下来发生的事让你伤心的话，我很抱歉。在这段孤独的日子里，我需要朋友，而你是个天使。我希望有一天你会原谅我，我希望有一天你能理解。

爱你的伊迪

　　如果利昂把钱给我，我可能有一天会原谅她，我可能就像她信中所写的那样理解她。

　　是他的错。

　　是她的错。

　　是我的错。

　　"我偷听到的那通电话是怎么回事——"我开始问，但伊迪打断了我。

　　"够了，多米尼克！如果你不马上出来，"她叫道，厌烦了我们之间的你问我答，开始威胁我，"警察要进去抓你我可不管。"

　　我不理她，继续发问。"那天晚上在你家，我听到你在打电话，我听到你说你会想法甩掉我。"

　　"看在上帝的分上，多米尼克！为什么你要提起这些废话？我跟你说，警察就要进去了。"

"你为什么那样说？"我问。

伊迪安静了片刻，然后她叹了口气，向我的问题投降。"你是我男朋友的儿子，我处境很糟，而我不该那样依靠你。朋友们一再告诫我必须停止，我不知道你还听到别的什么了？"

"在地狱厨房你家里的那两个家伙，是不是就是你朋友？是不是有一个就是你男朋友？"

"不完全是，"她说，"只是普通朋友，他们帮我从霍利多搬家。我本该在格林威治村住酒店的，但我在路上就生了，我出院时他们为我找了间房子。天啊，为什么我要跟你说这些废话？我要我的孩子。"伊迪不说话了，她深深吸口气，最后一次试图说服我。"苏菲的中间名字叫多米尼克，你知道吗？我用你的名字给她取名，就是为了你为我做的一切，难道那不能说明什么吗？"

"我为你做了许多，伊迪。但是代价太高了，我为此付出了妈妈的生命。她需要那笔钱，到别的地方去找医生堕胎，可是我从她那里拿走钱，钱没了，她死在这间房里，因为钱不见了，因为我拿那些钱去帮助你了。"

伊迪再次沉默。"多米尼克，我很抱歉。我真的非常、非常难过。"

"我也是。"我说，不让自己哭。

"可是悲剧已够多了，请结束这个，走出来吧。"

"你得明白，"我对她说，感觉到决心在我体内熊熊燃烧，"我为你做了一些事，现在你得为我做点事，为我和我妈。"

"你在说什么？"

"你会明白的。"我对她说，放下电话。

电话几乎马上又响起来，外面停车场里车门"啪啪"地关上。我把五斗柜挪到门口，从壁橱走到隔壁房间。珍妮一直在叫我，但我没理她。电视声音还在高低起伏，我听到新闻主持人在重述曼森谋杀的一些残酷细节："加利福尼亚州的一所住宅……夏夜……莎朗·塔特……谁也想象不到……"

我接下来的行动很机械：

打开床头柜的抽屉。

打开《圣经》。

掏出手枪。

还有子弹。

"多米尼克，你要做什么？"珍妮抱着苏菲站在壁橱门口，她光着身子围着毛毯，毯子快掉了，我的也是。"我以为你扔掉了那东西。"

"我留着它以防万一，"我透过电视的叫声对她说，"我很高兴做对了，因为我不打算放弃。他们要把我关进监狱，所以还不如趁我在这里时，为妈妈讨还公道。"我把枪膛推开，一颗颗往里面上子弹。几年前，爸爸教过我怎么做。我走到窗边，珍妮难以置信地瞪着我，嘴都合不上了。

"多米尼克，别这样做！"她叫道，"别！别这样做！"

电视回到轻松的正常音调了，我听到宾妮·哈特菲尔德以一种遗憾的口吻在说低压槽、铲雪的道路、预计我们什么时候能再见到阳光。窗外，两名骑警朝楼梯走来，其余的警察等在车边，做他们的后援。

现在，要不就永远没有机会了，我对自己说。

我伸手推开窗户，一股暴风雪的冷空气灌进来，我尖声叫道："我有枪！"我的声音不够大，起不到威慑作用，所以我又吼道："我有枪，如果你们不给我我想要的东西，我就开枪了。"

这次我说的话坚定、自信、平稳，好像我常干这事。两名骑警停下来，回头看着那群警察，等着指示，不知该不该前进。

我决定给他们一点指示。

我把手枪钝钝的枪管伸到窗外，瞄准街道那边树林上的灰色天空，就是那片树林，那晚罗吉特在那里追我、把我捞起来，带我到他的车上，我的腿还流血的那片树林。我把手指扣在扳机上，我的手哆嗦着，这时我听到爸爸在说，稳稳握住，不要怕。

我不再害怕，也不再哆嗦。

我开枪。

尖利的声音好像一百只气球同时爆炸，震得我耳朵轰鸣。

珍妮抱着苏菲到另一间房去了，我听到她们俩都哭了。此外，开枪后，停车场里的警察们都安静下来，我看着他们盯着车顶上红色警灯的红光，只有他们的无线电对讲机"吱吱喳喳"发出静电噪声，一个声音说："霍利多汽车旅馆有把1055的手枪。霍利多汽车旅馆有把1055的手枪。"

终于，罗吉特说："那孩子有枪。"声音大得我听出了他的失望。

之后气氛变了，因为他们发现是我在控制局面，而不是他们。伊迪从办公室出来，走到停车场，一名警察搂着她的肩，她不顾一切哭着，我觉得生活中的各种冲突造成误解，我觉得自己被这些误解给撕裂，但我对自己说，她很快就会见到她的孩子，那时她会止住眼泪的。

警察暂时退回去，我关上窗户，把五斗柜挪到这边的前门口，我关上电视，走到5B房，珍妮蜷缩在地上，哭着。她已经穿上衣服，头发还塞在毛衣里，手上拿着她爸爸的银色香烟盒，苏菲在她旁边的临时小床上嚎着。我把枪放在五斗柜上，尽快穿好衣服。我坐在珍妮身边，抱着她。"会好的，"我对她说，"相信我。"

"不，不是的！"她尖叫着推开我，"你疯了！你得停止这样做！你会伤到人的！"

"我不会伤害任何人，"我说，"我从不会伤害任何人。"

珍妮只是把头埋在手掌里，哭着，"我错看了你，"她在手掌里沙哑地说，"大错特错了。"

我试着让她镇静下来，可她挣脱了我，还在哭。

"你没有看错。"我告诉她。

"哦，是的，我没有错！"她叫道，一抬脸看着我，"我以为你很好，我以为你做那些错误的决定是因为你以前发生的事，我以为我能帮你把事情重新理顺。可是你把它搞砸了，多米尼克·平德！看看你在做什么！你在自毁命运！"

"听我说，"我说，"我知道你觉得我疯了，可是我要为我妈做点什么。为了她，我要罗吉特因置她的死于不顾而接受调查。"

"这怎么能帮你去证明他有罪？"

回答这个问题的不是我，应该是警察。下面停车场一辆警车的车顶上架上了扬声器，一个警察沙哑的声音在说："你想要什么？"他用放大的电子声音问道。

我不想立即走到窗边，因为我需要珍妮先理解我所做的。"听着，反正我要进监狱的，如果我现在投降，那我永远没有办法把罗吉特抓起来，或为我妈再做什么了。把这看成是一场抗议吧。我抗议罗吉特声称自己是清白的，我抗议我妈的死，我为所有跟我妈一样死去的妇女抗议。"

我想最后这些话让她明白了，可她还只是哭。外面，停车场里的喇叭又响起来，警察的声音在重复，这次每个字之间都停顿了一下，整个问题听起来混在一起，支离破碎："你？想要？什么？"

"如果你不想留下，你现在就可以走，"我对珍妮说，"我会把五斗柜移开，你能从门口走出去。我理解。"

她还坐在那里，"那苏菲怎么办？"她过了一会儿问。

"孩子要跟我在一起，可你如果想走，你就走，这是你的选择。"

珍妮没动。她低头看着苏菲，然后又环视了房间一遍，我妈死在这里，我们在这里相爱。两件完全相反的事情，奇怪地联接在一起。我朝她伸出手来，她没躲开，让我抚摸她的胳膊。我弯下腰，把她的头发从毛衣里拿出来，披散在肩上。我们在那里坐了一会儿。珍妮看看苏菲，又看看门，然后又看回苏菲。警察的声音还在催促，一遍遍重复着他的问题。我无法再拖延，我离开珍妮，走到窗边。我知道要钱或要自由对我并没好处，一旦他们要回苏菲，他们就会把我关进监狱，肯定的，显然我得要一些他们拿不走的东西，而我知道那是什么。

"罗吉特警官把我妈留在这里，任其死去不管，我想要他因涉嫌我妈的死亡而接受调查！"我透过窗户喊着。话一出口，我就想起还要满足妈妈的最后一个愿望。她活着时从没有过童话故事般的结尾。"我要你们联系我在纽约的舅舅，唐纳德·比阿多吉安诺。告诉他想个法子把鲁道夫·伯单给我带来，我只把孩子给他，只交给他。"

外面再一次沉默。

我知道与哥哥的会面不再重要，毕竟，什么也无法改变了。但是如果我的生活正朝坚固的灰色水泥围墙奔去的话，我还是要抓住这最后的机会，为妈妈做点什么，无论什么。

我转身离开窗户，珍妮正在打电话。我听见她在告诉电话那头的谁，她和我、还有孩子在霍利多汽车旅馆里，州警察和地方警察都在外面。我一直看着她，她重复着我们这里的情形，珍妮拼着我的名字，强调每一个字，免得弄错。"多是多少的多，米是大米的

米，尼是尼龙的尼……"她用同样的方法说了我妈妈的名字，还有
罗吉特、伊迪以及她自己。

"那是谁？"等她总算挂上电话后，我问她。

"六频道，波士顿的《新闻直击》。"

"你怎么有他们的电话号码？"

"在电话簿上查的，"珍妮告诉我，指着一个床头柜上的黄页，
"如果打算抗议，得吸引人们的注意，我们在纽约就是这样做的。"

她打算留下，我拉她过来，吻她。我觉得真奇怪，电视台的人
竟会关心霍利多汽车旅馆里发生的事情，接着我想起约书亚·富勒
说过的，你成了新闻人物了，孩子。我看到那些新闻剪报里有关我
妈妈的新闻标题在纷飞，也许他们会感兴趣。我们分开后，我问：
"现在我们做什么？"

"我猜只有等待。"珍妮说。

我们真的就是等待。珍妮把苏菲放在盒子里，抱到房间后面
的角落里，把她安顿好睡觉。我将枕头堆到窗边的地上，再把窗帘
固定住，留出一角足够我们往外看。珍妮坐在我身边，我们看了一
个小时外面的警察，他们腰上全都挂满了东西——枪、对讲机、手
铐、警棍——结果看起来像腰上系着工具带的木匠。一直有不同的
警察在劝我走下来——但没有罗吉特。他们轮流用无线电，告诉我
该结束整个事情，走出来，但我没回应。他们知道我想要什么，他
们不严肃对待我，我才不会离开这里。警察们聚在一起，偶尔有车
开来、开走。有几个人看上去不耐烦、很无聊的样子，不时瞟一眼
他们的手表，看着表针"滴答滴答"地走。一名穿着高筒靴、戴着
牛仔帽的骑警一直在安慰伊迪，给她倒咖啡，催她到他车的后座
里去坐。

可她一动不动。

她只是望着汽车旅馆。

她脸上的迷惑表情里没有我们通电话时的那种恐惧了。我想——希望是真的——也许她听到我的要求后，多少有点理解我为什么这样做了。

在停车场那头，罗吉特站在他的车旁，车门开着，他一只手撑在车顶上，另一只手摸着胡子。他四周看着，准备趁人不注意时开溜。可是有什么稳住了他。他在脑子里权衡轻重，自信他能安然无恙渡过这一关。他还是那位小镇英雄，还有着那枚金光闪闪的勋章，再说，他是名记录清白的警官，我妈去世的那晚，他有不在现场的证据；而我是个逃犯，一个带着孩子躲藏在汽车旅馆房间里、身上有枪的少年犯。

谁会相信我而不相信他呢？

就在我这样想时，我看见一辆白色货车慢慢地驶入汽车旅馆前面，转进了停车场。

六频道的《新闻直击》。

珍妮看到它仿佛复活过来一般，即使是从窗户里往外看，我们也看见罗吉特望着那辆车车门上画着的蓝色大眼睛。它似乎在望着他，看着整个场面，实际上它见证着这里发生的一切和即将发生的一切。我没有珍妮那般自信，她觉得电视新闻意味着胜利，但我知道一点，罗吉特意识到他如果不小心，局面可能失控。五分钟后，第九频道的新闻动态转播车开了进来，后面跟着第十三频道的新闻转播车，我真的开始相信他害怕了。

"这些电视台全是你叫来的吗？"我问珍妮。

"不，"她说，还是盯着窗外，"可是这里发生的一切外面肯定传开了。"

我看到罗吉特冲到他的车后，弹开后尾箱，拿出一卷"不准跨越——警察调查"的黄带,朝他的人吼着,要他们隔开区域,但是那三名记者和他们的摄影师已经散开来了。有两人朝州骑警走去,那名银发记者没去找谁,而是先扫视了一遍停车场。他就是那个我换着频道、跟爸妈一起在电视机桌旁吃饭,爸妈看当地新闻时的那个主持人。看到他站在下面,感觉很怪,他穿着米色防水服,方方的脸庞,看上去很高,不像是真的。他眯缝着眼望着罗吉特,似乎在品评罗吉特金色的警长徽章,发现他跟其他警察不同,于是朝罗吉特走去。摄影师扛着摄影机、背着鼓鼓的背包跟着,弯曲纠缠的电线拖在身后。一道白色的聚光灯打开来,一束极明亮的光照到罗吉特松弛的脸上。我听不到记者的问题,但不管他说什么,肯定让罗吉特很生气。他咆哮着:"往后退,先生!我们在执行任务,你们在这里妨碍公务,现在给我往后退!"

记者没动,他手握麦克风伸出去,灯光从他身后射出来,摄影机方形的黑眼睛望着罗吉特。他重复了一遍问题,声音还是不够大,我们听不见。而罗吉特再一次吼道:"我命令你往后退!"他手下的人铺开黄色警戒线,尽量把记者们给圈起来。

不过这拦不住他们。

第九频道的那位记者——我从没在电视上见过他,但他看起来有点像约书亚·富勒,只是没有胎记——和他的摄影师站在汽车旅馆的正前方,第六频道的记者也是,他们开始对着麦克风说起来,两道光打在他们脸上。

"这一定是直播。"珍妮说,她跳起来,打开电视。

我跟着她,她说得没错,第九频道里,那个长得像约书亚·富勒的人正在说话,"特别报道"的字样在他下面、在屏幕下方闪着。他的声音很稳定,因为这间房里的电视是好的。我用了几秒钟才集中精神听清他在说什么,我的脑子忙着调整屋外的那人就是我在屋内看着的这人——当他说着我、说着我妈妈时，那么多人在看着。

"……本次绑架颇为离奇，绑架者不是要钱，只要求该镇的警长——警官罗素·罗吉特——接受调查，他指控警长与他母亲的死有关，他母亲死于非法堕胎。这名15岁的男孩指责罗吉特警长今年1月25日将特莉莎·平德抛弃在你们看到的我身后这家汽车旅馆里，任其死去而不顾……"

他还在说着，可我伸出手换了台。果然，第六频道在外面的另一位记者看着我们，只不过这家伙已经说到我妈妈的过去了。

"……已故的特莉莎·平德几年前就成为过报纸头条，那时她名叫特莉莎·特尼，当时她起诉一位曼哈顿医生，理由是他强迫她放弃孩子，交由别人收养，以此牟利……"

我的手好像自己又伸了出去，转着换台钮，第三频道上伊迪的脸充斥着整个屏幕。"我要我的孩子，"她对着那黑色、硬硬的麦克风话筒说，"我只想要我的孩子，就这样。"

我看着她哭，想象着其他人也在收看这个新闻报道。一个刚刚下班回家，一个妇人煮完晚饭，他们俩——以及成千上万这样的人——坐在桌前，吃着他们的速食汉堡，看着电视，看到这个美丽、惊吓过度的女人哭着要孩子，而她孩子被一个15岁的男孩锁在一间汽车旅馆里。他们看着伊迪、看着这一团糟的生活时会想些什么？

可怜的女人……

可怜的孩子……

也许他们觉得同情，但不止于此，我打赌他们感谢上帝屏幕上的不是他们，他们的世界是安全的，受保护的。明天，他们能照常起来去上班，照常下班回家，看电视或报纸上别人支离破碎的生活。我盯着伊迪悲伤扭曲的脸想，这些人不知道，他们离这样的生活有多近。有一天，你做个决定，可能开始看着挺好，可是却朝着一条黑暗的路走下去直至死亡，你压根儿没想到会这样。就像我第一个晚上吻伊迪那样，就像我妈妈摇下她的车窗，抬头看着罗吉特的警徽一样。

命运。

机遇。

"那么接下来会发生什么？"满头银发的记者在问，"警察会同意男孩非同寻常的要求吗？我们现在只能拭目以待。为这位受惊过度的妈妈祈祷，希望她的孩子能安然无恙地回来。随着这个新闻故事的展开，我们将继续跟踪直播。我是第三频道新闻节目主持人乔纳森·马克特，我在霍利多报道。"

三家电视台都回到正常节目中去了。我和珍妮又走到窗边，现在外面我们的伙伴更多了：玛妮的车、爸爸的卡车。我扫视了一遍停车场，我的眼睛首先落在爸爸身上。我把他指给珍妮看，他没跟伊迪站在一起，由警察陪同着。雪落在他肩膀上，融化在他没戴帽子的头上，他很迷惑，我从没见他这般失落过。我没法听到警察在跟他说什么，但我猜他们在问他问题。

谁给你儿子的枪？

他以前有没有过暴力倾向？

你的儿子吸毒吗？

你们俩最后一次联系是什么时候？

我想象着这些话传到他耳朵里，像铲雪车上的雪，把他埋在冰冷之中，他无法回答，只有白色的沉默。他无法向他们解释怎么竟会发生这样的事。他怎么能解释？我第一次发现自己很好奇，在我离家后这么多天里，他在做什么？喝酒？每晚坐在麦克·马龙尼酒吧高脚凳上高声咒骂？不管逮着谁，就告诉他们，他失去了他深爱的妻子？

我把视线从爸爸身上移开，看到玛妮站在黄色警戒线旁。她凝视着汽车旅馆，手握成拳，握得紧紧的，好像这里是麦加，而她在祈祷。约书亚·富勒也在外面，我看到他后，觉得那名电视台记者长得跟他一点也不像。约书亚更高更瘦些。我想起他要罗吉特开车送他去玛妮家。我想他和玛妮是不是一起看到电视，然后开车赶过来的。也许，他们只是采访完去汽车站时路过这里。

看看那些警察，我仿佛看到约书亚在说，停车。

我仿佛看到玛妮在踩下刹车时脸上的惊慌。哦，天啊，她很可能说，哦，我的天啊。

我想刚才约书亚采访罗吉特的事，当他们走进隔壁房间时，罗吉特不动声色，他那时肯定已经意识到我躲在汽车旅馆里了。没上锁的门、利昂的车、乱糟糟的床、毛毯遮着窗户。这些线索足以说明一切。他把约书亚一放下，便回来调集人马，也许他联系上伊迪，等她到了后才包围这里。

这一切——或与之差不多——肯定是在我和珍妮做爱时发生的。想到这里，我本该后悔同意在这里多住一晚，可我一点也不后悔。相反，我很感激有这么个机会跟珍妮在一起，不管付出的代价有多大。我没再看外面的骚乱，我的手搂着她的腰，我吻着她的脸颊。

"你怎么能在这个时候还来吻我？"她说，"我是说，难道我们不该再做点什么吗？"

我叹口气，松开手，想找个方法解释一下我现在的感受。我的生活似乎被无法停止的力量掌控着，此时我们什么也做不了，只能等，只希望外面有人能听到我说的关于罗吉特的事情。同时，我想尽量跟珍妮靠近一点，我明白我们也就这样了。我什么也没说，只想再吻她、再抱她一会儿，可是她推开我，她想看窗外。"现在不行，多米尼克。"

我只好算了，跟她一道再看着窗外。我们没出声，直到珍妮的手指着玻璃说："这是我妈妈。"她声音听上去又吃惊又开心。

我看了一圈停车场，没看到，"在哪儿？"

"就在那儿，"珍妮说，"从大众车里走下来，她一个人来的，我奇怪谁在帮着照看弟弟们。"

珍妮的妈妈披头散发，穿着旧睡衣，外面套着件大衣，神情错愕。我脑子里仿佛看到她躺在床上，电话铃像深夜的一声尖叫，突然响起，把她从吃过药的深睡中吵醒。警察，也许电视台，告诉她坏消息：她女儿，她唯一的女儿，三天没回家，现在很危险。我想象着她披上外套，急忙赶往这里。一路上，她车轮在滑溜的雪地上打滑，我看着她任她的大众车车门就那样开着，她冲到警察堆里，一名警察抬起警戒线，让她钻进来。他领她到他车里，在里面笨手笨脚搞了好一会儿，才把无线电接收器放到她嘴边。

盖维太太说话时，她颤抖的声音飘在冬天的空气中，让停车场忙乱的人们都安静下来。"珍妮，我的宝贝，"她对着对讲机说，"你在那里还好吗？他有没有伤害你？求你告诉我，你还好。"

"你知道吗？"珍妮说，手放在下巴上，放在那道几乎看不出来的伤疤上。她咬着嘴唇，像是快哭了。"她其实很担心我。"

珍妮深深吸口气，把嘴对着那开了一道缝的窗户，大声喊道："我很好！告诉警察，给他他想要的东西，一切就结束了！"

珍妮退回来，我们看到她妈妈哭着倒在一名警察厚实的怀里。与此同时，罗吉特更忙了。他对着他的无线电说话，向他的人发指令。从他的举止看仿佛他的名字压根儿没有被大声叫出来，再一次与我妈妈的死联系在一起似的。他走到我爸爸跟前，我看到他们两人在说话，我猜是在商量该怎么办。那一刻，我知道爸爸相信罗吉特多于相信我，尽管他以前总说警察的坏话。我心中突然对他们很生气。他们分开了，爸爸走到盖维太太坐的那辆警车附近，他朝她点点头，然后拿起警察的对讲机。

"多米尼克，"他对着对讲机说，"我是你爸爸。"他停下来，也许在努力想着该说什么，想着正确的、能劝说我下来的话；想弥补导致我到这里来以及所有他对我做过的或没有做的事情。这便是他说出来的话："你走的那晚我不该对你发那么大的火，我知道你想你妈，我也想。但是现在下来，儿子，你在那里做什么？我们结束这一切吧，你出来，我们回家去。"

他说得好像我在玩藏猫猫游戏一般，出来，出来，不管你在哪儿。难道他真的相信我们能笑一笑，就回家去，什么事也没有？如果他相信这个，那就太蠢了。我往前靠在窗户上，尖声叫道："按我要的做，我就出来！"

爸爸低头看着罗吉特，仿佛寻求他的同情或建议，然后他转身向着汽车旅馆，又对我说："我们按你说的，给你舅舅打电话了。"

"你有没有告诉他带我哥哥来？"我叫道。

"没有那么容易——"我爸爸开口说，我把他打断了。

"那好，他妈的想想办法吧！而且我最后再一次告诉你们：罗吉特就是那个让我妈怀孕的人！她死的那天晚上，他跟她在一起！"

说完，我关上窗户，不再说话。我要他们开始行动，给我我要的东西。

电视里，一个清晰的声音在说："我们中途插播一条即时新闻。"我和珍妮走到电视机前，这次玛妮出现在电视屏幕上，一名记者介绍她是平德家庭最亲密的朋友，她看上去并非我刚才在停车场看到的那副眼泪汪汪的焦急模样，相反，她表情激愤，有点像她在医院电视台里主持宾果游戏。恍惚间我好像看见她准备报字母和数字。B7、N35，今天谁拿到最抢手的那张牌？这时，她对着麦克风说："我知道特莉·平德死的那晚，警长跟她在一起。多米尼克是单纯、温顺的孩子，之所以做出这种可怕的举动，全是因为那个骗子警长撒谎，我们该照他说的做，调查警长。真遗憾，多米尼克为了他妈妈甚至不惜做出这样极端的事情，如果小镇上的所有警察一起合谋骗他的话，不知他会再做出什么事来？"

我想吻她屏幕上的脸。愚蠢而讨厌的老玛妮，过去几年我对她一点也不好，而她在为我说话，只有她一个人站在我这边。我记得她在妈妈葬礼上说，我要想个法子逮住罗吉特。现在她找到了她的方法，她肯定明白这是我们唯一的机会。

玛妮的采访完毕后，电视台没有马上转回刚才的节目，记者还在继续说，只是口吻与他第一次报道时不同，我从一名绑架者变成了受害者，罗吉特从霍利多警长变成了嫌疑犯。我和珍妮听着一名女新闻主持人在说"我的悲惨境遇"，以及我试图为妈妈的死报仇，要向"这名小镇骗子警官"讨还公道……另一个频道在讨论得克萨斯州的一件案子。一个女人因堕胎遭拒而起诉，新闻节目把这事跟我妈的事联系起来。

我和珍妮被这些谈话吸引住了，觉得我们可能会赢，《檀岛骑警》里斯蒂夫·麦卡特一定也这样觉得，然后他会说："给我抓起来，丹诺。"于是正义得到伸张，案件结束。巨大的波涛卷上沙滩，演职人员名单开始滚动。

正在这时电视突然没有了。

灯也灭了。

房间里一片漆黑。

开始我俩谁都没说什么，没有了电视里的声音，这里一片死寂。我们只能听到苏菲在吉他盒子里轻轻的呼吸。这么安静，我说话时只好小声。"他们断了电。"我对珍妮说，她成了我身边的一团黑影。

她走到电话旁，拿起电话。"电话线也拔掉了。"

我们站在黑暗里，让眼睛、思想适应这黑暗，那些气球像幽灵飘浮在我们周围，尽管我们已身处黑暗之中，可它们似乎还在等着别的什么发生。我走到窗边，往外偷看。警察们熄掉了他们车顶上的红灯。一点光也没有了。甚至停车场的灯也熄了。我只看到他们的影子立在飘飞的雪花中，就像我的头磕在五斗柜上时眼前冒出的那些魔鬼一般。

"他们想把我们逼出来。"珍妮说，也站到窗边来。她的呼吸让玻璃蒙上一层白雾，然后慢慢消失。"我好害怕。"

"怕也没用，"我告诉她，尽量表现得勇敢，虽然我也怕，"我们等着。就这样。"

"可是尽管电视上那样说，还是没人对罗吉特做点什么，"她说，"他还在那里，为什么他们不把他带去问话？"

"我不知道，"我对她说，"不过早晚会的。"

我听到暴风雪像一阵拳头似的敲打着屋顶，风呼呼地刮着，雨点拍打着窗户玻璃。虽然还有暖气，但空气似乎越来越冷。

"如果是我们呢？"

我没回答她，因为我也在问自己这个问题。《檀岛骑警》里的波涛袭向沙滩前，会被吹回到海洋里，断电似乎让他们重新又控制住了局面，我不知道如何应对。我和珍妮并肩站着，看着窗外，什么也看不到。终于，她说："尽管我讨厌那把枪，现在你可以再开一枪，告诉他们你要电。"

我知道不能再碰枪，没电我们暂时还可以对付，再说我也不想用枪来虚张声势，其实我没胆量伤害任何人——哪怕是罗吉特，所以我们别无选择，只好坐在窗前那些枕头上，一连几个小时看着外面他们的影子。

更多的车来了又走了。

两个记者收拾起东西，走了。

没多久，又来了一名记者。

最后，珍妮头枕在我腿上，睡着了。我摸着她的头发，睁大眼睛，低头看着她的脸，又看看外面。在完美世界里，至少在童话故事里，此时会发生点什么来挽救败局呢？仙女会挥舞着权杖降临，让罗吉特融化成停车场的一摊泥水；哥哥会微笑着从云朵中走下来；这整个肮脏的折磨会有个干净的结局。但我的生活不是这样的。

相反，我在窗边等了一个晚上，雪又变成雨，终于停了。很奇怪，苏菲一直没醒，没哭着要喝奶粉或换尿布。她躺在盒子里似乎很舒服，实际上我都忘了她在那里。我把头支在窗棂上，不管发生了什么，也不管将会发生什么，黑暗和宁静让我也慢慢睡着了。

当我睁开眼时，一线细细的阳光从张开的窗帘缝里射进来，暖气，干燥的、带着灰尘的暖气从通风口里刮进来，发出不断的刮擦声，像什么主意坚定的动物磨着爪子走进房间来。过了一晚，那些气球里的氯气更少了，现在它们离天花板有几尺的距离，彩带卷在地上，旗子慢慢地变成了降半旗。我身体僵硬、发麻，像玛妮口袋里的那些用了再用的蓝色纸巾。

我揉揉眼睛，看看外面的停车场。

我简直无法相信自己的眼睛。

外面的人比昨晚多了两三倍。不仅仅是警察和记者，那里还有一群妇女，也许一边各有二十来个，全都手持标牌：妇女不能选择就会死亡。要求堕胎合法化。谁会是下一个特莉莎·平德？她们站在黄线后面，表情凝重而愤怒。我看到有个女孩比珍妮还要小，有个年纪很大的女人头发灰白十分引人注目。绝大多数人跟我妈妈和玛妮年纪差不多大，她们围成一圈走着，像巫婆在施咒。一圈又一圈。一圈又一圈。

她们身后，还有一位牧师、三个修女，一大群妇女。其中一个女人嘴巴一直在像疯狗般咆哮吠叫，另一个女人的脸色，考虑到目前的处境，则太过于平静满足。她们全都举着反对的标牌：妇女选择，孩子死亡。堕胎错误。让上帝决定。他们站在离那群人几尺远的地方，没有围成圈，而是聚成一群，挥着标牌。

我还看到昨晚没有的另一样东西：两辆救护车停在路边。它们斜靠着积雪的路基停着，短粗的白色身体好像失去了平衡。我想起有年夏天，下过雷阵雨后，一辆卖冰淇淋的车陷在泥地里的情形。在我看来，这些救护车也差不多，只是目的完全不同。

我摇摇珍妮的肩膀，摇醒她，因为我等不及要让她看看那些妇女和她们的标牌。她的头猛地一抬，惊慌不已，"啊？"她说，还迷糊着。

"早上了，"我告诉她，"我想让你看点东西。"

珍妮睁开眼，伸伸胳膊和腿，伸伸懒腰打了个呵欠。"生日第二天快乐。"她含糊地说。"真正快乐。"待她说完后，我对她说，还是没有告诉她今天才是我的生日。"也许待会儿我们要去和平比萨店，然后再去看场电影庆祝一下。"

"我们该请警察一起来吗？"她问。

"还有抗议者也一起。"我对她说。

"抗议者？"珍妮说着站起来，揉揉眼睛，看窗外，外面有一群人在喊着她们标牌上的口号。"妇女不能选择就会死亡！妇女不能选择就会死亡！"然后又听到玛妮叫道："罗吉特是凶手！"这引起停车场一阵喧闹。

我以为珍妮会一直站在窗前看这种她喜欢做的事，但她站了一会儿，就走到房间那头苏菲的盒子边去了。我一直看着外面，摄影师任他们的胶片卷着，记者们在问问题，约书亚在跟一位牧师说话，他的手飞快地记着笔记。人们一次一个钻出人群，对记者说着什么，然后又重新回去。每个人似乎早忘了是我开始的这场战役，这场为我妈而战的战役，甚至连警察也在观注那些妇女和她们的标牌，而我则头晕目眩地看着那些字。

妇女死……
孩子死……
妇女死……
孩子死……

谁将是下一个特莉莎·平德？
让上帝决定……
所有的人似乎都确信自己知道答案。

"多米尼克，"珍妮说，"多米尼克，听我说。"

"什么？"我说，从窗前转过身，那场独立的、没有结束的战争还在那儿开展着。

珍妮靠着苏菲的盒子，手掌放在腿上，头伸长着，好像她遇到了路另一边的什么受伤的东西，翅膀受伤的小鸟从巢里掉下来，被卡车撞了但还有呼吸的小猫，她把手按在苏菲的额头上。"我觉得苏菲有点不对劲。"

"你说什么？"我问，声音发紧。

"她昨晚醒过吗？"

"没有。"我告诉她。

"她晚上总是要醒的，你知道的，她一直睡，这不正常。"她从吉他盒里抱起苏菲，抱到胸前。"摸摸她的皮肤，很烫，她这时候该哭的。"

我走到珍妮身边，把手放在苏菲小手上，她的皮肤就像我摸着电热毯一样烫，像什么东西快要着火了一般。"怎么会这样的？"我问。

"她是个婴儿，多米尼克。"

珍妮说话的样子好像我以前不知道苏菲是个婴儿似的。哦，说得可真好。我想说。谢谢你把事情说清楚了。但我没说出口。"嗯，昨天你没觉得她有什么不对劲的地方？"

"我是说，"珍妮低头看着苏菲，她的眼睛紧紧闭成一条线，"昨晚我把她放下睡觉时，她就有点烫。我想反正我们早上就要走，所以我没做什么，也没告诉你，我不想让你担心。"

外面停车场里又起了一阵骚乱，叫骂声和口号声不断。下面的吵闹声、苏菲可能出了什么可怕的事，两者交织在我脑子里，我不禁冲珍妮尖叫着："你怎么回事？你不告诉我？"

"别冲我叫！"她也吼回来。

"好了，见你的鬼，你做什么了，让她生病？"

"你在说什么？'让她？'你才是那个把我们锁在这里的人！"

"我昨晚跟你说过了，你可以走，是你自己决定留下来的！"

"那好，也许我错了！让我提醒你一下，你没有我，带着这个孩子哪里也去不了。当我第一次在那辆汽车上看见你时，你甚至不知道怎么抱她！"

"我——"

苏菲张开嘴，这让我们都闭上了嘴。我们等了好久——她在珍妮的怀中悄没声息，烧得发烫——我们看着她的嘴张开成O形，看她会不会哭起来，至少睁开眼睛。她粉红的小嘴里冒出一个泡泡，但还是没有哭声。

不管我想说什么，那些话都从脑子里飞走了，我吸口气，让自己别再吵了。珍妮说得对，没有她我什么也做不了。所有的事情全都不对，我真要崩溃了。"对不起，"我对她说，"真的抱歉，我太害怕了，我不知道怎么办。"

"弟弟们这么小的时候发烧的话，我会用药用酒精给他们擦身子降温。"她说，声音软了下来。

我抬起眉毛，意思我们得想想别的办法，因为我们现在不可能往药房跑。

"我们可以试着给她洗个冷水澡，那可能让她温度降下来点，"珍妮很轻地摇了摇苏菲，哄着她，"想不想游游泳，出水芙蓉？来吧，蜜豆，你觉得不舒服吗？"

苏菲还是没有睁一下眼。

我伸出双手，把苏菲从珍妮手中接过来。想起第一次抱起她时，感觉她那么轻；后来，我们刚来这间房时，她怎么也不让我放下她来，她变得好沉。我把手放在她额头上，那么烫，好像她皮肤下有火在烧。"睁开眼睛，小外星人，"我说着，伸开五个手指做了个蜘蛛腿，在她面前扭动着，"好了，醒来吧。"

然而她没有。

这时我再一次听到妈妈给我的信息。

孩子
跟你
在
一起
可能
有
危险。

苏菲会死。

一阵恐惧袭来。"我得放手,"我对珍妮说,"我们得送她去医院。"

外面,我听到罗吉特在大声说话,我望了一眼窗外,看见他第一次对抗议者说话,向人群讲话。人们聚在他周围,他对着一簇麦克风说着:"作为一名在公共部门服务14年的警员,我有着出色的记录,我提醒你们,没有任何证据说我有罪。在这个男孩的母亲死的那天晚上,我没有和她在一起,当时我和三名警员在警察局,他们愿意发誓作证。而我们现在面对的是一名绑架婴儿的逃犯,他持枪威胁一个女孩和一个婴儿。"

他的手上抱着的婴儿快死了,我想。

孩子跟你在一起很危险。

我为什么不听她的话?

"我们得送她去医院。"我又说。

"我知道,"珍妮说,"但是你一旦出门,他们就会把你抓起来的。"

人群一阵骚动，抗议者在罗吉特说完话后，叫起来。玛妮歇斯底里的声音厉声叫道："凶手！"

有他们站在我这一边，如果再加上更多的时间，我本来可以打败他的，但我不能拿苏菲的生命冒险。"我们没有机会了，我只有认输。"

我和珍妮定好最后一个计划：我打开门、投降，她则带着孩子从我身后冲出去，送去救护车那里。商量好后，我想吻她一下道别，但一切发生得太快，我俩都害怕极了，结果我没有吻她。

珍妮从我手中抱过苏菲，我把五斗柜挪开，这时，盖维先生的香烟盒掉到地上，我捡起来，抓在手里，像珍妮常做的那样。我用另一只手扭动门把手，拉开门，阳光涌进房间，一股冷空气涌进来，气球飘动不已，像一群等待作战的军队，我任它们在身后吹着，自己深深吸口气，走进日光中。太阳无处不在，在警察车窗玻璃上反射弹跳着，晒到我身上，带着电，像天上来的闪电，到处亮晃晃的，我简直无法睁开眼睛。我站在门口，眯着眼，看着外面的世界，像从这间房的黑暗中孵化而出的动物，羽毛还是黏乎乎的小鸟被自己天生的美丽与丑陋给吓到了。

好长时间没人发现我站在那里，他们忙于吵架、忙于解决无法解决的问题。这时，一声尖厉、粗野的尖叫，叫出了我的名字，所有人的头都扭向汽车旅馆这边，他们突然沉默下来——就像全体同时喘气——把所有的空气从我身边吸走。随之而来死一般的静寂在我耳朵中跳动，像放着歌的唱片唱到一半，唱针给放下来，但音乐节奏还在我头脑里震荡。我的眼睛能看清楚了，我看到他们。

满头银发的记者。

比珍妮还小的抗议者。

爸爸。

玛妮。

约书亚·富勒。

牧师。

伊迪。

盖维太太。

所有的脸像行星般围着我转。

太阳更耀眼了，我在空中挥着两手，投降，呼救。但警察们却没有让我投降，他们举枪瞄准我，在银光一闪间，我知道他们看到什么东西，那个银色香烟盒，那个曾给珍妮那么多安慰的香烟盒，在他们眼里像手枪一样发着光。他们一定这样想：

那孩子手中有武器。

他准备开枪了。

但如果我们抢在他前面。

准备。

瞄准。

开火。

枪声震耳欲聋，一颗子弹射进我肩头，就在胸口、心脏不远处。鲜血喷涌而出，我的身体往后跌入房内。我觉得一股热流穿过血管，头脑中一片空白。珍妮弯腰扑向我，哭着尖叫道："求求你别死！"她尖声叫着，还抱着苏菲，像怀中抱个破布娃娃。"求求你别死！"

我动动嘴，想对她说，送苏菲去救护车那儿去，可是一股暖暖的液体流进嘴中，我说不出话，眼睛无意识地一睁一闭，鲜血浸湿了我的运动衫，黏黏的。一个想法飘进我脑子里：这是你幻觉中的景象，你的鲜血第二次把这间房染红。

我皮肤下又是一股热浪，紧接着便是极度的寒冷。

我仿佛像妈妈似的，潜入后面池塘的冰下，在那下面游着，在缠绕的水草中搜寻她的踪迹。我喊着她的名字，却只有一串无声的泡泡从我的嘴里吐出来。我吸口气，沉重的水进到我体内，在我的头上，我听到"嗡嗡"声，一个声音在叫，我蹬腿朝那里而去。

珍妮。

"你听得见吗？你听得见吗？你听得见吗？"才只过一秒钟，她还在跟我说话，求着、祈祷着，然后她说，"你还记得那个问题吗？"

问题？我还记得一个问题吗？我的思绪又飘移起来，我听到许多问题。父母中，你更喜欢谁？你深更半夜光着身子在外面到处乱跑，是干什么？如果你妈对这地方感兴趣，那她为什么不自己来？我看到圣帕特里克教堂里那位老太太，她用皱巴巴的手指指着教堂顶上说，从这里看，它们让我想起放飞在空中的气球，你觉得呢？

接着我又听到妈妈在说话。

这次不是那种镜子里或池塘冰面下鬼魂般的低语，而是活生生的、有呼吸的声音，她的问题很简单：你想吃什么？我骑在自行车上抬头看着她，她从我们家厨房窗口叫我，我没有蹬向伊迪家，我说，是的，妈，我想吃点东西。我下了车，飞奔上楼。

另一种生活。

另一串其他事件会带我到别处。

"你听到我说话了吗？"珍妮说，"你还记得那个问题吗？"

这时我想起来，在警察来之前，我在等她回答那个问题。她把嘴唇贴在我耳朵上，随意的一吻会唤醒我，她说："你想知道我相不相信我们的相识是命中注定的是吗？我相信。"

那些话之后是一片漆黑。

离人群很远很远的森林深处。

没有一丝声音，然后传来翅膀扇动声、动物的声音，磨牙声，蟋蟀的叫声，还有别的声音，有人"咚咚咚"地走近来，我眼睛睁开一条缝，看到无数双黑色靴子在我身边的地板上，像伊迪家的那些鞋子一样，她家墙上圆圆的鹅卵石像骷髅头。我往上看见一群警察在我上方，还有那些气球，他们全都俯看着我。两个白衣人跪在我身边，他们衣服上的鲜血让我想起屠夫在他的围裙上擦擦手，日复一日，把尸体剁碎，腿、舌头、脚。

珍妮在哪儿？

我转动头，看到她在房间一角，一名警察把苏菲从她手中接过去，她尖叫着说："救救他！救救孩子！"

更黑了，我又躺在黑暗的森林里，安全地封在透明的玻璃盒里，我可以永远睡去，这太容易了。每年只在炎热的夏天醒来，像种子从土里发芽，几天内长得飞快，然后又枯萎蔫掉。一个幽灵上了汽车，来拜访这间汽车旅馆，陪伴买下这地方的爸爸。我们在一起，但又没有真的在一起，他也是只魂灵——只是活着，有呼吸而已。我就跟因宗教而依附于教堂的红衣主教一样，生前他们相信并以此为行为准则。

这时我又看到另一个未来。

某处有人在问珍妮，怎么遇上我的。城市灯光在我们后面宽大的玻璃窗外闪烁，玻璃上的冰发出清脆的响声，隔壁笑声起伏。在高中的校车上，我们异口同声。这是真的，可这也是我们自己的小笑话，我们相互使眼色，因为这答案让人联想到橄榄球队员和拉拉队员，或是班上的捣蛋鬼和调情高手。乖乖高中生只有单纯的过去，我们却不。然后，我看见一个孩子，可她不是苏菲。我把鼻子贴在她皮肤上，闻到爽身粉的味道，香甜的味道，就跟苏菲一样。我们没有把她送走，因为她就是我们的，我们创造了她，我们注定会的。

这是你的选择，我听到妈妈在别的什么地方说，某个黑暗、遥远的地方，甚至远离童话故事中的森林，你想选哪一个？

计划B，我对她说。

门牌号码2，我告诉她。

我要留下，我告诉她。

但她没有听。

我听到尖利的声音把我唤回到汽车旅馆，是外面的警报声，第一辆救护车把苏菲送走了，救了她。她会没事的。我知道。我的身体也被抬起来，我想睁开眼，但睁不开，好像眼睛没了，本该有眼睛的地方只是一块皮肤，就像天生变形、长错了似的。看见的只有黑暗，只有我脑海里的图画，我能感觉到那些屠夫们用担架把我抬起来送到外面。他们下楼梯时，我的身体左右摇晃。我们到停车场时，我感到人群在看着我。

爸爸。

我知道他在想什么，他在心里对自己许愿，简单的诺言，一遍又一遍，与上帝做个交易，与魔鬼做个交易。这次他打算终生践行的交易。

如果他这次能活下来，我愿意改。

不再喝酒、不再失踪。

求求你让他挺过这一关。

那些人抬着我穿过停车场，我听到引擎发动了，一个声音说："四。"另一个说："失血。"我的眼睛还是睁不开，我想，太晚了，认输吧。

只是我一旦不再想睁开眼睛，我却能看到了。

这次是从上往下看到的。

珍妮的妈妈在下面紧紧地搂着她，拥抱她。珍妮正看着躺在担架上的我，直到楼梯顶上有什么东西吸引了她的注意，她转身看着我妈的房间，我也看过去。没人发现我们在看什么，昨天晚上下沉了的那些气球现在被风或是什么更伟大的东西又吹了起来，它们飘出门外，然而没有飘上天空，而是落在几周前我妈上过的楼梯上。

它们像一队士兵排成一线移动着，蜿蜒蛇行。

有目的、有使命的超自然之物。

风吹着它们的样子，让它们像是活的，就像停车场里的那些人，比我更有生气。在楼梯脚下，一只气球破了，其他气球飘在后面，一只里面有着小红气球的红气球飘过我的身边，然后飘过爸爸身边，然后到了罗吉特那儿，在他身边爆炸，下面气球小小的心在向上划，其他气球跟着。

我觉得自己也飘得更远了，远离他们。

可是我试着让自己沉下来。

我最后一次挣扎着把自己拖回这个世界。

张开眼睛。

我做到了，我睁开双眼，我看到的不是气球，而是妈妈从她死去的那间房里走出来，身后跟着一队妇女，用不着别人来告诉我她们是谁、为什么在那里。我知道，她们是跟她一样死去的人，她们来这儿拯救她受折磨的灵魂，她们下了楼梯，等在那里。妈妈向我走来，她看起来不再像鬼了，她跟平时一样，可能准备去买菜，也可能准备去学校接我。但是脸上的表情有点不同，比平时更平和，她走到我躺着的担架前,我的鲜血染红了担架,她探到我的呼吸,她朝我伸出双手,她吻着我的前额。

"我爱你。"她低声说。

我有好多问题想问她,但无法说话。她轻轻捏捏我的手,松开来;她走到爸爸跟前,没有说话,最后一次看着他;然后她又走向罗吉特,她没说话,没动,只是望着他。尽管我想尽一切办法,这个男人还是侥幸逃脱了一切惩罚。妈妈站在他面前,先是捂着肚子,然后又捧着心口,就在这时,我听到"砰"的很大一声,原来我看到的不是妈妈和一队妇女,而是那些气球,跟我以前看到的一样。

一个接一个,风把它们吹上了天,直到消失得无影无踪。我一直望着那个小小的红气球,看着它从罗吉特身边飘走,像无辜的狂欢节气球从孩子手里滑走。一个灵魂,一个遗失的梦,一个大生命里的小生命,一个声音,一个征兆让妈妈明白了我努力为她做的这些事情,我们俩都解脱了。

有人把我推进救护车里,他们正要关上救护车门时,我瞥到一辆黑色轿车开过来,舅舅从车上下来,接着有个看着面熟却完全不认识的人走了出来,是高个子、宽肩膀的大学生,穿着哥伦比亚大学的运动衫和卡其布裤子,瘦瘦的四肢,方下巴上冒出胡子碴,戴着金丝眼镜,头发跟我的一样是褐色的。

鲁道夫·伯单。

舅舅还是设法带他来见我了。自从那天舅舅告诉我他是谁后,我把他想成完美无瑕的人,想成我在上东区看到的穿着蓝色小西装从学校里鱼贯而出的那些学生,可是当我们四目相对时,我觉得我看到了我自己;或者说,如果这一切没有发生的话,这会是今后的我,普通、单纯,突然我明白那种单纯中有魔力,我不再拥有的魔力。

　　我看见他抬起头望着汽车旅馆，用手指梳梳头发，眯着眼看着明亮的天空。一阵风吹过，救护车启动了，他在远处变得越来越小，他甚至没有看见车开走时，我在朝他挥手，就像天空中的那些气球。

尾 声

　　霍利多汽车旅馆发生的这一切尘埃落定之后，爸爸与这地方
拴在一起，看似不太恰当。一年当中，只有夏天时我才会来这里，
把自己向它敞开，其他时候我把自己藏起来，过着我这种男人能过
的最完美的生活。有时候，我不在这里时，一天当中什么时候，记
忆突然涌出，多年前发生的一切灵光突显让我不寒而栗。

　　但通常我都会把它们推到一旁，继续过我的生活。

　　在这里时，我跟爸爸说些愉快的事情，跟他说说他儿媳和孙
子的事情，他们是我生命中的最爱。我给他看玛妮寄给我的明信
片，她参加老年旅行团环游全国。最近一张是从拉斯维加斯寄出
的，明信片后是她潦草的笔迹："多米尼克，我还没有赢，可是
我还在试！吻你一万次——玛妮！"我们谈起苏菲，她在东海岸
上艺术学校，就要来见她从不知道的爸爸。我告诉爸爸我知道的
那点关于兰德的消息。那是我从圣诞节他寄的卡片上寥寥几笔中
猜出来的，我们的联系慢慢少了。

　　有时候，我和爸爸会走到汽车旅馆后面的池塘边，他在那里
养金鱼，跟弗勒老头以前一样。我们看着金鱼轻快地游走，望着
水里我的倒影，还有下面那些色彩鲜艳的鱼，平滑的水面泛起波
纹。在大理石一般的池塘表面，我仿佛又成了当年的少年。每年

爸爸都告诉我他如何喂养金鱼，我都像第一次听到一般：定时喂食；保持湖水清洁；让水草生长，冷空气袭来时，鱼儿们才有东西吃。我还听着他说起早年跟妈妈在一起的那些时光。

一起骑着他的摩托车四处游逛。

在公园里野餐。

他们生下我后，她有多开心。

只是当我一个人在那间房里时，我才想到其他，想到那一年世界如何摆布我；想到那些事情像星星一样串成一线；永远改变了我的生活。以前，我把那些事情看成征兆或灯塔，仿佛妈妈在告诉我怎么做，而我却意想不到地结束了一切。为什么？我猜珍妮说得对，我们在一起的第一个晚上，她就说："有些东西是注定的，是命运。其他东西只是偶然。谁知道其后的原因是什么？"

很久以后我才放弃猜想答案，甚至比我恢复正常生活花的时间还多。没有童话故事的结尾在等我，如果你看到今天的我——比如你偶尔到马萨诸塞州这个小镇的路边汽车旅馆住上一晚——在我一年来一次的时候，你可能看到我坐在柜台后面，我一直在帮爸爸办理客人入住手续，或把房间的钥匙递给他，而你可能会想："这个儿子在给他年迈的父亲帮忙。"你绝对想不到我们之间的过去，想不到这个地方被埋葬了的过去。你可能看看我，而我也笑着看你拿起行李，走出门去。你觉得我是个快乐的人，虽然有点沧桑。在我眼里，你会看到爱，那绝大多数都是从一个女孩那里学来的，在那麻烦的一年过后，她一直陪在我身边；从一位我要学着宽容的父亲那里学来的；从一位宽容的母亲、两个失而复得的孩子那里学来的。你还会看到那个一直在怀念童年的少年，他的童年倏忽而逝。